UNIVERSALE
ECONOMICA
FELTRINELLI
RAGAZZI

L'occhio del corvo

SHANE PEACOCK

LA PRIMA AVVENTURA DI SHERLOCK HOLMES

Traduzione di Laura Santini

Titolo dell'opera originale
EYE OF THE CROW

Original publisher:
Tundra Books, Toronto, Canada and Tundra Books
of Northern New York, Plattsburgh, USA

Published by arrangement with Tundra Books,
a division of Penguin Random House Canada Limited

The author wishes to thank Patrick Mannix and Motco Enterprises Ltd, U.K.,
(www.motco.com) for the use of their Edward Stanford's Library Map
of London and its suburbs, 1862

Traduzione dall'inglese di
LAURA SANTINI

Prima edizione in "Feltrinelli Kids" febbraio 2011
Prima edizione in "Feltrinelli Up" marzo 2018
Prima edizione in "Universale Economica Ragazzi" – I GIALLI maggio 2021
Seconda edizione luglio 2022

Stampa Grafica Veneta S.p.A. di Trebaseleghe - PD

ISBN 978-88-07-89499-2

Canada Council for the Arts
Conseil des arts du Canada

FSC
www.fsc.org
MISTO
Carta
da fonti gestite in
maniera responsabile
FSC® C021883

A mia madre,
Susan Jane,
che mi ha dato un animo da scrittore

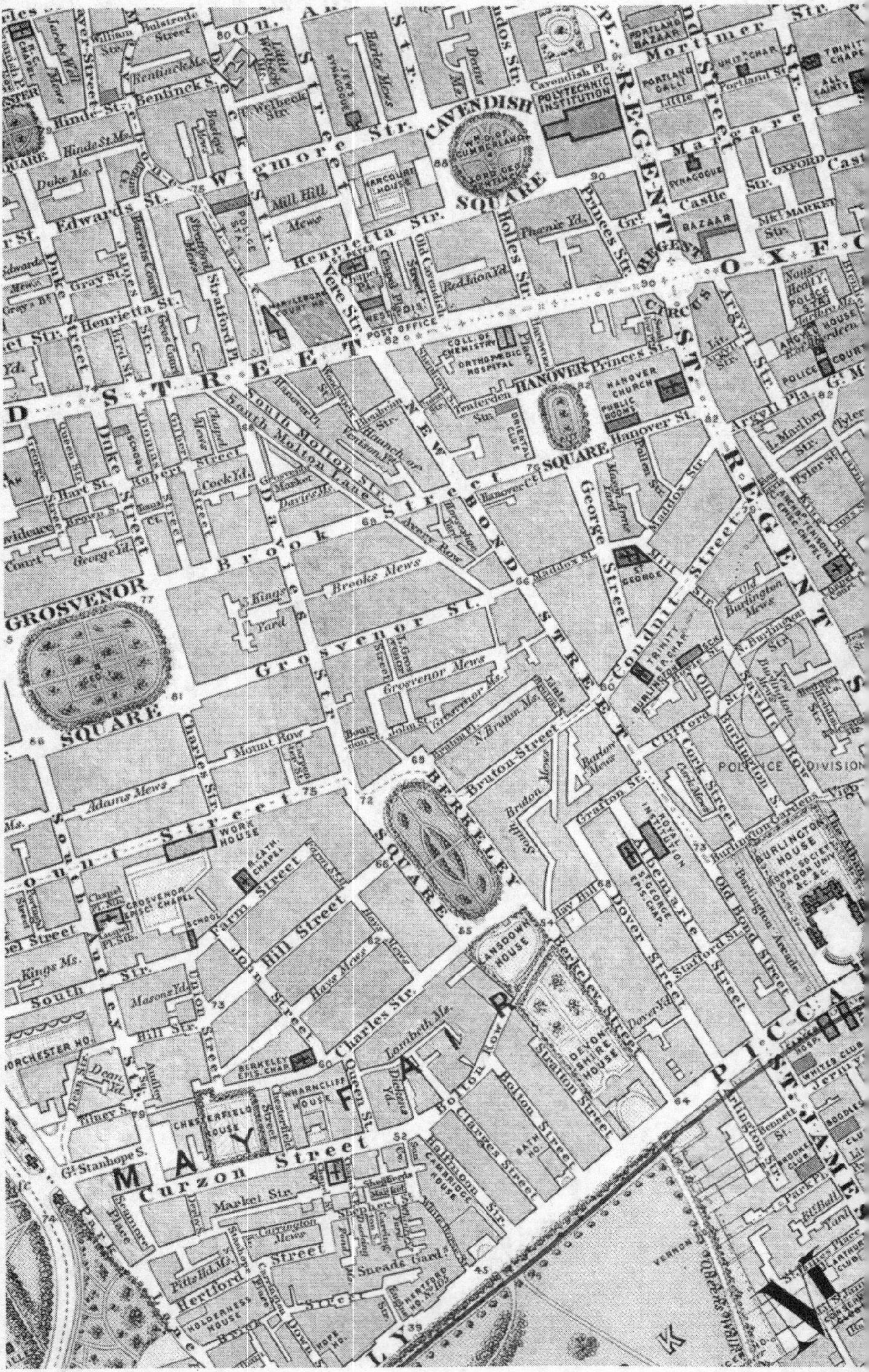

CAVENDISH
SQUARE
POLYTECHNIC INSTITUTION
PORTLAND BAZAAR
Mortimer
Cavendish Pl.
Wigmore Str.
Bentinck St.
Hinde St.
Duke Ms.
Edwards St.
Mill Hill
HARCOURT HOUSE
Henrietta Str.
Holles Str.
Princes Str.
Vere Str.
Old Cavendish Street
Red Lion Yd.
POST OFFICE
COLL. OF CHEMISTRY
ORTHOPAEDIC HOSPITAL
HANOVER
SQUARE
Hanover St.
HANOVER CHURCH
PUBLIC ROOMS
REGENT
CIRCUS
REGENT ST.
OXFORD
Argyll Str.
ARGYLL HOUSE
POLICE
SYNAGOGUE
BAZAAR
Castle
Gray St.
Henrietta St.
Duke Street
Gilbert Street
South Molton Str.
South Molton Lane
Davies Street
Brook Street
Brooks Mews
NEW BOND STREET
George Street
Maddox St.
ST. GEORGE
Conduit Street
GROSVENOR
SQUARE
Grosvenor St.
Grosvenor Mews
Kings Yard
Bruton Street
Mount Row
Adams Mews
Charles Str.
Mount Street
WORK HOUSE
BERKELEY
SQUARE
Farm Street
Hill Street
Hays Mews
John Street
Charles Str.
Lambeth Ms.
Berkeley Street
LANSDOWN HOUSE
DEVONSHIRE HOUSE
Stratton Street
Bolton Street
Bolton Row
Clarges Street
Dover Street
Albemarle Street
Grafton St.
Cork Street
Old Bond Street
Stafford St.
Burlington Gardens
BURLINGTON HOUSE
Savile Row
Clifford St.
POLICE DIVISION
Old Burlington Mews
Trinity
MAY FAIR
Curzon Street
Market Str.
Carrington Mews
Hertford Street
HOLDERNESS HOUSE
HERTFORD HO.
Down Street
Half Moon Str.
CAMBRIDGE HOUSE
WHARNCLIFF HOUSE
CHESTERFIELD HOUSE
Chesterfield Street
Queen Street
BERKELEY EPIS. CHAP.
South Street
Audley Street
Union Street
Tilney St.
Gt. Stanhope S.
DORCHESTER HO.
GROSVENOR EPISC. CHAPEL
Kings Ms.
PICCADILLY
ST. JAMES
Arlington Str.
WHITES CLUB
BOODLES
Park Pl.
St. James Place

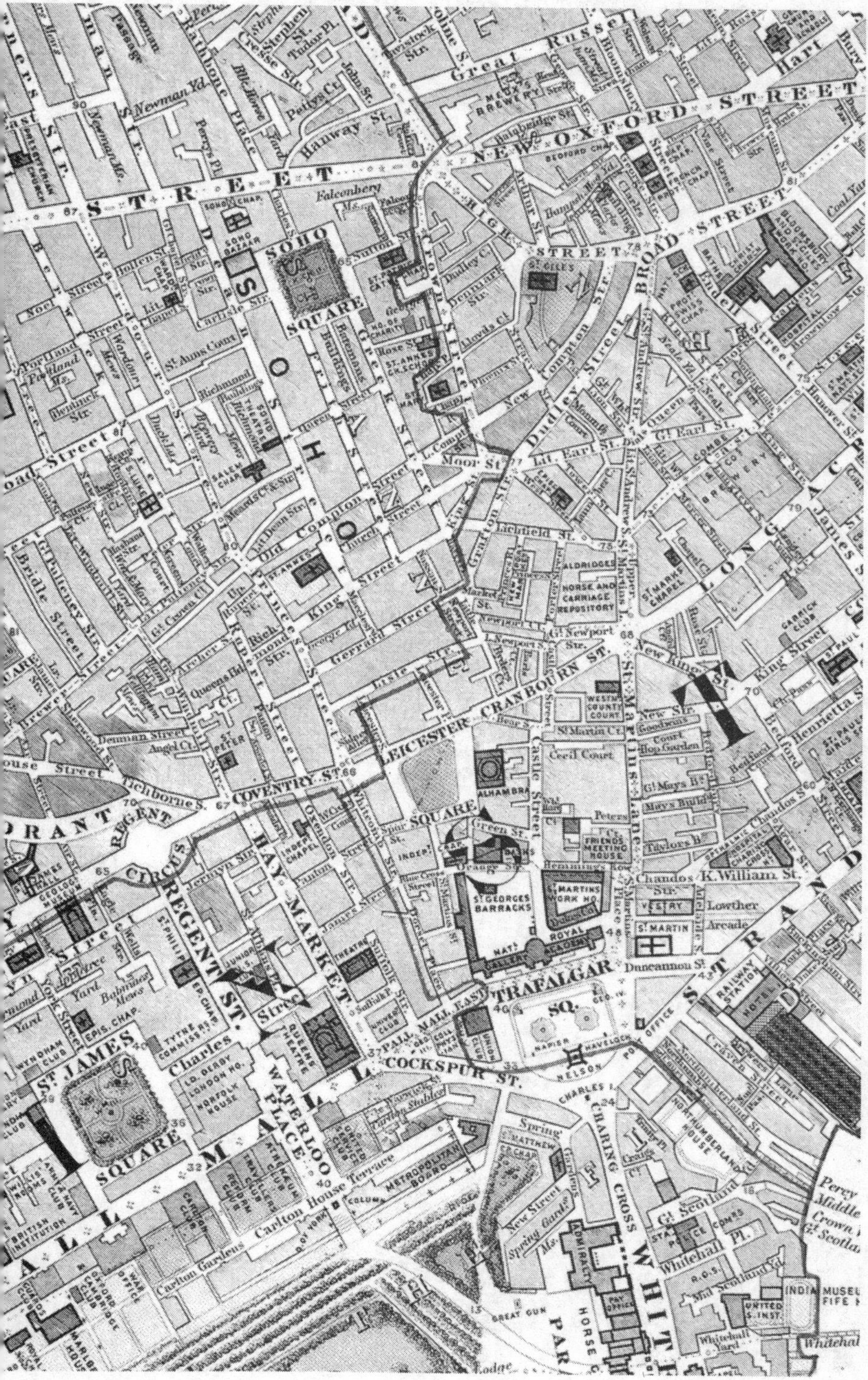
Great Russell St.
Bloomsbury
Hart St.
New Oxford Street
Bedford Chap.
Meux & Co. Brewery
Hanway St.
Newman Yd.
Rathbone Place
Percy St.
Falconberg Ms.
Soho Chap.
Soho Bazaar
Soho Square
Sutton St.
Carlisle St.
St. Anns Court
Richmond Buildings
Soho Theatre
High Street
St. Giles
Broad Street
Endell St.
Hospital
Dudley Street
Compton Street
Moor St.
Old Compton Street
Church Street
Lichfield St.
Gt. Earl St.
Lt. Earl St.
Queen St.
Neal St.
Hanover St.
Combe & Co. Brewery
Long Acre
James St.
St. Marks Chapel
Aldridges Horse and Carriage Repository
Gt. Newport St.
St. Martins Lane
Garrick Club
King Street
Henrietta St.
Bedford St.
Westmr. County Court
Cranbourn St.
Cecil Court
Castle Street
New St.
St. Martin Ct.
Hop Garden
Gt. Mays Bs.
Mays Build.
Taylors B.
Gerrard Street
King Street
Lisle St.
Rupert Street
Wardour Street
Bridle Street
Denman Street
Leicester Square
Coventry St.
Alhambra
Green St.
Friends Meeting House
Regent Circus
Quadrant
Regent St.
Hay Market
Jermyn St.
Orange St.
Oxendon St.
Whitcomb St.
Blue Cross Street
St. Georges Barracks
St. Martins Work Ho.
Chandos St.
K. William St.
Lowther Arcade
Vestry
St. Martin
Royal Academy
Natl. Gallery
Duncannon St.
Strand
Railway Station
Hotel
Trafalgar Sq.
Nelson
Napier
Havelock
Pall Mall East
Union Club
Theatre
Queens Theatre
St. James Square
Charles St.
Norfolk House
London Ho.
Wyndham Club
Pall Mall
Cockspur St.
Waterloo Place
Carlton House Terrace
Carlton Gardens
Metropolitan Board
Spring Gardens
New Street
Charing Cross
Craven Street
Northumberland House
Gt. Scotland Yd.
Whitehall Pl.
Admiralty
Horse Guards
Great Gun
India Museum
United S. Inst.
Whitehall Yard
Geolog. Museum
War Office

"Nel corso della mia lunga e intima amicizia con il signor Sherlock Holmes non lo avevo mai sentito parlare della sua famiglia e praticamente mai della sua giovinezza... Mi ero fatto l'idea che fosse orfano e solo al mondo..."

Il dottor Watson nell'*Interprete greco*

Prologo

L'omicidio avvenne di notte, con il favore delle tenebre. Successe tutto nel quartiere di Whitechapel, ben lontano dalle luci dei lampioni a gas delle strade principali, più a est, dove si affollano gli ebrei, dove muoiono di fame i poveri, dove moltitudini di persone invisibili, abitanti di una delle più grandi città del mondo, vivono come animali.

Accadde tutto molto in fretta, un accoltellamento brutale, sleale e violento.

Qualche ora più tardi, nel quartiere di Southwark, a sud del Tamigi, sopra un vecchio negozietto in una stradina angusta dei bassifondi, un ragazzo si alzava svogliato per affrontare una nuova giornata. Anche qui la giustizia non era di casa. Eppure quello sarebbe stato il giorno della resa dei conti: per quel ragazzo, per quella morte, e per molti dei crimini che sarebbero stati commessi in futuro.

Non c'erano testimoni per l'omicidio di Whitechapel.

E, comunque, quella notte uno sguardo oscuro aveva assistito alla scena.

E quella mattina… il Maestro si stava svegliando.

UN RAGAZZO STRANO

Al sorgere del sole, alcuni raggi penetrano la nebbia giallognola che si sta alzando, fino a raggiungere la massa marroncina delle persone in movimento. Cappelli a cilindro e cuffiette da signora, vestiti pesanti e stivali sciamano lungo i ponti e le strade lastricate. Gli zoccoli dei cavalli battono sul selciato, producendo il loro inconfondibile *clopclop* che va a sovrapporsi al rumore sordo e metallico delle ruote di ferro dei carri, al ronzio della folla e agli strilli acuti dei venditori ambulanti. Sospeso nell'aria, un odore acre di cavalli, di rifiuti, di carbone e di gas. Quasi tutti hanno una meta in questa mattinata di fine primavera nell'anno del Signore 1867.

Tra quelli che venendo da sud attraversano il fiume lurido c'è un giovane alto e magro con la carnagione dello stesso colore delle pagine del "Times", il quotidiano londinese. Ha tredici anni e dovrebbe essere a scuola. Da lontano dà l'impressione di essere elegante, avvolto com'è nel cappotto nero doppiopetto, con la sciarpa, il panciotto e gli stivali lucidi. Da vicino sembra stravolto. Ha l'aria triste, eppure i suoi occhi grigi sono vivaci e all'erta.

Il suo nome è Sherlock Holmes.

Il crimine di Whitechapel della notte scorsa, uno dei tanti che avvengono a Londra, anche se forse uno dei più cruenti, cambierà per sempre la sua vita. Di lì a poco ci avrà a che fare per la prima volta e nel giro di pochi giorni sarà completamente coinvolto.

Viene qui, in queste strade affollate e rumorose, per sfuggire ai suoi problemi, alla ricerca di nuove emozioni, per osservare i ricchi e i famosi e chiedersi cos'abbiano di diverso queste persone per essere così apprezzate e avere tanto successo. Lui ha fiuto per le situazioni pericolose e i casi estremi, e in queste strade brulicanti trova entrambi.

Ogni giorno percorre lo stesso tragitto. Esce dall'appartamento al primo piano sopra il negozio di cappelli dove vive con la sua famiglia, nello squallido quartiere di Southwark, e s'incammina verso sud, in direzione della scuola. Poi, quando sa di non essere visto, gira verso ovest e di nascosto si dirige a nord, attraversa il fiume insieme alla folla sul Blackfriars Bridge e raggiunge la grandiosità del centro cittadino.

I londinesi gli passano accanto a ondate, ognuno con la sua storia e tutti estremamente affascinanti ai suoi occhi.

Sherlock Holmes è un grande osservatore, si può dire fin dalla nascita. Riesce a farsi un'idea chiara delle persone in un attimo. Sa dirti uno da dove viene e l'altro che mestiere fa. E, infatti, nella stradina dove vive è noto proprio per questo. Se qualcuno perde qualcosa (uno stivale o un grembiule o una fragrante fetta di pane) lui va in giro e osserva le facce, esamina i vestiti fino a trovare le prove inconfutabili per incastrare il colpevole, grande o piccolo che sia.

Ecco, per esempio, quell'uomo che gli sta venendo incontro è stato un militare, lo si vede dal portamento. Ha caricato il fucile, tirando il grilletto, con l'indice ispessito della mano destra. È stato in India: basta notare il simbolo indù raffigurato su uno dei gemelli, quello di sinistra, lo stesso che una volta il ragazzo ha visto su un libro.

E più avanti quella donna che lo sfiora passando: indossa una cuffia ben calzata sulla testa e uno scialle stretto stretto intorno alle spalle.

"Ehi, tu, stai attento, guarda dove vai," borbotta guardandolo con aria di rimprovero.

Questa è facile, pensa il ragazzo. *È stata appena lasciata dal fidanzato, basta guardare le occhiaie scure che le segnano gli occhi, la piega della bocca e il pezzo di cioccolata che nasconde tra le mani. Sta per compiere trent'anni ed è un po' ingrassata, vive in campagna nella regione del Sussex: si capisce dalle tracce di argilla marrone, tipica di quella zona, che le sono rimaste sul collo degli stivali neri.*

Riconoscere ogni singolo dettaglio per il ragazzo è una sorta di necessità impellente. Ha bisogno di procurarsi qualche punto di vantaggio sulla vita, che finora gliene ha riservati davvero pochi. Un giorno un insegnante della sua scuola gli ha detto che è un genio. E lui, schermendosi, ha borbottato tra sé e sé: "Genio in che cosa? Nell'essere nel posto sbagliato al momento sbagliato?".

Arrivato in Fleet Street va dritto verso un cestino della spazzatura in ghisa e frugando tira fuori una manciata di quotidiani: il "Times"... lo ributta. Il "Daily Telegraph"... lo ributta. L'"Illustrated Police News"... ah, ecco. Questo sì che è un giornale! Ogni fatto sensazionale che avviene a Londra è raccontato con la stupefacente vivacità di grandi immagini in bianco e nero. Legge tutti i giorni pubblicazioni scandalistiche del genere, ma questo numero in particolare, che riporta un'avvincente storia di brutale violenza e ingiustizia, gli rivelerà il suo destino. Se lo infila nel cappotto e se ne va.

Una volta arrivato a Trafalgar Square, solleva lo sguardo alla ricerca dei corvi.

Ne vede spesso qualcuno disposto in fila sul cornicione

dell'Hotel Morley, accanto alla magnifica Northumberland House, nella parte a sudest della piazza, ben lontani sia dai piccioni grassi che dalle persone riunite nei pressi della fontana. Questa è una cosa che lo fa sorridere. Uno degli hotel più esclusivi di Londra che ha, per così dire, una corona di corvi. Proprio il tipo di uccelli che Sherlock preferisce.

Schivando abilmente il traffico, attraversa la piazza per andarsi a sedere al suo posto, sulle scale di pietra del museo, la National Art Gallery. Si spostano anche gli uccelli neri. A volte pensa che i corvi lo seguano. Un paio di loro si lancia in picchiata e zampetta lì vicino.

"Ehi, voi due, buongiorno. Vediamo cosa dice il giornale oggi."

Apre il quotidiano e la prima pagina gli getta in faccia un titolo a lettere maiuscole: OMICIDIO!

Sotto, un'immagine sconvolgente: una donna, bella e giovane, giace a terra in una pozza di sangue in una strada di Londra.

I corvi gracchiano, poi volano via. Sherlock va avanti a leggere.

È successo nel cuore della notte, nella zona a est della città vecchia. Nessuno ha visto né sentito niente. L'arma è un coltello lungo e affilato.

Sherlock volta pagina e prosegue voracemente la lettura: non si conoscono le origini né la classe sociale della donna, non si fa cenno del nome né di possibili nemici. Improvvisamente il ragazzo si rende conto con orrore che la vittima somiglia a sua madre.

Ascolta la gente che gli passa accanto.

"Quella povera donna."

"Forse era una vagabonda, o magari una straniera."

"C'è di nuovo quell'orribile ragazzo, seduto là. Vorrei tanto che cambiasse quartiere."

"Ma cos'erano, corvi? Ah, brutto segno."

"Sono dei ladruncoli. Nient'altro che zingari. Eccoli che arrivano! Chiamo la polizia."

Sherlock alza rapidamente lo sguardo: sono gli Irregolari di Trafalgar Square.

Li riconosce dall'odore.

"Guarda chi si vede, il Maestro Holmes," esordisce un ragazzo dai capelli neri e l'aspetto spavaldo, alla guida di una banda di ragazzini sudici, uguali in tutto e per tutto al loro capo, ma più piccoli. Indossa una marsina nera a code, lunga e logora; sulla testa, sistemato di sbieco, ha un cilindro scuro e in mano un rozzo bastone da passeggio. "Mi sa che ti sei seduto nel nostro posto."

Non si sono mai seduti qua e non lo faranno neanche oggi. Gli si raccolgono intorno e lo sovrastano minacciosi.

"Oh, ciao, Malefactor..." risponde Sherlock e, salutando con la mano gli Irregolari, prosegue "...e compagnia bella."

"Almeno io ce l'ho una compagnia."

"Senza dubbio."

"Vattene! Se non vuoi prenderle di nuovo."

"...bastardo di un ebreo," aggiunge digrignando i denti uno di loro. Si chiama Grimsby ed è uno dei più feroci, perciò Holmes cerca di stargli alla larga. Con quei denti gialli e aguzzi somiglia a un furetto, sempre pronto a mordere.

Sherlock si alza e si aggiusta i vestiti di terza mano. Odia Malefactor, ma lo odia provando per lui la più profonda ammirazione.

"Hai visto cos'è successo?" gli chiede mostrandogli la copia del giornale.

"L'hanno aperta in due, in due! Proprio un bel lavoretto!" esclama Grimsby alzando la voce mentre gli altri ridono.

"Non è divertente," interviene Malefactor mettendoli a tacere. "Non è giusto."

"Cosa si dice in giro?" chiede Holmes, ben sapendo che il presuntuoso bulletto e la sua banda sono sempre aggiornati sui più piccoli pettegolezzi che circolano per i vicoli di Londra.

"Le strade sanno, ma si tengono tutto per loro," prosegue Malefactor. "Non mi piace la..."

"Lo so," sospira Sherlock. "Lo so... non ti piace la mia faccia."

I due ragazzi hanno qualcosa in comune, anche se il capo della banda è un po' più grande e parla con una lieve cantilena irlandese, qualcosa che va oltre il loro aspetto tenebroso. Si assomigliano nel modo di esprimersi e nella cura che dedicano al vestire, seppure con abiti cenciosi. Ne sono entrambi consapevoli, ma a Malefactor la cosa dà sui nervi.

"Non sarai mai un Irregolare, tu. Mai, Sherlock Holmes."

"Eppure più irregolare di così non potrei essere."

Nel frattempo un poliziotto si sta avvicinando, con il berretto e il lungo cappotto blu d'ordinanza, con i bottoni luccicanti disposti lungo una linea perfettamente verticale. Ha in mano un manganello di legno e osserva con attenzione le carrozze che gli passano accanto, cercando il momento buono per attraversare e avvicinarsi.

"Irregolari!" sibila Malefactor e in un lampo spariscono.

Sono le cinque del pomeriggio, ma Sherlock non ha voglia di andare a casa, vorrebbe restare nella piazza. Perché dovrebbe tornare alla tristezza, alla disperazione, da Rose e Wilber Holmes? Meglio starsene in giro, nel bel mezzo del fermento, dove ha visto tante cose affascinanti e terribili. Un giorno, per esempio, è passato Lewis Carroll con in mano *Alice nel Paese delle Meraviglie*; un'altra volta ha visto Disraeli, il più grande uomo politico del paese, che passeggiava tranquillamente per la piazza; oppure Anna Swan, la gigantessa, che sovrastava la folla di tutta la testa; e, ancora, l'incredibile funambolo, Blondin, e l'unico e inimitabile signor Dickens, con il suo pizzetto nero brizzolato e gli occhi accesi. Ha visto la piazza gremita di manifestanti che protestavano a gran voce contro il governo perché cambiasse politica, oppure stipata di cittadini che inneggiavano alle prodezze dell'Impero. Qui ha visto spazzacamini dai volti anneriti dal carbone, mendicanti deformi e ladruncoli di strada. Perché mai dovrebbe tornare a casa?

Eppure ci torna sempre. Quando la campana del grande orologio del Parlamento, il Big Ben, batte le cinque, scappa via per rientrare prima dei genitori, in modo che pensino che sia andato a scuola. Sono diversi mesi ormai che marina la scuola. Dentro di sé sa benissimo che sua madre e suo padre hanno più di un sospetto in proposito, glielo leggono in faccia. Non potrà andare avanti così per molto. Se lascerà la scuola, sarà costretto a lavorare. La famiglia ha bisogno anche del suo aiuto, quindi dovrà rassegnarsi a prendere il suo posto all'interno della classe più povera dei lavoratori londinesi.

Si stanno ammassando dei nuvoloni neri.

Sherlock si accorge che il suo cuore sta battendo fortissimo fin dal momento in cui ha aperto l'"Illustrated Police News". Qualcosa gli brucia dentro.

Rivolge lo sguardo in basso, al giornale, lo accartoccia, stringendo con rabbia il pugno intorno alla parola "omicidio".

UN OSCURO PASSATO

Il Big Ben batte le cinque. Sherlock comincia a correre lungo la solita strada che fa tutti i giorni, passando sull'ampio ponte di pietra con il "Police News" ancora stretto in mano.

Sa benissimo quanto tempo gli occorre: duecento passi di corsa per attraversare il ponte in mezzo alla folla... meno di due minuti. Proseguendo verso est lungo le acque marroni del Tamigi, dal vecchio e sinistro carcere di Clink fino a Borough High Street sono mille passi veloci, ovvero otto minuti. Borough è un luogo molto frequentato, dove tira la stessa aria di Southwark, ma casa sua rimane fuori da quel quartiere, sette vicoli più a sud, vicino a un posto orribile che si chiama Mint, la zona franca della città dove si rifugiano tutti i debitori di Londra.

Qua e là sopra le strade incombono i ponti di pietra scuri della ferrovia. I fischi penetranti delle locomotive a vapore spesso colgono i pedoni di sorpresa, facendoli sobbalzare.

Sherlock non si allontana dal dedalo di vicoli e stradine sul lato ovest di Borough, e procede a passo svelto per non essere aggredito o derubato dai monelli, dai mendicanti o dai ladri che affollano i bassifondi.

Comincia a piovigginare. A Londra una giornata non può mai dirsi conclusa senza qualche goccia di pioggia.

Quando arriva nei pressi del suo quartiere, prima ancora

di vederlo ne avverte l'odore: il pesce e la verdura in vendita all'angolo della sua strada, gli odori acri che emanano dalle tintorie, la carne di coniglio appesa, le teste di maiale o il montone freddo esposti dai macellai della zona. Poi sente delle imprecazioni che gli sono familiari.

Man mano che si avvicina a casa, cresce in lui la paura di essere scoperto. Se qualcuno dovesse vederlo e fermarlo, non riuscirà ad arrivare in orario. È rimasto troppo tempo a leggere dell'omicidio, ma d'altra parte era impossibile interrompere la lettura.

Quelli del quartiere sanno che lui dovrebbe essere a scuola, e se dovessero sorprenderlo a marinare le lezioni avvertiranno senz'altro i suoi genitori. Allunga il passo, incassando la testa, così da farla sparire dentro il colletto, come fosse una tartaruga.

"Sherlock!" grida una voce.

Sembra un ragazzo della sua età, forse un compagno di scuola. Lui continua a correre ma, un po' più avanti, quando vede un gruppo di ragazzi che conosce, rallenta. Stanno giocando coi birilli nello spiazzo dove non molto tempo prima hanno demolito un palazzo, per far spazio a una nuova linea ferroviaria. Usano un vecchio teschio umano come palla e come birilli delle ossa messe in piedi: devono averli dissotterrati dalla tomba di un poveraccio, e...

D'improvviso Sherlock va a sbattere contro qualcosa e si ritrova scaraventato giù dal marciapiede, in mezzo alla strada.

Alza la testa per capire cos'è stato.

È Ratfinch.

Ratfinch è il pescivendolo del posto, che oggi sul suo carretto ha due barili pieni di anguille. Arrostite sul fuoco sono buone, ma ora sono solo viscide, annodate intorno al corpo del ragazzo steso a terra, semitramortito. Ha il cappotto completamente fradicio.

"Holmes? Cosa diavolo...? Ma non dovresti essere...?" Sulla guancia sinistra Ratfinch ha una lunga cicatrice, che si è procurato con un amo da pesca: un solco profondo che gli attraversa tutto il viso.

Sherlock si rimette subito in piedi, e intanto cerca di liberarsi delle anguille, di afferrare quei vermi giganti e ributtarli nei barili del pescivendolo; nel frattempo un passante ha raddrizzato i contenitori rovesciatisi in strada. A questo punto il ragazzo è agitatissimo. Ora sì che è *davvero* in ritardo. Balbetta delle scuse e scappa via. Mentre si allontana, cerca di pulirsi il cappotto con le mani, sperando che la vecchia stoffa si asciughi in fretta.

"Holmes!" gli urla dietro uno dei ragazzi che giocavano ai birilli. Ma Sherlock abbassa la testa e continua a correre.

La sua casa è subito dopo la via principale, tra un gruppo di negozi allineati lungo la strada che porta dritta dritta nello spaventoso quartiere di Mint. Praticamente tutto qui è di pietra o di mattoni, però questi edifici, costruiti alla fine del Seicento, sono di legno: i negozi a pianoterra con le vetrine piombate, gli appartamenti al primo piano con gli interni angusti e malridotti.

Con un ultimo scatto si infila nel vicoletto che conduce verso il retro dei negozi. Le sue spalle ossute ci passano a malapena. Supera il macellaio, il panettiere, e finalmente raggiunge l'edificio dove si trova casa sua, impossibile da confondere per via degli odori che provengono dal vecchio negozio di cappelli. Si arrampica sul muretto sbrecciato per raggiungere, poco più in là, una scaletta traballante che porta all'unica via d'accesso al loro appartamento. Sale gli scalini di corsa e si ritrova su una specie di piccolo ballatoio, così stretto che ci cammina a stento una persona. Da lì Sherlock controlla le stradine sottostanti e getta uno sguardo indietro, nella direzione da cui è venuto. Quello che vede lo fa diventare ancora più pallido di quanto non sia già di natura: i suoi genitori, mano nella mano, stanno imboccando la strada. Succede spesso che si diano appuntamento a Borough e vengano a casa insieme. Gli restano pochi secondi a disposizione prima che arrivino!

La porta di casa non è mai chiusa a chiave: chi mai ruberebbe il poco che hanno? Le dita lunghe e pallide armeggiano nervosamente con il chiavistello, mentre i suoi genitori si avvicinano. Con il pollice preme sulla leva metallica che dovrebbe far alzare l'asticella all'interno. Ma è molto nervoso, la lascia andare troppo presto e il chiavistello resta bloccato. Spinge la porta tentando di aprire, ma non ci riesce. Adesso sente i genitori parlare tra loro. Tenta ancora con il chiavistello, ma gli tremano le mani. Cerca di calmarsi, preme più lentamente sulla leva metallica e finalmente riesce ad aprire la porta e a infilarsi dentro. L'appartamento è composto da due stanzette adiacenti. Le assi di legno del pavimento scricchiolano mentre attraversa la stanza principale per buttarsi sul suo giaciglio di paglia accostato al muro. Dalla mensola sopra di lui prende uno dei libri di suo padre. Ha ancora il respiro affannato.

Il chiavistello si solleva dolcemente e la porta si apre e si richiude cigolando.

"Sherlock? Sei a casa?"

"Sì, madre."

"Ciao, figliolo."

"Padre."

Wilberforce Holmes, alto, magro e scuro, lo guarda con attenzione. Le sue doti di osservatore sono almeno pari a quelle del figlio, che ha preso da lui, ovviamente. Ma non c'è bisogno di essere un investigatore per accorgersi che oggi c'è qualcosa che non va nel ragazzo.

"Sento una puzza..." osserva sospettoso, "...di pesce?"

"C'era Ratfinch qua sotto," risponde con noncuranza Sherlock, mentre si alza per voltare la schiena al padre. "L'ho appena incontrato," spiega il ragazzo con una smorfia, rendendosi conto che quello che ha appena detto non ha senso. L'odore del pescivendolo, mescolato a tutti gli altri odori della strada, non riuscirebbe mai ad arrivare fin dentro casa.

Suo padre lo scruta con attenzione. "Ma sei senza fiato?"

"No."

Per quanto può continuare a volgergli la schiena? Ha il cappotto ancora fradicio sul davanti per via delle anguille, ma solo sul davanti. Magari può fargli credere che è stata la pioggia. Ma quando mai piove su un lato solo dei vestiti?

"Com'è la scuola?" prosegue il padre.

"Istruttiva."

I suoi genitori non sorridono e si guardano in silenzio. Sono ancora mano nella mano.

"Bene e... cos'avete fatto oggi?" chiede la madre sforzandosi di parlare in tono tranquillo.

"Sempre le stesse cose."

Il signor Holmes ne ha abbastanza. "Devo forse chiederlo al direttore della scuola?"

"No... non farlo... io... io sono corso a casa passando dal ponte per fare prima. E sono finito addosso al signor Ratfinch," confessa Sherlock.

Sui loro volti si dipinge la delusione.

"Almeno provaci," dice la madre con voce implorante, mentre si slaccia sospirando la cuffietta viola, un copricapo fin troppo sfizioso per una donna della sua condizione, una reliquia, sempre più malconcia, della sua vita precedente. Ha ancora un bel viso, sebbene le rughe siano sempre più profonde e le mani ogni giorno più sciupate.

A Sherlock viene in mente l'immagine della donna assassinata, bella com'era sua madre una volta.

Scaccia subito quell'immagine e si sforza di concentrarsi solo sulla Rose di tanto tempo fa. Volge lo sguardo al piccolo dipinto sbiadito che tengono sopra la vecchia credenza... sua madre bellissima, da giovane, l'usignolo.

Pensa spesso a lei e a come doveva essere in quei giorni felici.

Un tempo il suo nome era Rose Sherrinford ed era il gioiello dei suoi genitori, la loro unica figlia, destinata a un futuro invidiabile. I Sherrinford erano una ricca famiglia di proprietari terrieri, con un po' di sangue francese nelle vene. Insieme alla bellezza e a un'educazione raffinata, Rose vantava una dote di molte migliaia di sterline, particolare importante per i giovani inglesi di buona famiglia. Ma Rose era uno spirito inquieto e trovava ripugnante l'idea di vivere schiava delle convenzioni. Adorava cantare e sognava di entrare a far parte della Royal Opera Company a Covent Garden, anche se sapeva benissimo che si trattava di un'occupazione "sconveniente" per una giovane della sua estrazione. L'unica cosa che i suoi genitori le avevano concesso era di prendere lezioni di canto. A forgiare la sua voce furono i migliori maestri di canto d'Inghilterra: cantava come un angelo, ma poteva esibirsi solo in casa, durante i ricevimenti di famiglia. Imparò a memoria tutti i ruoli più importanti del repertorio operistico, aveva un'autentica adorazione per i mezzosoprani e non si perdeva neppure uno degli spettacoli in scena al teatro dell'Opera.

Covava rancore e indignazione per la vita da reclusa a cui la costringevano i genitori. Loro però erano certi che questi sentimenti sarebbero cambiati non appena si fosse profilato all'orizzonte un buon partito, che di sicuro le avrebbe fatto dimenticare quelle inclinazioni.

Poi un giorno arrivò l'ebreo.

Wilber Holmes era un genio. La chimica era il suo forte, ma per la sua mente la soluzione di qualsiasi mistero di carattere scientifico richiedeva solo un piccolissimo sforzo. Ciò che lo affascinava di più, però, era l'ornitologia. Era attratto dalla capacità di volare. Tuttavia, essendo figlio di un povero ebreo immigrato, un ashkenazita proveniente dall'Europa dell'Est, non aveva grandi opportunità di prendere il volo. Il padre di Wilber aveva cambiato apposta il cognome in Holmes per far sì che la sua famiglia si sentisse più a proprio agio nel nuovo paese e potesse giurare fedeltà all'Inghilterra. Decise inoltre di chiamare il figlio Wilberforce ("È un nome insolito, devi essere fiero di portarlo"), come il celebre inglese che credeva fermamente nell'uguaglianza razziale. Tutti i giorni lo accompagnava alla scuola ebrea, spronandolo a ottenere i voti migliori. Ma non bastò. Nonostante le capacità di Wilber, la strada dell'istruzione superiore, ovvero l'opportunità di diventare realmente qualcuno, era sbarrata. Quando lui era ragazzo, nel 1840, le persone della sua razza e classe sociale non avevano accesso alle scuole più ambite, quelle di Oxford e Cambridge.

Eppure, il giovane non si arrese. Ebbe l'opportunità di entrare allo University College di Londra, una scuola da poco fondata, e dopo una brillantissima carriera studentesca, si avviò alla professione di insegnante. "Professor Holmes" scriveva di continuo su dei pezzetti di carta, sorridendo.

Proprio allora, però, tutto cambiò.

Una persona che lo stimava lo portò all'Opera. Là, dopo essersi seduto, alzò lo sguardo e la vide: nella luminosa nicchia bianca di un palco, con i lucenti capelli biondi e i radiosi occhi azzurri, le ardite evoluzioni dei violini della *Gazza ladra* di Rossini che facevano da sfondo perfetto alla sua bellezza. Muoveva le labbra ripetendo silenziosamente ogni parola dell'opera, mentre sognava di esserci lei là su quel palco.

Non riuscì a smettere di fissarla. Non si sa come, lei avvertì il suo sguardo e di lì a poco ricambiò l'attenzione dell'uomo dai capelli e dagli occhi scuri, che brillavano d'intelligenza, gentilezza e bontà d'animo. Il suo spirito indomito volò da lui.

"Eri bravissimo all'inizio. Il direttore della scuola ti voleva come insegnante per i bambini più piccoli."

Il ragazzo interrompe bruscamente il suo sogno a occhi aperti. La madre gli sta ancora parlando.

"Dovrai cominciare a lavorare se decidi di non andare a scuola," aggiunge il padre in tono deluso. "Lo sai che paghiamo una retta molto più alta di quanto possiamo permetterci per quella scuola. Quanti ragazzi lavorano già, e sono anche più giovani di te."

"Io..." balbetta, "ci andrò. Domani."

Rose appende il suo cappellino a uno dei ganci che si trovano sotto la piccola finestra incrostata di fuliggine affacciata sul vicolo. Si volta con le mani sui fianchi, stringendo i bordi logori del lungo vestito di cotone: le ricade addosso floscio, senza quella sottogonna di crinolina tanto di moda che dovrebbe renderlo molto più vaporoso. I suoi capelli biondi sono qua e là striati di grigio. Si avvicina a Sherlock e gli prende il viso tra le mani, guardandolo fisso negli occhi, poi lo bacia.

"Preparo qualcosa da mangiare."

Va al mercato alla fine della giornata, quando si compra a buon prezzo. Tira fuori dal suo cestino qualche carota e una cipolla, una mezza pagnotta e due patate punteggiate di nero. Dispone il tutto sul piccolo tavolo di legno al centro della stanza dove prepara i pasti. Farà stufare le verdure sul fuoco.

Wilber Holmes appende il cappotto a un altro gancio e si allenta la cravatta. Sembra stanco. Per natura tende sempre a vedere il lato positivo delle cose, ma gli occhi neri lo tradiscono quando cerca di sorridere. Sfila da un taschino gli occhiali da vista, si siede accanto al figlio e si allunga per prendere un libro. Ce ne sono circa due dozzine in fila. Sempre a portata di mano ci sono la *Guida degli uccelli d'Inghilterra* e la *Guida al volo degli uccelli*. Li avrà letti un centinaio di volte ma è più forte di lui, li legge e li rilegge. La maggior parte degli uomini passa le serate nei locali dei dintorni a bere, Wilber Holmes non sa che farsene dei pub. A lui piace librarsi nel cielo accanto ai suoi volatili.

Sherlock è seduto vicino a lui e non dice una parola: il senso di colpa per non essere andato a scuola lo tormenta, ma non sa davvero cosa fare e non è sicuro di tornarci. Comunque, la sua mente vaga lontana, impegnata a ricostruire il fatale incontro dei suoi genitori al teatro dell'Opera, lo stesso che ha determinato e al contempo distrutto la sua vita.

Quella notte, quando le ultime arie terminarono, il giovane ebreo uscì dal teatro lentamente, mentre la giovane privilegiata si alzò di scatto dal suo posto, ansiosa di tornare a casa e raccontare ai genitori di quest'ultima opera di Rossini.

Uno uscì con aria trasognata dalle porte principali, voltandosi per trattenere nella memoria l'esperienza fastosa appena vissuta. L'altra si precipitò fuori cercando la sua carrozza. Lo scontro fu dolce. Lui la prese tra le braccia.

La cosa spaventò i genitori di lui e fece infuriare quelli di lei. Era escluso, le dissero. Possibile che non capisse chi era? Una Sherrinford non avrebbe mai sposato un ebreo.

La giovane coppia fu ripetutamente avvertita.

Dopo la fuga d'amore in Scozia, dove si sposarono in segreto, tornarono a casa… per non trovare nulla. I genitori di lei la diseredarono. Le opportunità di lui di ottenere una cattedra all'università sfumarono in modo inspiegabile, quanto inspiegabili erano le sue passate abilità di risolvere quesiti scientifici.

Così si trasferirono a Southwark, a sud del Tamigi, nell'appartamento sopra il negozio di cappelli. Lei divenne la moglie di un ebreo disoccupato di origini straniere, e si mise a insegnare canto ai bambini delle famiglie ricche; quando i soldi scarseggiarono ancora di più, cominciò a fare dei lavori di cucito a casa. Wilber avrebbe potuto insegnare scienze in una scuola elementare della città, ma lo University College di Londra non avrebbe mai messo una buona parola per lui né garantito che era la persona giusta per quel posto. A questo aveva provveduto il suocero, personalmente. Perciò per alcuni anni diede lezioni private in casa sua ai figli degli operai. Poi si spostò più a sud per un lavoro pagato ancora peggio, ma che almeno gli piaceva: al Crystal Palace, dove aveva ammirato le esibizioni di stormi di uccelli addestrati davanti a incredibili folle, avevano bisogno di una persona capace che si prendesse cura delle migliaia di colombe del museo, le Colombe della Pace.

Wilber e Rose non possedevano altro che il loro amore. Ebbero tre figli: Mycroft, nato otto mesi dopo il matrimonio, Sherlock, nato circa sette anni dopo, e infine Violet, la piccola Violet, che morì prima di compiere quattro anni.

Il figlio maggiore se n'è andato, ha trovato un impiego statale di infimo livello, e non torna a casa volentieri.

Il figlio di mezzo, il più strano, è rimasto solo. Ha frequentato una scuola elementare gratuita per bambini poveri, quando Rose e Wilber non potevano permettersi nient'altro, e una scuola pubblica, sempre per bambini poveri, diretta dai preti, appena sono stati più o meno in grado di pagare la retta.

Sherlock ama molto sua madre e suo padre e odia la vita che gli hanno donato. Avrebbe potuto essere qualcun altro.

Prova disgusto per le cattiverie che le persone si fanno l'un l'altra. Perché malvagità e crimini sono una presenza così costante in questa città magnifica e orribile, quasi quanto la nebbia giallognola che l'avvolge?

Perché qualcuno dovrebbe avere voglia di uccidere una bella donna in un vicoletto nel cuore della notte?

SEGNI PREMONITORI

Wilber Holmes chiude di scatto il libro sul volo degli uccelli e fa per riporlo sullo scaffale. Poi decide di tenerselo sulle ginocchia. Prova ad alleggerire l'atmosfera.

"Raccontami della tua giornata, figliolo. Cos'hai fatto oggi veramente? Prometto che non ti sgriderò."

"Sono stato a Trafalgar Square."

"Di nuovo."

"Sì, signore."

"È successo qualcosa d'importante?" Wilber nota il giornale scandalistico che suo figlio tiene stretto in mano. Non è certo il genere di quotidiano che apprezza.

"C'è stato un orrendo omicidio ieri notte."

Wilber sbadiglia e si copre la bocca con la mano. "Di nuovo."

"Ma questa volta è diverso."

"È successo qualcos'altro?"

"C'erano dei corvi nella piazza."

"Davvero?" Gli occhi di Wilber si illuminano e si incollano in quelli di Sherlock.

Si gira, restando seduto sul piccolo letto. "Lo sai che forse sono gli uccelli più intelligenti in assoluto, a parte i loro cugini, i corvi imperiali? Nella loro specie sono quelli che hanno il rapporto cervello-corpo più vantaggioso."

Continuando a tagliare le verdure con un enorme coltello da macellaio, la signora Holmes si volta verso di loro. "I corvi mi fanno sempre venire i brividi. Si nutrono di cose morte, emettono suoni orrendi e in *Macbeth* svolazzano sulla testa delle streghe."

"È il destino ingrato di chi si nutre di carne putrefatta, mia cara, ma questi neri mangiatori di carogne sono più scaltri della volpe. Alcuni miei colleghi sostenevano che i corvi fossero in grado di individuare un particolare essere umano e distinguerlo tra gli altri. Davvero formidabili."

Sherlock si alza e si avvicina al tavolo. Sopra c'è una grossa pentola piena per metà d'acqua. La prende e la mette vicino al fuoco, dove tra poco servirà a sua madre. Appena lei si distrae un attimo, ruba un pezzetto di carota, poi apre la porta ed esce sul piccolo ballatoio scricchiolante. I lampioni a gas di Borough High emettono una luce fioca, che rischiara appena la nebbia sottile. Sulla loro via gli edifici sono ammassati l'uno contro l'altro, e ognuno ha un piccolo giardinetto sul retro, delimitato da muri. Un albero secco, l'unico del quartiere, occupa interamente il giardinetto di casa loro. Vi sono sopra appollaiati due uccelli neri.

I corvi. L'hanno seguito.

Le loro penne nere sembrano oleose e lacere.

"*Corvus corone*, o cornacchia," spiega il padre alle sue spalle, sulla porta. "Bei volatili, davvero. Piccoli mascalzoni, ma belli. Stanno insieme per tutta la vita."

Una pietra sorvola il giardino sibilando in direzione dei corvi. Quelli prendono il volo e spariscono. Un'altra pietra li segue, disegnando un arco nell'aria.

"Che gente!" impreca Sherlock sporgendosi pericolosamente dal parapetto per tentare di individuare il colpevole. Giù nel vicolo scorge due ragazzini che lo stanno fissando. "Andatevene subito!" urla.

“Diavoli neri ed ebrei sono la maledizione della nostra terra!” strilla uno dei due mentre scappano.

“Venite dentro,” li invita con dolcezza Rose, che è uscita per vedere i corvi. “La cena sarà pronta tra un attimo.”

In lontananza Sherlock scorge i corvi. Sul cielo di Londra sta scendendo l’oscurità e gli uccelli neri vi si perdono.

Gli viene in mente una cosa.

Rientra in casa, cerca la copia dell’“Illustrated Police News”, la apre e osserva l’immagine. C’è quella povera donna stesa a terra sulle pietre. Ma cos’è quello? Nella parte alta dell’immagine, non lontano dal corpo, il disegnatore ha raffigurato con diversi tratti di penna qualcosa di scuro.

Sherlock si china e avvicina la testa per esaminare la piccola figura nell’ombra.

È un corvo.

L'ASSASSINO

La mattina successiva Sherlock esce di casa con l'intenzione di recarsi a scuola, poi però il brusio della folla sembra sospingerlo verso la città, come fosse trascinato via da un vento fortissimo. Solo un altro giorno, magari due, poi tornerà a scuola e si comporterà bene. Raggiunge Trafalgar Square seguendo il suo solito percorso e voltandosi indietro di tanto in tanto per timore di essere pedinato. Non sono pochi quelli che potrebbero smascherarlo: un professore, un venditore ambulante, persino il vecchio del negozio di cappelli, con i suoi occhi rossi velati e la faccia sempre corrucciata.

Ma è più forte di lui, e poi al di là del fiume lo aspetta un tesoro. Con il solito sguardo acuto individua una copia dell'edizione del mattino del "Police News" accartocciata sotto uno dei sedili del piano superiore all'aperto di un omnibus – quelle diligenze trainate da cavalli adibite al trasporto pubblico – che si sta avvicinando rumorosamente in mezzo al traffico. Il giornale è stato lasciato lì e nessuno gli presta la minima attenzione. Il conducente tiene salde le redini e le signore all'interno stanno guardando dritte davanti a loro, in direzione dell'incrocio. Ma come si fa ad abbandonare una fonte così incredibile di informazioni? Scende rapidamente dal marciapiede, nel viavai di cavalli e veicoli, appoggia un piede sulla piattaforma del conducente e si produce in un piccolo salto per recuperare il giornale. Nessun viso dalle lunghe basette si volta sotto i cappelli a cilindro neri. Sherlock si infila il giornale sotto il cappotto e sparisce nel traffico, attraversando la strada prima di dare un'occhiata al suo tesoro.

Questo tratto di Fleet Street è il suo preferito, è la zona dove hanno sede tutti i più importanti quotidiani: qui ha incontrato due volte il signor Gladstone, con la sua faccia seria, le basette vaporose, il bastone in mano e l'immacolato cappello a cilindro sulla testa enorme. È l'avversario di Disraeli ed è stato ministro dell'Economia e delle finanze. La scorsa settimana ha persino visto il Grande Farini, l'uomo che ha attraversato le cascate del Niagara camminando su un filo. Accanto a lui c'era il suo giovane protetto, il trapezista El Niño.

Oggi però non riesce a vedere nessuno di importante perché, mentre sta andando per la sua strada, resta con lo sguardo fisso sulla prima pagina del giornale. "TROVATO L'ASSASSINO!" annuncia. Proprio sotto il titolo c'è un disegno approssimativo di un giovane, tale Mohammad Adalji, ritratto con un naso grande e adunco e con la pelle praticamente nera. "Pare sia stato un arabo a commettere l'omicidio" si legge nella prima riga dell'articolo. Sherlock scorre rapido la storia: "...vive a non più di cinque isolati dal luogo del delitto... è stato trovato in possesso di un coltello da macellaio... del sangue... sarà condotto stamattina verso le nove... all'Old Bailey, di fronte alla corte penale."

Mentre si impossessava con un balzo acrobatico del giornale, Sherlock ha sentito il debole rintocco del Big Ben. Le nove. L'Old Bailey è a pochi minuti da lì.

Si volta e comincia a correre.

Quando arriva, una folla di gente si sta ancora raccogliendo nell'edificio, invadendo anche la strada, in attesa dell'assassino. Mentre si fa largo a forza, Sherlock sente il pubblico, uomini e donne, insultare l'arabo e imprecare contro di lui per il truce omicidio. Alcuni hanno in mano della verdura marcia, altri addirittura dei pezzi di mattone. Ci sono circa una dozzina di *bobbies*, i temuti poliziotti londinesi: se ne stanno lì in piedi, piuttosto nervosi, stringendo forte in mano i manganelli neri, duri come pietre.

Sul lato nord dell'Old Bailey si staglia minacciosa la famigerata prigione di Newgate, la stessa dov'era detenuto "l'ebreo" Fagin in uno dei romanzi preferiti di Sherlock, *Oliver Twist* di Dickens. Il palco per le impiccagioni è sempre pronto: eccolo là di fronte al portone principale che si apre nella facciata della prigione, lugubre e priva di finestre. Nei giorni delle esecuzioni le strade intorno sono letteralmente piene di gente: la folla si estende a perdita d'occhio, mentre i posti migliori sono riservati e a pagamento e, da qualche parte tra gli spettatori, c'è sempre il signor Dickens.

Quasi subito entrano in scena due robusti cavalli da tiro trascinandosi dietro il *Black Maria*, il carro per il trasporto dei prigionieri, che fa accapponare la pelle e che porta al patibolo i peggiori criminali. La sua apparizione minacciosa e sinistra ha un effetto immediato: alla sua vista infatti l'umore della folla si fa subito più rabbioso.

"Eccolo, è lui!"

"Giustiziatelo!"

"ASSASSINO!"

Non appena Adalji scende dal retro del cupo convoglio – ammanettato mani e piedi e spintonato bruscamente in avanti dai poliziotti dell'Old Bailey – viene bersagliato da una serie di temibili proiettili. Uno lo colpisce in faccia, perciò lui abbassa la testa, un altro lo colpisce ai genitali, e allora si piega in due. I poliziotti lo trascinano verso il cancello tirandolo per le braccia, quasi volessero esporlo maggiormente alla ferocia della folla. Sherlock riesce a vederlo in faccia e rimane scioccato: gli viene da chiedersi se Mohammad Adalji abbia già compiuto diciotto anni. Ha la pelle più chiara rispetto al disegno che ha visto, il naso più piccolo, e sembra terribilmente spaventato.

Gli occhi dell'arabo scrutano con rabbia la folla e riflettono l'odio che percepiscono. Poi si soffermano su Sherlock e per un istante colgono un barlume di compassione. Istintivamente l'arabo si gira e cerca di fare un passo in avanti. Un uomo robusto tra la folla riesce ad afferrarlo. Il ragazzo cerca di mantenere l'equilibrio, ma un altro lo spintona, facendolo cadere proprio addosso a Sherlock, e finisce a faccia in giù su uno dei suoi stivali consunti. Mentre il prigioniero si rimette in piedi, i loro sguardi si incrociano: le guance dell'arabo sono solcate di lacrime.

"Non sono stato io!"

I poliziotti lo spingono via. Uno di loro ha notato il ragazzo con cui il criminale ha parlato; guarda Sherlock con sospetto e dice qualcosa al collega, poi alza gli occhi in direzione del cielo.

Dei corvi volano in cerchio.

Anche l'arabo li vede. Sul suo volto si dipinge un'espressione di orrore.

"Al diavolo, andatevene. Dannati corvi!" grida l'uomo robusto, mentre scaglia una mela marcia contro il più grande degli uccelli neri.

Tornando verso Trafalgar Square, Sherlock non riesce a levarsi dalla testa le parole del ragazzo. Sapeva che la scena sarebbe stata sensazionale, ma averla vissuta gli ha rivoltato lo stomaco. Ovviamente non può parlare con nessuno. Se qualcuno dovesse fargli delle domande, potrà soltanto dire che l'assassino ha avuto quello che si meritava. Eppure, dentro di lui continua a chiedersi: possibile che quel ragazzo così spaventato abbia potuto uccidere?

Perso nei propri pensieri cammina fino allo Strand, passando per il Temple Bar Gate, l'antica porta in pietra a ovest della City, dove molto tempo fa si usava appendere le teste mozzate dei traditori cosicché tutti le potessero vedere.

"Ma io ti conosco, no?"

Improvvisamente, a un paio di centimetri dal suo, si trova di fronte un volto sciupato: un alito che puzza di pesce gli aggredisce le narici.

"Ma io ti *conosco*?!" grida.

Il cuore di Sherlock quasi smette di battere.

Poi capisce: è quel pazzo con una gamba sola che circola sempre da queste parti, vicino a Charing Cross, con i vestiti sporchi tenuti insieme da lacci e spille recuperate lungo il fiume, dove chiede l'elemosina ai passanti fingendosi più pazzo di quanto sia. Si dice che sia un veterano della guerra di Crimea, perciò i poliziotti lo portano via di rado e a malincuore. Dalle gengive sdentate gli cola un rivolo di bava e gli occhi vacui sono fissi in quelli di Sherlock. Il ragazzo lo supera con destrezza.

All'altezza dell'Hotel Morley guarda in entrambe le direzioni verso il traffico di veicoli che rimbomba sulle pietre del selciato, poi attraversa di scatto Trafalgar, schivando ad arte carrozze e carri, persone a cavallo e venditori ambulanti. Si guarda alle spalle: i corvi sono tornati. Tre sono appollaiati sull'albergo e hanno riconquistato il loro punto d'osservazione, altri due sono sul maestoso leone dorato che sovrasta i cancelli di Northumberland House.

Voltando le spalle ai corvi, il ragazzo si appoggia al muro di pietra scolpito che corre lungo il perimetro della parte centrale della piazza e pensa al ragazzo. Ogni tanto da una tasca del cappotto tira fuori una spazzola arrugginita e si assicura che i suoi capelli neri e lisci siano in perfetto ordine.

Osservare gli uccelli gli piace quasi quanto osservare le persone: cardinali, fringuelli, pettirossi, gazze, qualsiasi tipo di volatile. Ma più di tutto gli piace guardarli volare. "Quella è una delle abilità che noi umani gli invidiamo," gli dice sempre suo padre. "Piacerebbe a tutti volare. Ci libererebbe dai vincoli terreni."

Qualche volta gli è capitato di scorgere delle mongolfiere che si lasciavano trasportare dal vento al di sopra dei palazzi più alti e delle guglie delle chiese della City, come uscite da uno strano sogno del futuro. Non è esattamente come volare, però ci si avvicina molto. Che bello poter essere lassù!

Sentendosi inquieto, si rimette a camminare e attraversa la piazza in direzione del museo d'arte. Sale la scalinata. Venire qui, dove può vedere tante persone ricche, per lui è quasi un obbligo. Lui ricco non lo sarà mai, perciò non gli resta che guardare e sognare.

Sa perfettamente che quasi un terzo dei bambini di Londra non va a scuola, e che sono pochissimi quelli che continuano ad andarci dopo i dodici anni. La maggior parte viene spedita a lavorare, o peggio. E invece lui è ancora lì alla National and Foreign Society School, in Snowfields Road, vicino alla stazione ferroviaria di London Bridge; è un edificio angusto, con tre stanzette umide distribuite su altrettanti piani: una per i bambini più piccoli, una per le ragazze grandi e una per i ragazzi. L'ultima rimane in cima alle scale e ha un soffitto alto (che invita a guardare su e a elevarsi verso un mondo migliore), ed è quella dove i maestri, i supervisori e tutti gli studenti si ritrovano per le riunioni. Sherlock va a scuola da sette anni, i suoi genitori hanno insistito perché imparasse a leggere meglio degli altri, a far di conto meglio... a pensare meglio. Peccato, però, che sul suo futuro incomba un soffitto più basso di quello della sua classe.

Ripensa ai primi tempi nella sudicia scuola elementare del quartiere di Lambeth, seduto al suo banco di legno stretto, in una delle tante file, accanto ad altri allievi poveri come lui. È fortunato a essersene andato da lì. A differenza di quei bambini bisognosi, lui almeno un qualche futuro e qualche aspettativa ce li ha. D'estate ha dato una mano nel vecchio negozio di cappelli sotto casa, contribuendo così al bilancio familiare: ha imparato bene. Forse un giorno potrà lavorare come commesso nel negozio o forse anche come impiegato, o insegnante... certo non di meglio.

"Ma guarda Disraeli," gli dice sempre suo padre. "Ascoltami bene, un giorno diventerà primo ministro. E ci sono altri ebrei che si stanno guadagnando delle buone posizioni. Ora ci è anche permesso entrare in Parlamento. Siamo nel 1867! Quando ero ragazzo io, si stava molto peggio."

Benjamin Disraeli però è un ebreo diverso da Sherlock, o da chiunque altro lui conosca. Gli ebrei che hanno successo, come per esempio i Rothschild o uno degli ultimi sindaci di Londra, non hanno mai vissuto in un quartiere povero come Southwark o Whitechapel. Non sono di sangue misto, e i loro genitori non hanno avuto difficoltà finanziarie. Al contrario, Disraeli viene da una famiglia borghese ed è stato battezzato in chiesa: ha avuto molte opportunità nella vita. Anche se di recente Sherlock ha visto, su una copia della rivista "Punch" trovata per strada, proprio una caricatura di questo grand'uomo, con un naso lungo e grottesco, nei panni di Fagin.

A scuola i ragazzi si rivolgono a Sherlock chiamandolo "Giuda" o "vecchio straccione", gli stessi epiteti per i venditori ambulanti ebrei, che sono dei trafficoni. Lui è un solitario, non ama chiacchierare e dà l'impressione di saper solo leggere e pensare. Si veste con il panciotto e abiti ridicoli (li compra di seconda mano al mercato), stracciati ma il più possibile puliti: è l'unico modo che ha per essere qualcuno, anche se ciò lo rende ancora più diverso e solo. A Snowfields si è trovato coinvolto in un paio di zuffe. È uno che non molla, né lascia correre quando gli altri ragazzi lo prendono in giro o lo insultano. Eppure qualcuno ancora lo fa. Sono invidiosi dei suoi tanti primati e della sua mente acuta.

Ma c'è un episodio in particolare che ancora lo disturba. È successo circa un anno fa. Il bullo della scuola l'aveva preso in giro in modo così spietato che Sherlock l'ha sfidato a battersi in strada. Per l'occasione si era radunata una gran folla. Il suo avversario era un ragazzo enorme, di poco meno di settanta chili, un inglese purosangue. Sherlock è finito a terra al primo colpo, e il suo avversario gli si è subito avventato addosso, bloccandogli le braccia esili fin quasi a spezzargliele. Quello poi gli ha sputato in faccia e l'ha schiaffeggiato mentre gli altri guardavano e ridevano.

"Non ce la fai, eh, Giuda? Sei spacciato!" ha gridato il ragazzo. "Puoi vantarti finché vuoi per i tuoi bei voti, e indossare quei vestiti e darti delle arie, tanto non arriverai mai da nessuna parte. Sei senza speranze!"

Quando alla fine il ragazzone si è deciso a calmarsi e gli si è tolto di dosso, Sherlock non si è alzato. La gente intorno lo guardava dall'alto in basso. Lui è rimasto a terra, disteso sulla schiena, finché non se ne sono andati tutti.

Prima di quella rissa forse aveva saltato la scuola solo una volta la settimana, ma dopo quella volta le sue assenze sono aumentate drasticamente. Ci prova a frequentare, sa che lo deve ai suoi genitori. Ma non ce la fa. Lo studio può portare lontano, ma suo padre allora? Dove l'ha portato lo studio?

Su uno sfondo di nuvoloni grigi, un cardellino sta volando verso di lui. L'aria si è fatta fredda e sembra che ricominci a piovere. Sherlock sta pensando all'omicidio.

In tasca ha ancora il nuovo numero dell'"Illustrated Police News". L'ha sfogliato appena, leggendo giusto il titolo e qualche frase su Mohammad Adalji. Lo tira fuori e va subito alla seconda pagina, dove è stato riprodotto l'orribile disegno pubblicato il giorno prima.

Il sangue. La donna. Il corvo.

L'articolo prosegue nella pagina successiva, dove c'è un altro ritratto della vittima. Ha degli occhi così belli, simili a quelli di sua madre in quel piccolo dipinto che hanno in casa.

Dell'identità della donna non si sa ancora niente. Continua a leggere.

È uno di quei casi d'omicidio aperti e subito archiviati. Non ci sono dubbi che sia stato proprio l'arabo. La polizia ne è certa. Si occupa del caso un vecchio ispettore, un certo Lestrade.

> L'abbiamo trovato non lontano dal luogo del delitto, con le mani insanguinate e, nascosto sotto il cappotto, aveva un coltello da macellaio. La vittima non era ricca, ma ben vestita. Il criminale deve aver pensato che avesse del denaro con sé e le ha rubato la borsetta: ci sono delle tracce evidenti, anche se non è ancora stata ritrovata. Deve averla nascosta da qualche parte. Lo faremo parlare, lo interrogheremo a lungo e salterà fuori anche la borsetta. E poi sarà impiccato per quello che ha fatto.

Proseguendo nella lettura, Sherlock scopre che il processo all'arabo si terrà tra circa tre settimane e la condanna verrà eseguita subito dopo la sentenza. Mohammad Adalji ha le ore contate.

Quando il Big Ben batte le cinque, Sherlock ha l'impressione che rintocchi da lontano, da un'altra contea. Si alza e automaticamente va verso il fiume. Dopo pochi passi si accorge che sono tornati i corvi, e due stanno volando proprio sopra la sua testa. Poi però cambiano direzione e si allontanano. Decide di seguirli, anche se sa che dovrebbe correre a casa, ma qualcosa lo spinge ad andare con loro.

Stanno volando verso la zona più vecchia di Londra, la City, racchiusa dalle antiche mura, dove le stradine sono buie e strette, avviluppate come serpenti nelle loro tane di pietra. Oggi è piena di banche, ma un tempo in questo luogo vivevano i romani e i vichinghi e i sassoni dettavano legge, le streghe raccontavano storie raccapriccianti e nel Medioevo i poveri sventurati, uomini e donne, venivano frustati e torturati in pubblico.

I corvi lo sorvolano, poi si posano e quindi ripartono. Seguendoli, Sherlock prova una strana sensazione di disagio... come se fosse in compagnia degli uccelli del diavolo.

Dove stanno andando? Dove passano la notte? Di solito si annidano su alberi molto alti.

Di lì a poco si profila sulla destra, in riva al Tamigi, la Torre di Londra, con la sua celebre prigione, poi, altrettanto rapidamente, scompare alla vista, mentre i corvi cominciano a volare più bassi.

Si è spostato molto a est, in un quartiere proletario, dove si trovano rigattieri, fabbricanti di candele e banchetti di frutta e verdura sparsi un po' dappertutto: un quartiere di immigrati ancora più povero del suo. La strada principale non è poi così male, ma le viuzze più piccole sono popolate di poveracci che si aggirano senza meta, molti a piedi nudi, altri seduti a terra contro i caseggiati sudici. Ci sono anche degli ebrei, tantissimi: qualcuno vende vestiti... sì, quelli con le lunghe barbe e una pila di cappelli in testa. Molte lingue che non conosce fluttuano nell'aria.

In queste strade secondarie non ci sono lampioni a gas e tra poco la luce del sole si affievolirà, mentre la solita nebbia londinese comincerà a scendere e a ispessirsi. La gente si affretta verso casa, e via via abbandona la strada principale. Sherlock prosegue lungo Goulston Street.

Non dovrebbe trovarsi qui. Gli passano accanto uomini dall'aspetto sinistro che lo guardano con sospetto.

"Una preda facile," gli sembra di sentir dire sottovoce da un fosco individuo con un cappello da marinaio rivolgendosi a un altro.

Continua a tenere lo sguardo sui corvi, ma improvvisamente questi spariscono per posarsi da qualche parte sulla sinistra, poco più avanti. Sta cominciando a sentirsi smarrito; qui le strade laterali sono ancora più buie, sembrano tane di lupi.

Si blocca davanti a un vicolo... l'Old Yard... dove secondo lui è più probabile che si siano diretti i corvi. All'ingresso, su entrambi i lati, ci sono due negozi, che al piano superiore hanno degli squallidi alloggi, costruiti ad arco sopra il vicolo.

Fa un bel respiro e poi si avventura all'interno, con il cuore che gli batte all'impazzata.

È come entrare in una galleria: gli edifici a due piani sporgono sulla strada, impedendo alla luce del sole al tramonto di filtrare. Usciti da non si sa dove, bambini vestiti di stracci chiedono l'elemosina con gli occhi languidi e le mani tese. Altri hanno allineato le loro misere scarpe sul lurido marciapiede, sperando di venderle. Puzzano come se avessero fatto il bagno nelle fogne. Molti hanno una tosse terribile e la pelle verdognola. In questa zona quattro o cinque famiglie vivono insieme in un'unica stanza.

È ora di andare, è davvero tardi.

Ma proprio in quel momento scorge i corvi in fondo a un vicoletto desolato.

Cosa stanno facendo?

Li distingue a malapena. Si sono posati a terra e stanno becchettando l'acciottolato in fondo al vicolo, quasi invisibili nella luce sempre più debole. Sherlock cerca il nome della strada sull'edificio di mattoni all'angolo: gli sembra di riconoscerlo, ma non sa perché.

Resta lì incerto: si trova in una parte della città a cui i suoi genitori non vogliono neppure che si avvicini, figurarsi avventurarcisi. E ormai è tardissimo, i suoi lo uccideranno quando torna a casa.

Sente i corvi becchettare.

Si gira verso il vicolo.

Su entrambi i lati le porte delle case sono sbarrate con assi di legno, sembrano stalle che nessuno utilizza più da tempo. C'è un silenzio minaccioso. Sherlock si muove con grande cautela, come se da quelle porte dovesse improvvisamente saltar fuori qualcuno e saltargli addosso.

Dalla nebbia giallognola gli giunge il gracchiare dei corvi. *Perché si sono posati a terra?*

Fa qualche passo avanti, loro non si muovono. Si avvicina tanto che potrebbe calpestarli. Sono intenti a beccare qualcosa sul selciato. Si china: il suolo è grigio, ma nel punto dove si trovano i corvi sembra di un colore diverso, come se fosse macchiato di… rosso.

A quel punto gli viene in mente come mai il nome del vicolo gli suona familiare. L'ha letto e riletto sui giornali negli ultimi giorni.

Quella macchia rossa è sangue umano.

Si trova proprio nel *punto esatto* in cui è stata uccisa quella donna!

IL PAESE DEI VIOLINI

Corre via a tutta velocità, come se stesse cercando di fuggire dall'odio che c'è nel mondo, dalla brutalità delle persone e dalla violenza, da chiunque sia stato a uccidere quella donna.

A letto, quella notte non riesce a dormire. Continua a pensare alla scena nel vicoletto: l'antro oscuro, i corvi che becchettano il selciato, il sangue. Si è sentito osservato, come se qualcuno fosse in agguato in quella strana atmosfera cupa e nebbiosa.

Adesso si vergogna. Perché ha avuto così tanta paura? Sarebbe capace di intervenire se avesse l'occasione di aiutare qualcuno in difficoltà? Riuscirebbe a fare qualcosa? È solo un ragazzo, un ragazzo confuso. E se quell'arabo non fosse colpevole? E se un innocente venisse condannato alla forca e qualcuno la facesse franca per un crimine molto peggiore del marinare la scuola… per esempio un omicidio?

Di questa cosa non importa niente a *nessuno*.

La mattina si sveglia con delle occhiaie profonde sotto gli occhi. Sua madre le avrebbe notate subito, ma è uscita perché ha tre lezioni di canto: una a Belgravia e due a Mayfair. Anche suo padre uscirà tra poco. Si fa otto chilometri a piedi tutte le mattine per arrivare al Crystal Palace, e otto per tornare a casa. Se ne sta seduto al piccolo tavolo di cucina con lo sguardo perso nel vuoto, davanti a una ciotola di porridge e a una tazza di tè. Porta gli occhiali da vista, ha il cappotto nero pulito – almeno nei limiti del possibile – e la barba ben rasata.

Ieri sera Sherlock è rientrato tardi e ha confessato ai suoi genitori che è stato di nuovo in centro (anche se non ha detto proprio tutto e neppure fin dove si è spinto). Ha chiesto di poter avere ancora un giorno di libertà, uno solo, poi tornerà a scuola, tutti i giorni. L'ha promesso.

"Buongiorno, padre," dice il ragazzo, guardandosi nel piccolo specchio per controllare che i capelli siano in ordine.

Wilber gli risponde senza alzare la testa. "Sherlock, dormito bene?"

"Sì, grazie." E si siede.

"Sento che vuoi farmi una domanda."

Suo padre è così, ha un sesto senso per qualsiasi cosa.

"Ti ricordi che parlavamo di corvi, ieri?"

"Sì." Wilber fissa il figlio, con lo sguardo subito attento. "Sì, certo."

"Hai detto che sono intelligenti," continua il ragazzo sporgendosi in avanti.

"Non c'è dubbio che lo siano."

"Che si cibano di carogne."

"Sfortunatamente sì. Il che suscita nella gente tutta una serie di pregiudizi nei loro riguardi."

"E che sono in grado di riconoscere le persone. Che altro sanno fare?"

Wilber mette la ciotola nel lavandino, la mente già concentrata sulla giornata di lavoro che sta per cominciare.

"Cosa vuoi dire?"

"Sanno fare qualcos'altro di strano?"

Wilber si è diretto verso la porta, ma si ferma e sorride

voltandosi indietro a guardare il figlio. È da tempo che lui e Sherlock non fanno più quelle belle chiacchierate in cui lui cercava di insegnargli tutto ciò che poteva e di abituarlo a usare il cervello come un'arma per affrontare la vita. Adesso è felice che il suo ragazzo gli faccia di nuovo delle domande.

"Be', alcuni dei miei colleghi sostengono che i corvi siano in grado di parlare, o per meglio dire... siano bravi a comunicare."

"Cos'altro?" Sherlock si alza in piedi e si avvicina al padre. Stamattina non ha voglia di mangiare niente e ha intenzione di uscire appena possibile.

"Fammi pensare... appartengono a una specie di uccelli che ama le cose che luccicano."

"Cose che luccicano?"

"Pare che abbiano un cervello predisposto all'ordine, quindi se vedono qualcosa fuori posto ne sono attratti. Alle cose che luccicano però non riescono a resistere, ne sono attratti come da una calamita." Si acciglia lievemente. "E questo ovviamente non giova alla loro reputazione, infatti sono considerati dei ladri. Voglio darti un piccolo consiglio, figliolo: quando ti trovi in compagnia dei corvi, non lasciare niente di valore in giro, potrebbero portartelo via." Ride.

Restano in silenzio per un momento. Wilber si volta e fa di nuovo per andarsene.

"Ho letto che sono uccelli malvagi," afferma Sherlock. Il padre si blocca.

"Le persone sono malvagie," risponde con decisione, "non gli uccelli."

Quella mattina, arrivato al fiume, Sherlock si dirige verso nord, passando per una serie di vicoli. Ma a un certo punto, girato un angolo, scorge qualcosa che si muove nell'ombra poco più avanti, nel punto in cui una viuzza si immette in una strada carrabile: sbuca fuori una piccola schiera di soldati, come fossero topi di fogna che escono da una tubatura.

Comincia a battergli forte il cuore.

Di solito se vede gli Irregolari cerca di cambiare strada per starsene alla larga. Raramente lo lasciano passare senza dargli fastidio in qualche modo, indipendentemente da cosa dica o faccia. Ma se lo sorprendono in una viuzza stretta, le sue possibilità di fuga diminuiscono. Sembra che lo detestino, ma la cosa non ha niente a che vedere con il fatto che sia ebreo. No, perché anche tra loro ci sono degli ebrei. È quella traccia di sangue blu che gli scorre nelle vene a innervosirli, perché sentono che non è veramente come loro, non è un ragazzo di strada. Possono sopportare che Malefactor sappia parlare tanto bene perché lui è il cervello della banda, ha un passato pieno di misteri che non racconta a nessuno e, soprattutto, riesce a procurarsi ciò di cui hanno bisogno nei bassifondi. Non è lo stesso per il mezzo ebreo. Lui non è né un amico né un nemico.

Il capo della banda, furbo come una volpe, capisce tutto al primo sguardo. Stranamente, però, Sherlock sente che da qualche parte, in quella sua mente contorta, il ragazzo ha rispetto di lui. Il sentimento è reciproco. I pensieri criminali nella testa di Malefactor sono sempre congegnati magistralmente.

Nervoso, Sherlock non accenna ad andarsene. Questa volta vuole parlargli.

Stanno correndo dritti verso di lui. Malefactor si ferma, alza una mano e la brigata si arresta. Sono tredici in tutto, un numero che piace al loro capo. Sono ben vestiti, anche se sporchi, stracciati e molto diversi tra loro. Una sudicia parata di soffici cappelli di feltro, bombette e berretti con la visiera, camicie di lino bianche ormai grigie, cravatte di seta scure, tutta roba rubata, ovviamente: una loro specialità è proprio quella di agguantare giovani londinesi che girano soli e spogliarli di tutto; un'altra è sfilare i portafogli dalle tasche dei ricchi. Le impiccagioni sono un'occasione perfetta per i loro affari. Da tempo Sherlock è risalito alle loro origini: sette sono irlandesi (inclusi quei prepotenti dei due luogotenenti, Grimsby e Crew), due sono gallesi, poi c'è uno scozzese e due ebrei inglesi. Sono tutti orfani o figli di poveracci, cresciuti ammassati in topaie o per la strada. Sherlock l'ha capito semplicemente dalle cose che dicono e dal modo in cui le dicono. Ma il capo, che ha almeno due anni più di loro, è diverso. Nessun bambino cresciuto in una topaia parla come lui.

"Guarda chi si vede, il Maestro Holmes."

"Malefactor," risponde calmo il ragazzo.

"Vuoi parlare?" Il furfante gli legge nel pensiero.

"Si tratta dell'omicidio."

"Ancora?"

"Sì, si è saputo niente?"

"Chiedendomelo un'altra volta ti sei assicurato una bella dose di botte."

"Non è stato l'arabo," azzarda con coraggio il ragazzo.

"Un'eventualità possibile," replica Malefactor sistemandosi la marsina nera.

"Il tuo mondo non è più tanto sicuro con un assassino nascosto in giro."

"Non si nasconde," dice il ladruncolo senza riflettere.

"Cosa?"

Malefactor si morde la lingua come se avesse parlato troppo.

"Fila via, Sherlock Holmes." Si volta a guardare la sua combriccola, facendo cenno a Grimsby e Crew, che fanno un passo avanti. Quei due adorano menare le loro vittime, per questo girano con bastoni fatti di un legno duro come il ferro. Grimsby lo scuro è un tipo ciarliero, Crew il biondo è di poche parole. Sorridono in modo beffardo al ragazzo magrolino.

"Se ora si volta e se ne va, che nessuno lo tocchi," ordina Malefactor. I luogotenenti curvano le spalle.

Sherlock si è accorto che il leggero accento irlandese del capo diventa più forte quando si innervosisce. I due si guardano fisso. Sono entrambi alti, magri e con la testa grossa, anche se il capo è almeno un paio di centimetri in più del lavativo mezzosangue, e poi ha la fronte prominente, mentre quella di Holmes è piatta, e gli occhi incassati, mentre Sherlock li ha sporgenti. Tutti e due hanno l'abitudine di guardarsi continuamente intorno, girando la testa di qua e di là con fare sospettoso: Malefactor il rettile, Sherlock il falco. Hanno i capelli identici, neri come il carbone, e li tengono il più possibile in ordine.

Sono passati parecchi mesi dalla prima volta che Malefactor ha visto il ragazzo; l'ha notato subito perché era diverso, e se n'è sentito attratto come da una cosa che brilla. I suoi compari non sono riusciti a trattenersi dal molestarlo, ma finora lui non ha mai permesso che gli facessero veramente del male. Sherlock si gira e se ne va.

Quando è circa a metà dell'isolato, un pomodoro marcio scagliato come un proiettile lo colpisce sul collo, spiaccicandosi e colandogli giù. Volta il capo come farebbe un falco. Ma se ne sono andati.

Resta lì fermo per pochi secondi. "Maledetti!" si lascia sfuggire alla fine, cercando disperatamente di levarsi via dal cappotto la sostanza rossa e melmosa. "Non riuscirò mai a pulirlo!"

"Che *nessuno* lo tocchi!" gli fa eco una voce da dietro

un angolo, accompagnata da una risata folle che svanisce nella giornata londinese.

Quella mattina legge di nuovo il giornale. Non ci sono novità. La polizia ha le idee chiare. Gli fa sempre specie che i poliziotti ragionino in modo così scontato e non prendano mai in considerazione ipotesi alternative. Si siede al centro di Trafalgar Square, tra turisti e piccioni, rubando qualche pezzo di ciambella a quegli uccelli grigi e grassi. Di tanto in tanto bagna la sciarpetta nella fontana e sfrega con rabbia la macchia rossa sul colletto, fin quasi a strappare la stoffa.

Gli Irregolari non sanno chi è l'assassino della donna, ne è sicuro. Ma sanno qualcosa. Almeno Malefactor. Per le strade di Londra non c'è nessuno più furbo di quel ragazzo perspicace e calcolatore. I suoi tirapiedi non solo lo temono, ma lo rispettano perché è migliore di loro. Sherlock è sicuro che Malefactor sia di estrazione superiore. C'è un indizio evidente: la sua lunga marsina nera a code. Per quanto sbrindellata e logora, il capo della banda la indossa tutti i giorni, come se ci tenesse molto: non dev'essere uno dei capi che ha rubato. Il cappello a cilindro di seta o il bastone li lascia nei vicoli senza pensarci due volte. Ma Sherlock l'ha visto pulire la marsina in un bidone per la raccolta dell'acqua piovana, quando pensava che nessuno lo guardasse; ha notato come la accarezza e la liscia mentre parla. Molto tempo fa quella marsina apparteneva a qualcuno di importante. Nelle sue pieghe si celano dei segreti.

È evidente che Malefactor ha più cervello degli altri. Non gli sfugge nulla di ciò che succede a Londra. È indubbio: sa *qualcosa* dell'omicidio di Whitechapel. Sì, ma cosa? Cos'altro c'è da sapere?

Sherlock richiama alla mente la scena della sera prima,

riproducendola nel dettaglio con la sua fervida immaginazione. E mentre lo fa, si rende conto di un particolare. I corvi… non erano semplicemente posati sulla macchia di sangue! Si muovevano tutt'intorno, come se stessero *cercando* qualcosa, come se…

"Sherlock."

Qualcuno l'ha individuato, anche se teneva la testa china. La voce calda di una donna, inizialmente irriconoscibile, lo richiama improvvisamente alla realtà, facendolo scattare in piedi.

"Ma sono io, Sherlock," ride sua madre. "Non devi sorprenderti, sapevo che ti avrei trovato qui. Avevo lezione a Mayfair oggi, non ti ricordi? Non è lontano." Si sposta verso ovest: indossa uno dei suoi vestiti più belli, di mussola, ornato con dei nastri, un'eredità della sua vita precedente, che conserva con la massima cura. Un tempo era di un bianco avorio.

"Madre… Io…"

"Questa è la tua ultima giornata senza scuola, giusto?" Il ragazzo annuisce.

"Voglio che stasera io e te usciamo insieme," dice Rose.

Gli si siede accanto e gli prende una lunga mano bianca, trattenendola tra le sue.

Il ragazzo sa cosa intende: vuole andare all'Opera. Ci sono già stati tante volte. La madre lo porta là da sempre, almeno da quando lui ne ha memoria. È sicuro che lo portava anche da piccolissimo, tenendolo in braccio e passando dal retro della Royal Opera House a Covent Garden, a pochi passi da Trafalgar. Sgattaiolavano dentro furtivamente, approfittando del buio, e si accoccolavano al loro posto, sotto una grata per il carbone che dà sulla strada: lì potevano sentire la musica come se fossero seduti in poltrona. Mentre lui ascoltava, lei gli raccontava la trama di ogni opera, lentamente ma in modo molto chiaro, con le lacrime agli occhi.

In quel tardo pomeriggio se ne stanno seduti nella piazza a parlare. L'alito della donna sa di birra.

Sua madre non parla mai del passato, parla sempre e soltanto di quello che è accaduto in giornata. Oggi comincia raccontando delle splendide case in cui è appena stata.

"La prima era nel quartiere di Belgravia e appartiene a un duca."

Rose sa che queste cose gli interessano e allora descrive minuziosamente la bella abitazione, centimetro per centimetro: la lucente porta d'ingresso, i candelabri accesi e la gentildonna che vive là... e che non si è mai degnata di salutarla. "L'altra casa era a Mayfair," prosegue.

Il padrone aveva il viso rubizzo, un pizzetto lungo e rosso e un modo brusco di parlare. Rivolgeva la parola solo al personale di servizio e non ha mai interpellato la moglie. Era terribilmente sgarbato e maleducato, troppo per essere uno che ha sposato una parente della regina.

"Continuava a fissarmi. O, almeno, così mi sembrava. Aveva degli occhi stranissimi, uno diverso dall'altro. Se ne vedono di occhi così in giro, se ci fai caso li noterai anche tu, Sherlock. Un occhio era vivo... e l'altro sembrava morto."

Il sole sta ormai tramontando quando si avviano lungo lo Strand e poi proseguono verso nord, in direzione di Covent Garden. Il mercato è già chiuso. Sparsi per terra in mezzo al fango ci sono petali di fiori e grandi ceste; i richiami degli ambulanti che vendono frutta e verdura e dolciumi sono ormai svaniti nell'aria. Attraversano il vasto spazio aperto diretti sul retro del grande teatro dell'Opera, un edificio di pietra bianco e maestoso.

Rose Holmes ha le sue abitudini: fa il giro per raggiungere l'ingresso principale, quello con le alte colonne che guarda su Bow Street, poi attraversa la strada e rimane per un po' sul marciapiede, vicino alle lucine blu della stazione di polizia. Tiene ancora Sherlock per mano, anche se ha tredici anni ormai, e senza accorgersene gliela stringe forte mentre osserva.

Arrivano le carrozze, una dopo l'altra. Ne scendono persone famose, o ricche, con cappelli a cilindro luccicanti, spille di diamanti che brillano e vestiti di seta fruscianti. Mentre li guarda, il ragazzo fa i suoi soliti esercizi mentali: nota ogni cosa e cerca di immaginare la storia di ciascuno.

Anche i poliziotti se ne stanno lì a osservare, ma loro non guardano mai quelli che appartengono alle classi benestanti. Sono gli altri che attirano la loro attenzione. Sherlock incrocia il loro sguardo diverse volte e si gira facendo finta di niente.

Prima che le grandi porte si chiudano sull'ultima elegantissima coppia, Rose dà uno strattone al figlio per fargli attraversare la strada. Girano intorno all'Opera House dal lato nord e si precipitano verso la scaletta di ferro battuto sul retro dell'imponente edificio. Da lì si arriva a un ingresso segreto, usato dai cantanti. La piccola porta scura è coperta dall'edera e la grata per il carbone, nascosta sotto la scala, dà accesso all'edificio. È quasi come stare seduti in prima fila.

Si rannicchiano a terra e il vestito di Rose finisce nel fango, ma lei non ci fa caso. Cinge il figlio con un braccio.

E la musica comincia.

A Rose sfugge un grido. È *La gazza ladra*. Adesso Sherlock ha capito perché è voluta venire proprio stasera.

Prima il rimbombo dell'ouverture, che comincia con un rullo di tamburi: è il suono che accompagna l'esecuzione di un condannato a morte, una giovane donna. Ma sua madre non dice niente. Sta aspettando, poi sospira. *I violini.*

"Ci raccontano le tragedie della vita," ripete spesso. Quando li ascolta si astrae, dice che va nel paese dei violini. Suo figlio sa cosa intende, anche lui prova le stesse sensazioni. Nessuno strumento è come il violino. Il violino è triste, è forte, è sincero. Quando è lento, ti fa venire le lacrime agli occhi. Quando è veloce, ti sprona ad andare avanti a gettarti nella battaglia della vita.

"*Pa pa pa, pa pa pa... Pa pa pa, pa pa pa...*" canta dolcemente Rose seguendo la musica concitata, che riproduce il volo della gazza lanciata verso il suo tesoro.

Rose comincia a raccontare la storia, con la sua voce soave e musicale accompagnata dalle bellissime melodie. Con la mente Sherlock riesce a visualizzare la splendida sala all'interno: il palcoscenico illuminato, le file di balconate, le poltrone di velluto e i meravigliosi candelabri d'argento. E riesce a figurarsi anche la storia.

"Una gazza innocente vola nel cielo, andandosene felice per la sua strada, all'alba di un nuovo giorno. Dalla finestra di una casa elegante vede qualcosa che brilla. Scende in picchiata. È un cucchiaio, un cucchiaio d'argento che vale più di quanto possa immaginare il suo piccolo cervello. L'animale si posa sul davanzale, si guarda intorno, afferra il cucchiaio e vola via. Il giorno successivo la padrona di casa è inconsolabile: qualcuno ha rubato uno dei suoi preziosi cucchiai d'argento. Dev'essere stato uno dei servi! Una bellissima ragazza, povera come un topolino di campagna, stava lavorando proprio nella stanza in cui è stato rubato il cucchiaio. La signora l'accusa. Viene arrestata e il caso è presto chiuso: la ragazza viene condannata a morte. Si avvicina il giorno dell'esecuzione..."

Rose non dice mai il finale. Ma suo figlio sa cos'accadrà, anche se lei non svela neanche un dettaglio, per quanto l'abbiano già ascoltata diverse volte. Restano rannicchiati nell'oscurità fino all'ultima nota. Poi sgusciano via nell'ombra come ladri, tornando sui propri passi. Percorrono Bow Street e poi svoltano verso il fiume, diretti a casa.

Wilber li aspetta. Sa dove sono stati. Prende la moglie tra le braccia e la stringe mentre lei singhiozza. Poi la mette a letto.

Il ragazzo si siede al tavolo: Sherlock Holmes non piange mai, per nessun motivo, mai.

"*La gazza ladra*," dice il padre scuotendo la testa, mentre torna in cucina e si siede. Restano in silenzio per qualche istante.

"A che famiglia appartengono le gazze?" chiede il ragazzo tutt'a un tratto.

Wilber gli sorride. "Sono dei corvidi. Alla famiglia dei corvidi appartengono le ghiandaie, gli schiaccianoci, i corvi imperiali e anche, ovviamente, i tuoi amici corvi."

Nel momento in cui suo padre tira in ballo i corvi, a Sherlock viene un'idea: chissà come ha fatto a non pensarci prima. Resta seduto in assoluto silenzio, la mente lontana.

Il padre è abituato a questi comportamenti. Sherlock è un ragazzo strano: i suoi coetanei hanno un sacco di amici, lui neppure uno. Ogni tanto, nel bel mezzo di un discorso, si chiude in uno dei suoi silenzi e vaga altrove con la mente. Sherlock se ne sta lì con la schiena appoggiata alla sedia, gli occhi socchiusi e il pensiero altrove. Wilber si alza, gli arruffa i capelli e se ne va a letto.

Il ragazzo si rimette a posto i capelli e si alza. Va verso la porta sul retro, la apre piano e la richiude, poi si precipita giù per la scala di legno.

Una volta in strada, comincia a correre nel buio.

Si dirige di nuovo verso il fiume, in quella parte della città dove i vicoli si annidano nella nebbia come serpenti… fino a quella viuzza dove c'era la macchia di sangue.

IL PRIMO INDIZIO

I corvi cercavano qualcosa. Ne è sicuro.

Qualcosa che brilla!

È quasi arrivato al London Bridge, quando improvvisamente viene colto dalla paura. Ma cosa sta facendo? Tra poco sarà mezzanotte. Non è mai andato in giro a quest'ora. Il ponte è deserto. Le barche sono tutte ormeggiate: solo una, un po' strana, galleggia sulla superficie nera dell'acqua. Sopra l'ammasso di edifici cupi, su cui i lampioni a gas gettano una luce piuttosto lugubre, scorge la cupola della cattedrale di St. Paul, a est, e a ovest la torre maledetta. Quella povera donna è stata uccisa più o meno a quest'ora, in quel vicoletto nel cuore dell'East End. Sherlock rabbrividisce al solo pensiero di trovarsi in quel posto nel bel mezzo della notte… ma è proprio là che sta andando.

Londra sembra uno di quei sogni che si fanno dopo la mezzanotte o, per meglio dire, un incubo. Il ragazzo si appoggia alle balaustre di pietra del ponte, spaventato a morte, pensando ai disperati che sono costretti a vivere di notte. La luce dei lampioni si riflette debole e tremolante sull'acqua e, a parte il fischio di qualche motore a vapore in lontananza, il silenzio è assoluto, spaventoso. Sherlock si aspetta che da un momento all'altro qualcosa spunti dalla nebbia.

E infatti poco dopo sente dei passi.

Qualcuno emerge dall'oscurità.

È una vecchia vestita di scuro, con gli abiti così logori che sembrano fatti di stracci cuciti insieme. Ha i capelli simili a spaghi e la faccia ricorda una maschera. Al suo fianco c'è un bambino con una camicia sporca. No, non è un bambino: è un uomo, o forse un animale, con la faccia scura, alto poco meno di un metro, con in mano dei rozzi birilli da giocoliere. La donna lo tiene al guinzaglio con una catena. La strega guarda Sherlock e sogghigna. Poi le due figure spariscono nella nebbia, allontanandosi con passo silenzioso, quasi fluttuando. Echeggia una risata: è la donna o quella cosa che le stava accanto? Sembra il verso di un animale, il grido di una iena.

Sherlock si sente rizzare i peli sulle braccia e formicolare la pelle.

Deve decidere se andare avanti o tornare a casa. Pensa al bullo della scuola, seduto a cavalcioni sopra di lui, che gli dice che è senza speranze. Pensa al viso del giovane arabo, alla paura che vi si leggeva, e poi lo vede penzolare dal cappio, sul patibolo, davanti alla prigione di Newgate, di fronte a una folla immensa. La gente esulta. Lo odiano. Di lì a tre settimane sarà proprio questa la scena.

Sherlock si allontana dal muro.

Si dirige verso Whitechapel.

Con passo tremante si inoltra nella parte vecchia della città: altre persone emergono dalla nebbia, simili a figuranti di un'opera tragica. Sono sempre più numerose man mano che procede verso est. Quasi tutte sono strane come la vecchia e il suo sventurato compare, una spettrale sfilata di creature grottesche, fragili come scheletri, rozze come caproni. Per un po' lo affianca un mendicante canuto e lamentoso. Ma incontra anche dei gentiluomini in abito da sera che se ne tornano a casa barcollando, ubriachi fradici, presi di mira dai borseggiatori, che li derubano senza farsi notare. Alcune donne vanno avanti e indietro agli angoli della strada sotto i lampioni, con il seno scoperto e le gonne sollevate, le labbra tinte di rosso. Man mano che procede verso est, la gente che incontra è sempre più povera, più vecchia e più sporca. Qualcuno lo guarda e ride.

Malefactor dev'essere lì da qualche parte, al lavoro: ruba per sopravvivere e per procurarsi abbastanza anche per i suoi temibili seguaci.

Sherlock ha l'impressione di metterci una vita a raggiungere il posto che ha in mente. Questa parte della città è poco illuminata. Incontra sempre meno persone, scorge qualcuno sdraiato a terra o seduto contro la parete di un edificio scuro: sono quelli che non hanno un posto dove passare la notte. Nella nebbia si avvertono dei suoni. A ogni lampione si ferma e si guarda alle spalle: solo ombre, pare, e voci deboli come echi.

Alla fine arriva in Old Yard Street e si accorge che lì non c'è nessuna illuminazione.

Si addentra nell'oscurità e quasi subito, sulla sua sinistra, scorge il vicoletto, appena distinguibile. Si ferma un momento, poi entra.

Un rumore di passi alle sue spalle!

Si volta di scatto. Nessuno. Silenzio.

Si muove di nuovo e i suoi stivali rimbombano come cannonate sul selciato. La macchia di sangue dev'essere lì da qualche parte. La nebbia adesso sembra ancora più fitta. Si mette a quattro zampe e procede lentamente in avanti, con gli occhi a pochissimi centimetri da terra.

Eccola.

Ha messo le mani proprio sulla macchia. Richiama la scena alla mente e rivede i corvi sul luogo del delitto. L'immagine gli appare nitida come sotto una lente d'ingrandimento. Eccoli là! Uno è proprio sopra la macchia, sì, ma l'altro è piuttosto distante, vicino a un muro che trasuda umidità e non sta beccando come il suo compagno. Con la testa fa un movimento diverso. Sta facendo qualcosa con il becco... *sta scavando*!

Sherlock si muove carponi. Gli occhi si sono abituati all'oscurità e così, appena più in là, scorge il punto preciso in cui l'uccello stava scavando. Si avvicina... c'è un mucchio di mattoni, forse buttati via da qualcuno.

Qualcosa si muove proprio accanto alla sua testa. Sherlock trattiene il fiato e ascolta quel rumore graffiante.

C'è un uccello nero, vicinissimo alla sua faccia: per un attimo allarga le ali frastagliate e minacciose, come se volesse prendere il volo. Ma poi si ferma e lo guarda. Il ragazzo coglie un guizzo d'intelligenza in quegli occhi scuri. L'uccello inclina la testa da un lato, lo guarda ancora una volta e vola via.

Svanisce.

Sherlock si volta verso il mucchio di mattoni e in quel preciso istante la nebbia comincia ad alzarsi, la luce della luna raggiunge il vicoletto e finalmente riesce a vedere qualcosa. Qualcosa che brilla tra le pietre.

Qualcosa di luccicante. È quasi completamente sotterrato. Il ragazzo sposta un mattone rotto.

All'improvviso rabbrividisce e per un pelo non cade a faccia in giù sulla pila di mattoni.

Ma è un corpo! Ed è sepolto sotto i mattoni!

Un occhio lo fissa dal basso... un occhio umano.

Armandosi di coraggio, di fronte alla vista del cadavere, Sherlock fa un bel respiro e si mette al lavoro, spostando altri pezzi, più in fretta che può. Ma la testa del cadavere dev'essere girata di lato, perché nonostante scavi con tutte le sue forze, riesce a vedere solo un occhio.

Poi finalmente capisce cos'ha trovato esattamente: non

è un cadavere, è *solo* un occhio. Un occhio umano sepolto sotto un mucchio di mattoni, non lontano dal punto in cui è stata uccisa la donna.

Poi si rende conto di un'altra cosa: non si tratta di un occhio vero. È finto, un occhio di vetro che luccica. Sherlock lo osserva e quello lo osserva a sua volta. Ci sono delle macchie di sangue sull'iride. Lo raccoglie.

Di nuovo dei passi!

E questa volta ne è certo. Assolutamente certo! Si stanno dirigendo verso di lui. Le dita si chiudono sull'occhio, si alza e comincia a correre.

"Ragazzo!" urla una voce rauca.

Appollaiato in alto nella notte, il corvo emette un grido.

Sherlock corre nell'oscurità. Sente dei violini… di un'altra opera di Rossini che lui e la madre hanno ascoltato tante volte. Sono i violini incalzanti, lanciati al galoppo, in fuga, dell'ouverture del *Guglielmo Tell*. Abbassa la testa, stringe i pugni e si affida alle sue gambe lunghe. La musica gli dà forza: uscendo dal vicolo, passa accanto a una spettrale figura maschile con una lampada a gas in una mano e l'altra pronta ad afferrarlo. Ma Sherlock lo schiva e sparisce in un istante, gira l'angolo, supera una carrozza scura parcheggiata a Whitechapel e si lancia velocissimo giù per la strada, verso gli antichi archi di pietra del London Bridge.

"Ragazzo!"

L'urlo si affievolisce man mano che si allontana e questa volta Sherlock nota a malapena la gente della notte. Pensa solo ad arrivare a casa. Stringe in pugno l'occhio mentre varca di corsa il ponte, attraversa Southwark, si allontana dalla strada principale e imbocca il vicoletto che conduce alla scala sul retro di casa sua. Sale gli scalini tre a tre.

Chi era? Chi c'era in quel vicolo dov'è stata uccisa la donna?

Con le mani tremanti apre piano la porta. La casa è avvolta nel silenzio più totale. Cerca di controllare il respiro, chiude l'uscio, si sveste e si mette a letto. Infila l'occhio sotto il materasso e, nonostante l'eccitazione, si addormenta in pochi minuti, sopraffatto dalla stanchezza.

Poco dopo qualcuno bussa alla porta.

Sherlock si sveglia di soprassalto, ma inizialmente si gira dall'altra parte, si preme il cuscino sulla testa e si convince che si tratta di un sogno. Nessuno busserebbe a casa loro a quell'ora della notte.

Ma pochi secondi dopo Wilber Holmes si alza e si avvicina all'ingresso.

"Chi è?" chiede con voce incerta.

Sherlock ricorderà sempre quel momento.

"Polizia!" tuona una voce. "Aprite!"

La risposta di suo padre è quasi una supplica.

"Cosa volete da noi?"

"Aprite o butteremo giù la porta, signore!" Wilber apre e li fa entrare.

Un investigatore in borghese e due poliziotti entrano nella stanza facendo un gran fracasso, un'espressione solenne dipinta in volto. I poliziotti indossano l'elmetto, legato sotto il mento con un nastro nero, lunghi pastrani blu con cinture alte in vita e, ai piedi, degli stivali neri. Uno tiene in mano una lanterna a gas.

"Sono l'ispettore Lestrade," dice l'uomo in abiti civili. È anziano, sui sessant'anni, con dei baffi folti, e indossa pantaloni di velluto marrone, un panciotto nero su cui spicca la catena dell'orologio da tasca e un cappotto marrone scuro. È magro, ha lo sguardo curioso come un furetto, ma l'aspetto di un bulldog. "Avete un figlio?" chiede.

"Perché... perché... sì."

"Abbiamo bisogno di parlargli."

Wilber si volta e guarda terrorizzato il piccolo letto in fondo alla stanza. Vede Sherlock seduto, che ricambia lo sguardo dei poliziotti. C'è una strana durezza sul viso del ragazzo, una lama d'acciaio nei suoi occhi grigi.

I tre uomini si fanno avanti e lo circondano, come se potesse tentare di scappare.

"Come ti chiami?"

"Sherlock Holmes."

"Eri o non eri sul luogo del delitto di Whitechapel stasera, dopo la mezzanotte?"

Il ragazzo per un attimo resta zitto.

"Sì."

Wilber è sbigottito.

"Sherlock? No. No! Non poteva essere là. Era qui, invece. Lui e sua madre sono stati all'Opera."

"All'Opera?" chiede Lestrade dando un'occhiata alla stanza, che trasuda povertà. "Vostra moglie va all'Opera?"

"Ebrei," mormora un poliziotto all'altro.

"Non è che proprio siamo andati all'Opera," spiega il ragazzo con voce calma. "Siamo semplicemente rimasti fuori ad ascoltare."

"Sì," conferma Wilber. "È esattamente così. Mi sono spiegato male."

"Direi," risponde Lestrade. Punta di nuovo lo sguardo sul ragazzo. "Sei stato visto sul luogo del delitto già due volte, e per due giorni consecutivi. Come lo spieghi?"

Wilber è scioccato. Tenta di dire qualcosa ma non ci riesce.

"Non ho alcuna spiegazione da dare," risponde Sherlock.

"Capisco," dice secco Lestrade. "Questo poliziotto poi ti ha visto," e si avvicina a uno dei due, "nella piazza quando Mohammad Adalji, il responsabile di quell'orribile crimine, è stato condotto in prigione. Non solo eri là, ma l'accusato ti ha parlato, solo a te. È vero? Non negarlo."

"Non lo nego."

Wilberforce osserva il figlio a bocca aperta.

"Che cosa ti ha detto l'arabo?" chiede Lestrade arricciandosi un baffo.

"Ha detto che non è stato lui."

Uno dei poliziotti nasconde a fatica un sorrisetto.

"Non c'è alcun dubbio che sia stato lui!" risponde Lestrade alzando la voce. "Sei un suo complice?"

"No."

L'ispettore studia il volto del ragazzo per un po' prima di riprendere a parlare.

"Sai qualcosa di questa storia? Sei al corrente di qualcosa che dovremmo sapere?"

Sherlock è incerto sul da farsi. Non vuole nascondere delle prove alla polizia, però non può neanche parlare dell'occhio di vetro: potrebbe essere una speranza per l'arabo, l'unico indizio che aiuti a chiarire cos'è realmente successo. Non può darlo via così, non alle persone che hanno in pugno la vita di Adalji.

"No, signore."

"Te lo chiedo ancora una volta."

"Non ce n'è bisogno."

"Perché?" L'ispettore crede che Sherlock stia per confessargli qualcosa.

"Non so niente."

Lestrade si fa rosso in viso.

"Abbiamo messo in prigione una giovane canaglia, ragazzo. Ma manca ancora la borsetta: siamo sicuri che è stata rubata perché nella stradina abbiamo trovato delle perline come quelle che di solito si usano per ornare oggetti del genere. Sappiamo che sei sempre in giro per le strade e che frequenti delle bande."

"Mio figlio non frequenta proprio nessuna..." interviene Wilber, ma Sherlock lo interrompe subito.

"Non so niente di quella borsetta."

"E allora sarà meglio che vieni con me," risponde Lestrade, quasi abbaiando.

"DOVE?"

Arriva Rose. Si è appena alzata dal letto, ed entrando nella stanza vede suo figlio circondato da due poliziotti e un ispettore.

"Arrestiamo vostro figlio perché sospettato di nascondere delle prove."

"O per complicità in omicidio." È il poliziotto con in mano la lanterna a parlare. Guarda freddamente la signora Holmes, con la solennità di un soldato in lotta contro il male.

"Ma non ha senso!" sbotta Wilber Holmes cercando di avvicinarsi al figlio.

"Se ci ostacolate, arresteremo anche voi," minaccia il poliziotto.

L'ispettore fa cenno al ragazzo di seguirlo. Un poliziotto lo afferra. Rose Holmes grida forte e tenta di strapparglielo via, ma Wilber la prende tra le braccia e la tiene stretta. Lei batte i pugni sul petto del marito, poi gli nasconde il viso contro il collo e comincia a piangere.

"Andiamo, vieni senza fare storie e non ti succederà niente," afferma Lestrade in tono severo. "Non vogliamo far del male a nessuno, ma è nostro dovere andare a fondo del caso."

Sherlock si avvia senza opporre resistenza, sforzandosi di allontanare dalla mente le grida e il pianto della madre e lo sguardo del padre. Deve cancellarli. Non può crollare proprio ora. Lasciarsi andare alle emozioni sarebbe solo controproducente. Dev'essere forte, duro come l'acciaio. L'unica cosa che conta per lui in questo momento è riuscire a trovare la soluzione a questo caso di omicidio.

Ora non è più in pericolo solo l'arabo.

Adesso… deve salvare anche se stesso.

LA STORIA DI MOHAMMAD

La mattina seguente si sveglia al suono di una preghiera mormorata con voce piagnucolante, debole e spaventata. Sherlock si mette a sedere di scatto sul giaciglio di pietra, scioccato nel ritrovarsi in quella piccola cella scura alla stazione di polizia di Bow Street.

Ha sognato degli occhi, migliaia di occhi che lo fissavano dal letto di casa, implorando il suo aiuto. Uno più grande usciva da sotto il materasso e tutti gli altri si voltavano a guardarlo.

Dapprima è stato quel sogno a svegliarlo, poi, mentre tornava alla realtà, ha sentito la preghiera. Una volta ne ha letta una in un libro sulle crociate e se la ricorda perfettamente, perché ha una memoria sorprendente: la sua mente fotografa le immagini.

Si mette seduto per ascoltare: è un'invocazione ad Allah in un momento di grande sofferenza. Purtroppo i suoni giungono attutiti in queste celle che sembrano caverne, ma è sicuro che la voce provenga da quella accanto alla sua.

Quando la litania si affievolisce e torna il silenzio, Sherlock resta seduto ascoltando il proprio respiro. Poi fa un tentativo.

"Mohammad?"

Silenzio assoluto. Sherlock non fiata.

Nessuna risposta.

Sospira e si alza. Il giaciglio è l'unico arredamento di quella stanza umida, dalle pareti di pietra. Non ci sono finestre, solo, all'altezza del suo sguardo, una piccola apertura di forma quadrata con delle sbarre ricavata nella porta di ferro della cella. Non c'è neanche uno specchio, e la cosa lo infastidisce: i suoi capelli devono essere in uno stato pietoso.

Improvvisamente un rumore spezza il silenzio.

"Sì?" È una voce chiara e calma.

Sherlock si avvicina alla porta. Sbirciando fuori scorge il muro di un lungo corridoio di pietra, su cui si aprono due piccole finestre sbarrate, piuttosto in alto. Piegando il collo a destra, riesce a vedere le dita di due mani scure che afferrano le sbarre della porta della cella accanto.

"Sei tu, Mohammad Adalji?"

"Sì, ma non sono stato io," afferma in tono deciso e sincero, con un vago accento orientale.

"Sono il ragazzo a cui hai rivolto la parola fuori dal tribunale."

"Davvero sei tu?" C'è una leggera traccia di speranza nella voce di Mohammad.

"Mi chiamo Holmes."

"E sei in prigione?"

Sherlock guarda le due finestrelle del corridoio, da cui entra un po' di luce. Finalmente il cielo è azzurro a Londra... lui però si trova qui.

"Credono che io sappia qualcosa... che sia in qualche modo collegato all'omicidio."

Mohammad non dice niente per qualche minuto, poi comincia a parlare piano.

"Gli dirò che non c'entri niente."

"Molto generoso da parte tua, ma non ti crederanno."

"Sì, invece, perché preferiscono credere che ho fatto tutto da solo. Sono un arabo."

"E io sono un ebreo, ma di quelli poveri."

"Un ebreo?" C'è un attimo di esitazione nella voce del giovane accusato.

"Mezzo ebreo dalla parte povera e mezzo inglese dalla parte nobile… che però è stata ripudiata."

"Che peccato."

"Già."

Sherlock riesce a sentire l'arabo che sospira.

"Come mai sospettano di te?" chiede.

"Perché tu mi hai parlato."

Sherlock sente un altro sospiro.

"Mi dispiace."

"E perché sono stato sul luogo del delitto… per ben due volte."

"Davvero?"

"Ho seguito i corvi." Sherlock schiaccia il viso contro le sbarre per tentare di vedere meglio il suo compagno di sventura.

"I corvi?"

"Si sono posati proprio in quel vicolo," spiega il ragazzo riflettendo e richiamando la scena alla mente.

"Sono…" mormora l'altro, "sono *segni premonitori*. Io ne ho visti alcuni svolazzare in cerchio sopra l'Old Bailey."

Sherlock sta ancora pensando alla sua spaventosa escursione notturna nel quartiere di Whitechapel. "Ci sono tornato una seconda volta… perché ho messo insieme alcune cose."

"Cosa vuoi dire?" La voce di Mohammad ha di nuovo un tono vagamente speranzoso.

Sherlock non risponde subito. Ma se l'altro potesse vederlo, si accorgerebbe dell'espressione compiaciuta sul suo volto.

"Ripeti quello che hai detto," chiede Sherlock.
"Ho fatto semplicemente una domanda."
"Ma no, quello che hai detto prima, sui corvi."
"Che li ho visti." Al giovane arabo era sembrata una semplice osservazione.
"E hai anche detto dove?"
"Sopra l'Old Bailey."
Segue una lunga pausa.
"Signor Adalji, sono convinto che non abbiate commesso l'omicidio. Io vi credo." La voce di Sherlock è distaccata e perentoria.
Una breve risata. "Sei un ragazzo strano, Holmes."
"Lo so."
"Dovrai darmi una spiegazione."
"Non prima che lo faccia tu."
Stanno spalla a spalla ognuno dalla sua parte del muro, a guardare le mani dell'altro aggrappate alle sbarre: due scure e due bianche.
"Sarò felice di parlare a chiunque abbia voglia di ascoltarmi."
"Sono pronto, ti ascolto," risponde Sherlock.
Le mani scure si stringono intorno alle sbarre.
"Lavoro come apprendista da un macellaio. Vengo dall'Egitto e sono arrivato in Inghilterra con i miei genitori quando avevo otto anni... con la speranza di una vita migliore. Sono bravo con i coltelli."
Sherlock deglutisce nervosamente.
"Ma li uso soltanto per affettare e incidere la carne da macellare. Anche il mio padrone è musulmano, ovviamente, e lavoriamo secondo l'*halal*, le regole prescritte della nostra religione per la macellazione. Mi fa lavorare fino a tardi, anche di notte, e la sera che hanno ucciso quella donna dovevo fare una consegna subito dopo il tramonto a una

mensa per i poveri, vicino al posto in cui è stata aggredita. Il carretto che uso è molto pesante, con grandi ruote di legno, e qualche volta faccio fatica a passare nelle curve strette. Così, tornando indietro ho deciso di fare una scorciatoia, ma ho preso la strada sbagliata. Capita spesso a Whitechapel, quando scende il buio. Me ne sono accorto solo quando ormai ero a metà, allora ho svoltato in quel vicolo… quello dov'è successo il fatto. E ho anche avuto difficoltà a entrarci con il carretto, l'ho spinto avanti e indietro diverse volte. Mi ricordo che quella sera ero di fretta e mi sono fatto una bella sudata, poi sono corso a casa il più velocemente possibile. A fine giornata devo fare anche le pulizie, dopo che il macellaio e gli altri se ne sono andati. È un tiranno, davvero. Spesso mi fermo in negozio ben oltre la mezzanotte. Ed è successo così anche quella sera. Ho pulito tutto quanto e poi sono passato ai coltelli. Li lascio sempre per ultimi. Be'… uno dei coltelli, il più grande… *non c'era.*"

Sherlock rabbrividisce.

"Ho guardato ovunque, ma non l'ho trovato da nessuna parte. Forse me l'ero portato via quando ho fatto la consegna… E così ho cominciato a ripensare alla strada che avevo preso e a ripercorrerla mentalmente. C'era solo un punto in cui avevo fatto qualcosa di insolito: avevo svoltato in quel vicolo stretto. Non era lontano dal negozio. Sono corso fuori nell'oscurità. Di notte c'è gente molto strana per le strade di Londra. Ho corso più in fretta che potevo fino al vicolo. Là dentro era buio pesto, come in una galleria, mi dava i brividi. Sono entrato titubante, tastando il terreno con gli stivali, sperando di trovare il coltello. Poi…"

La voce di Mohammad si incrina. Sulla porta a fianco, le lunghe dita bianche stringono le sbarre.

"Poi… mi sono chinato e ho tastato un po' a terra, più

o meno nel punto in cui mi sembrava di aver girato, dov'era più probabile che si trovasse il coltello. Quasi subito sono finito con le mani in una pozzanghera... ma quella sera non aveva piovuto. E il liquido... che all'inizio credevo fosse acqua... era denso."

Mohammad si interrompe ancora.

"Ho sentito per primi i capelli... poi il viso... e la bocca aperta... sapevo che era morta... sapevo che era sangue.... Mi sono tirato su e in quel mentre con la scarpa ho colpito qualcosa, che ha rimbalzato sui sassi con un tintinnio. Chinandomi in avanti l'ho sentito sotto le mani. Sapevo cos'era... *era il mio coltello.*"

Sherlock spalanca gli occhi.

"Ora so che è stato stupido, ma lì per lì l'ho raccolto. L'unica cosa che ho pensato è che se qualcuno avesse trovato il mio coltello accanto alla donna morta... il coltello di un arabo... mi avrebbero impiccato senza neppure farmi una domanda. Così l'ho afferrato e sono scappato via di corsa."

"Lasciando impronte insanguinate per tutto il tragitto fino alla macelleria," aggiunge Sherlock senza scomporsi.

"Esatto. Ero troppo spaventato per fermarmi a riflettere. Ho chiuso tutte le porte e mi sono messo a dormire nella stanzetta che mi ha dato il padrone, con il coltello avvolto in uno straccio e nascosto sotto il cappotto, senza pensare che avevo lasciato una scia di tracce fin sotto la mia porta. Quindi, la mattina dopo, al poliziotto è bastato seguire quelle tracce per arrivare dritto a me... e al coltello."

Sherlock si prende il tempo per assimilare la storia, cercando di combinarla con quello che sa lui.

"Non sono stato io," ripete Mohammad, e la voce gli si incrina nuovamente.

"Lo so."

"Però pensi che sarò comunque impiccato."

"Non ho detto questo."

"Ma *devi* averlo pensato. Come si può pensare altrimenti?" È sempre più disperato. "Nessun avvocato difenderebbe un caso come il mio. Sono in trappola! Hanno le prove, e sono tutte contro di me. Mi restano meno di tre settimane di vita."

"Forse ho un indizio," gli rivela il ragazzo abbassando la voce mentre passa una guardia carceraria. Si interrompe. "Qualcosa che potrebbe spiegare cos'è successo realmente."

"Nel nome di Allah, dimmi di cosa si tratta."

"Ce l'ho a casa, sotto il materasso del mio letto..." Sherlock parla ancora a bassa voce, guardandosi intorno nella cella, come se i muri potessero ascoltarlo. "...è un occhio."

"Un occhio?" chiede Mohammad.

UNA RAGAZZA STRANA

Sherlock preferisce non dire altro, non sarebbe saggio. Si è appena reso conto che il fatto che l'abbiano messo proprio nella cella accanto a Mohammad Adalji è piuttosto sospetto. Quando ha tirato in ballo l'occhio, ha abbassato la voce, e ha chiesto al suo nuovo amico di fare lo stesso e di non aggiungere altro.

La polizia li sta ascoltando, ne è certo. Spera di non aver già detto troppo. Sherlock esamina la sua cella con maggiore attenzione: sul soffitto ci sono dei piccoli buchi, diverse crepe corrono nelle pareti e la stanzetta è proprio accanto alla porta che conduce nel salone all'ingresso.

Il ragazzo passa la giornata disteso sul giaciglio duro, cercando di riflettere sulla propria situazione, ma fatica a concentrarsi. Ha paura. L'arabo sta per essere impiccato. E *lui* è chiuso qui dentro, privo di risorse, accusato di complicità in un caso di omicidio già risolto. Che cosa ne sarà di lui? Cosa fanno a una persona sospettata di occultare delle prove? L'hanno messo in prigione, no? E non hanno intenzione di rilasciarlo. E se andasse anche peggio? *E se pensassero che lui e Mohammad hanno ucciso insieme quella donna?* Sente un bruciore allo stomaco.

Oddio. Man mano che la giornata scorre via, il ragazzo è sempre più abbattuto, l'umore gli sprofonda sotto i tacchi, anzi ancora più giù, fino ai nuovi condotti fognari che penetrano nel sottosuolo della città. Le preghiere disperate dell'arabo intanto riempiono le celle.

Ogni volta che gli vengono in mente la madre e il padre Sherlock volge lo sguardo alla porta, sperando di vederli comparire. Vorrebbe che fossero qui con lui, ad abbracciarlo e dirgli che è solo un incubo. Pensa a quanto saranno tristi e preoccupati. Ma poi nella cella comincia a calare l'oscurità e loro ancora non si sono visti. Non è possibile, perché non vengono?

"Guardia!" grida alla fine mettendosi in piedi.

Il secondino, dallo sguardo torvo e duro, si muove lentamente verso di lui.

"Perché mia madre e mio padre non...?"

"Forse hanno da fare," borbotta l'uomo.

È chiaro... ai suoi genitori non è stato permesso fargli visita, e a quel punto Sherlock esplode.

"Non potete tenerli lontano da me! E non potete neanche lasciarmi qui!"

Il guardiano si allontana.

Sherlock si lascia cadere sul giaciglio, tremante. *Controllati*, pensa. Deve riflettere bene. *Veramente pensano che l'abbiamo uccisa insieme?* Si sforza di controllare il respiro. Hanno accusato Mohammad di omicidio, non lui. Perché stanno cercando di farlo crollare, e perché lo spiano? Non hanno già tutte le prove che gli servono per impiccare Adalji?

Poi finalmente capisce. Mette insieme i fatti... il modo in cui lo trattano i poliziotti, il loro interesse per la borsetta quando l'hanno interrogato, e tutto il resto. E alla fine ogni cosa gli risulta chiara.

Parla tra sé e sé sottovoce, mentre è lì disteso sul giaciglio con le ginocchia piegate sul petto.

“Sono convinti di sapere esattamente quello che è successo.”

Adesso se ne rende conto.

“In realtà non mi hanno arrestato perché sospettano che nasconda qualcosa, non mi tengono in prigione per quello, o per l’omicidio. Pensano che sia colpevole di qualcos’altro.” La faccenda secondo loro si è svolta così.

“Siamo due ladri e lavoriamo insieme... L’arabo, che è il più grosso ed è bravo a maneggiare i coltelli, avrebbe dovuto semplicemente spaventarla... Io, che sono giovane e veloce, e conosco bene le strade, avrei dovuto svignarmela con il bottino... un lavoretto da ebreo. Ma è andato tutto storto. La donna ha opposto resistenza e l’arabo l’ha uccisa, mentre io sono scappato con la borsetta. L’ho nascosta da qualche parte e torno di continuo sul posto per riprenderla, ma non l’ho ancora recuperata. Ecco quello che pensano! Ecco perché mi hanno chiuso in prigione, negandomi le visite, e perché ci hanno messo l’uno accanto all’altro. Vogliono vedere se mi lascio scappare qualcosa a proposito della borsetta con Mohammad, o meglio ancora se confesso... Così avranno l’arabo, il mezzosangue *e anche* il denaro.”

Sorprendentemente per un momento questa scoperta lo fa sentire un po’ meglio. Ora ha due indizi: l’occhio di vetro e una visione chiara delle motivazioni della polizia. Non è più senza risorse. È riuscito a gettare un po’ di luce, per quanto tenue come la fiammella di una piccola candela, all’ingresso di quel tunnel misterioso.

Ma che razza di consolazione è questa? Non significa dunque che lo ritengono complice dell’omicidio? Potrebbero condannarlo *a morte* per una cosa simile? Nel qual caso nemmeno lui troverà un avvocato che lo difenda. *Anche i ragazzi di tredici anni possono essere impiccati!* Si rannicchia sul letto e resta immobile, come pietrificato. Che speranze gli restano? Niente potrà più ridargli un briciolo di fiducia.

Invece si sbaglia. Proprio il giorno dopo in prigione torna la speranza, nei panni di una ragazza.

Arriva più o meno a mezzogiorno, accompagnata dal padre.

Una guardia e un poliziotto si dirigono impettiti alla cella di Mohammad e lo fanno uscire. Il poliziotto ha in mano una pistola carica e gliela punta addosso. La guardia lega le mani dietro la schiena al prigioniero, lo piazza su una sedia con uno strattone e gli incatena i piedi alle gambe di legno. Poi lo spingono di nuovo dentro la cella con tutta la sedia.

"Il signor Andrew C. Doyle e sua figlia Irene," annuncia solenne la guardia, "espressamente autorizzati da Scotland Yard."

Quell'uomo robusto, dai grandi baffi da tricheco e il vestito di tweed di buon taglio, non suscita l'interesse di Sherlock, e all'inizio nemmeno la ragazza. Gli passano davanti. Gli occhi dell'uomo, che traboccano di bontà, non abbandonano neanche per un momento Mohammad, nella cella vicino, invece la ragazza si accorge di Sherlock gettando uno sguardo dalla sua parte, tra le sbarre. Giusto un'occhiata.

Un'espressione interrogativa le si dipinge sul viso.

Il ragazzo torna a sedersi e ascolta.

"Buongiorno, signor Adalji, avrete capito chi sono dall'annuncio della guardia," dice l'uomo a voce alta ma in tono amichevole, come per tranquillizzare l'interlocutore. *Un vago accento scozzese*, stabilisce il ragazzo. *Cresciuto nei dintorni di Edimburgo e arrivato a Londra da adolescente; è credente, razionale, un filantropo rispettato*. Sherlock se ne fa un'idea precisa in pochi secondi. Il ragazzo adesso apprezza particolarmente le proprie doti analitiche. D'ora in poi gli sarà indispensabile saper inquadrare bene le persone e capire che tipo di minaccia possano rappresentare. Ha sempre dato particolare importanza allo studio di alcuni tratti, come l'accento e il modo in cui si modifica quando le persone si trasferiscono a Londra. Il tono di voce di quest'uomo gli fa capire molte cose, così come i suoi abiti, e il fatto stesso che sia venuto in prigione a parlare con uno straniero accusato di omicidio. È un individuo dalla spiritualità spiccata (anche se forse contrario al dogmatismo religioso), con idee politiche ben precise, sempre pronto ad aiutare gli altri e a donare qualcosa ai poveri.

"Questa è mia figlia Irene."

"Piacere di conoscervi, signore," dice lei con gentilezza.

Il ragazzo se la immagina seduta sul letto accanto al padre azzimato, che guarda con compassione il poveraccio accusato di omicidio. Gli è passata accanto per un attimo, ma Sherlock se la ricorda perfettamente.

"Faccio parte dell'Associazione degli amici in visita," comincia a spiegare il signor Doyle. "Portiamo sollievo agli sfortunati, ai condannati, a chi è accusato ingiustamente e a chiunque voi siate, signore. Andiamo a trovarli nelle catapecchie, nelle prigioni e nelle fumerie d'oppio. Ho letto del vostro caso sul 'Times' e mi è stato concesso un permesso speciale per incontrarvi. Siamo qui solo per fare due chiacchiere, non per giudicarvi. Qualsiasi cosa ci diremo resterà tra noi."

"Non sono stato io."

"Questa è una faccenda che riguarda solo voi e Dio. Noi siamo vostri amici."

La ragazza è piuttosto alta per la sua età, e questo a Sherlock piace. Ha i capelli lunghi, biondi e ricci, che le scendono sul collo in onde luminose. Gli occhi marroni sono più scuri dei suoi, che invece sono grigi. Indossa abiti semplici: una camicetta bianca appena arricciata intorno al collo, dove ha legato un nastro rosso, uno scialle di lana beige e un vestito scuro di cotone che le arriva fino agli stivali neri, senza crinolina. Dimostra la sua stessa età, e anche questo gli fa piacere. Si domanda cos'avrebbe voluto chiedergli quando l'ha notato. Si chiede anche come mai lei e il padre non giudichino Mohammad Adalji.

Sherlock vorrebbe saperne di più sul conto della ragazza. Ma per qualche ragione non riesce a farsene un quadro completo. La giovane ha qualcosa di misterioso, e anche questo gli piace.

L'arabo non dice molto ai Doyle. Racconta un po' del suo passato, di quando è venuto in Inghilterra, dei suoi sogni. Ma si ferma sempre quando arriva a quella notte terribile nell'East End. Sherlock ascolta le risposte della ragazza, che lo incoraggia a raccontare. Ma di lì a poco l'arabo semplicemente smette di farlo

Lo ringraziano e chiamano la guardia. Restano per un momento fuori dalla cella in attesa che Mohammad sia slegato, poi il signor Doyle recita una preghiera cristiana per lui. In quel mentre Sherlock si alza e va alla porta. Li vede benissimo tra le sbarre. Irene ha gli occhi chiusi e le mani giunte. Sherlock abbassa la testa e quando la rialza lei lo sta guardando.

La preghiera termina proprio in quel momento. Lei chiude gli occhi di scatto e poi li riapre subito. Andrew Doyle rivolge lo sguardo verso Sherlock.

"Che Dio vi benedica, figliolo," dice.

Irene fa solo un cenno con la testa. Poi se ne vanno.

Quest'episodio ha un notevole effetto su Sherlock. Si sente avvolgere da un senso di pace. Le celle sembrano ancora più buie senza di lei. Resta a lungo a pensare a quegli occhi marrone scuro.

Durante la notte prova ancora a farsi un'idea di lei. Però la sua personalità continua a sfuggirgli. Sherlock non c'è abituato. Allora pensa al consiglio che suo padre gli ha dato tante volte.

"La capacità d'osservazione," dice sempre Wilber, "non è soltanto la dote principale degli scienziati, è piuttosto un talento fondamentale nella vita. Usa sempre bene gli occhi, ragazzo mio. Se ti concentri con attenzione non ti mentiranno mai. Utilizza tutti i sensi: l'udito, l'olfatto, il gusto e il tatto... anche se su quest'ultimo tua madre potrebbe dirti più di me. Saper osservare sul serio le cose ti dà un grande potere; ti darà la forza, anche quando ti sembrerà che il destino ti si accanisce contro."

Eppure per quanto ci provi, non riesce proprio a farsi un'idea chiara della ragazza. Pensa di conoscere la sua età, si ricorda il suo viso, i suoi capelli, ma solo questo.

Il giorno dopo è lì disteso nella sua cella a compiangersi, convinto che non ci sia via d'uscita alla brutta situazione in cui si è cacciato.

Poi sente una voce dolce.

"Ho sentito che ti chiami Sherlock Holmes."

D'un tratto il ragazzo si ritrova in piedi. Questa volta è venuta da sola: certo che ce ne vuole di coraggio. Le giovani di buona famiglia si avventurano molto raramente in giro per Londra senza accompagnatori.

"Sì," è tutto quello che riesce a dire Sherlock. Lei è lì in piedi nel corridoio, con una robusta guardia alle spalle che tiene in mano un manganello.

"Sei molto giovane per essere già in prigione," continua lei.

"Sono innocente."

Vorrebbe non aver mai pronunciato quelle parole. È sicuro che chiunque sia stato imprigionato in questo carcere le abbia ripetute molte volte prima di lui. Ed è altrettanto sicuro che lei le abbia ascoltate così spesso da non sentirle nemmeno più.

"Io ti sono amica," replica lei.

Quelle parole suonano meravigliose.

"Vogliono che ti parli da qui." Sorride. "E poi io non voglio che ti leghino." La guardia si allontana nel corridoio e lei abbassa la voce. "È incredibile che mi abbiano permesso di entrare, anche se ovviamente il nome di mio padre ha un certo peso. Stavo passando davanti al teatro dell'Opera con la mia istitutrice, e a un tratto sono scappata via mischiandomi alla folla. Non ho mai fatto nulla del genere prima d'ora, ma ieri mi sei sembrato terribilmente solo." Prende fiato. "Mio padre mi ha sempre detto che devo essere indipendente, sai, e ha insistito parecchio su questa cosa. In casa mia siamo tutti un po' originali... anche se questa fuga forse apparirà un tantino troppo originale perfino a lui. A quest'ora la signorina Stamford sarà nel panico!"

Si sorridono. La parlata nervosa di Irene la rende ancora più attraente agli occhi di Sherlock. Indossa un vestito rosso questa volta, rosso scuro, vaporoso grazie alla crinolina, che le arriva appena sopra le calze bianche, alle caviglie. Sulle spalle ha uno scialle blu molto carino.

Sherlock è in piedi davanti alla porta di ferro, con il naso pigiato tra le sbarre. Sente il profumo di sapone della ragazza. Le parole gli escono da sole, senza pensare.

"Sono qui solo perché ho letto dell'omicidio, perché sono stato per due volte sulla scena del delitto, e perché Mohammad mi ha rivolto la parola."

La presenza di Irene gli suscita qualcosa di strano.

"Io non ti giudicherò..."

"No… non dirlo. Davvero non ho fatto niente di male. Però adesso ho intenzione di fare qualcosa. È ora che qualcuno faccia qualcosa. Ho intenzione di risolvere questo caso. E non solo per il mio bene, o per salvare Mohammad. Chiunque abbia ucciso quella povera donna dev'essere assicurato alla giustizia… Non è giusto!" Si interrompe, accorgendosi di aver praticamente gridato le ultime tre parole, che sono rimbombate fin nell'ingresso.

Quel discorso convulso gli è uscito di getto. Ora è tornato il silenzio. Lei si limita a guardarlo, senza sapere bene cosa dire. Non dovrebbe nemmeno essere qui, ma questo strano ragazzo ha qualcosa che l'attrae.

"Risolvere il caso?" domanda lei.

"Ho un indizio," dice Sherlock con più calma.

La porta principale si spalanca all'improvviso. Un uomo si staglia sulla soglia: è l'ispettore Lestrade, con quella sua faccia curiosa da furetto. Punta lo sguardo dritto su Sherlock.

"Stiamo facendo una bella chiacchierata con la signorina Doyle, vero? C'è qualcosa che vorresti dire anche a noi?"

Sherlock è inorridito dall'errore che ha appena commesso. Forse è proprio questa la ragione per cui l'hanno lasciata entrare. In effetti lui ha svelato di avere un indizio! L'avrà detto ad alta voce? Ma no, non gli pare. Comunque, l'ispettore era sicuro che avrebbe detto qualcosa d'importante e ha pensato bene di metterlo subito alle strette.

"E allora?" lo incalza Lestrade.

"Io… sto solo…" Guarda Irene: nei suoi occhi non c'è più alcun interrogativo, solo comprensione. "Stavo… solo… vantandomi, signore, davanti a questa giovane donna."

L'ispettore osserva Irene, che lo ricambia con un sorriso timido. Poi rimane lì fermo a lungo, in silenzio, fissando Sherlock. Il ragazzo abbassa lo sguardo. Il silenzio è tale che si sente distintamente il ticchettio dell'orologio nell'ingresso. L'ispettore comincia a battere il piede a ritmo con l'orologio.

"Dovremo fare quattro chiacchiere in privato, io e te!"

Poi se ne va altrettanto velocemente di com'è comparso.

Irene ritorna il giorno dopo. Questa volta c'è la sua istitutrice con lei, che l'aspetta nell'ingresso e ha con sé un biglietto del signor Doyle che l'autorizza a fare queste visite, purché accompagnata. La sera precedente, dopo che la signorina Stamford, angosciata e sconsolata, ha fatto il suo resoconto dell'accaduto, Irene si è scusata con il padre, ma poi gli ha chiesto se può cominciare a fare da sola un po' del "loro lavoro". Il signor Doyle ne è rimasto favorevolmente colpito, come lei si aspettava. Il padre si augura che diventi una donna forte, unica, con una spiccata coscienza sociale, ed è convinto che aspirazioni come questa, per quanto inusuali e persino contrarie alle abitudini di una signora, vadano incoraggiate. Lei però non gli ha detto che il primo posto che intendeva visitare è proprio la stazione di polizia di Bow Street.

Dentro la prigione, il loro dialogo si fa più profondo. Parlano delle rispettive vite. Lui è stupito dall'audacia della ragazza, ma anche dal suo senso del dovere, dall'amore che dimostra verso il padre e verso la loro missione, dalla sua gentilezza e intelligenza. Lei si accorge di avergli rivelato particolari che normalmente non racconta alle persone rinchiuse negli ospedali o nelle prigioni, gli ha detto persino il nome della via in cui vive. Lui in cambio le racconta cose straordinarie, dando sfoggio delle sue doti.

"La nostra guardia è alta circa un metro e settanta, l'ho calcolato dalla lunghezza della sua falcata nel corridoio. È mancino, sposato e ha tre figli, due femmine e un maschio. E ti ho già detto che ha quarantasei anni, cinque mesi e diciassette giorni?"

"Te lo stai inventando, furbone," dice lei sorridendo.

"In parte," ammette Sherlock. "Ho sentito che l'altra guardia lo prendeva in giro per la sua età."

Ma tutto il resto è vero, e può dimostrarglielo. Poi ci riprova parlando dell'altra guardia. Sembra una magia, la fa ridere. Ma quando cambia argomento e le racconta della sua vita, Sherlock scorge delle lacrime negli occhi di lei. È un tipo solitario, e vorrebbe disperatamente avere di più dalla vita rispetto a quello che sembra avergli riservato.

Ma Sherlock Holmes non sta semplicemente chiacchierando. C'è del metodo nel suo conversare.

La notte precedente ha deciso che sono due le cose fondamentali da fare: tenere la bocca chiusa riguardo a quello che sa… e uscire di prigione. Irene Doyle è il suo unico legame con il mondo esterno. Se dovesse avere un'opportunità, l'unica persona che può aiutarlo è lei.

Piano piano, senza mai tirare direttamente in ballo l'omicidio o quanto ha scoperto in merito, Sherlock cerca di dimostrarle che uno come lui non dovrebbe essere in prigione. Lei ha già conosciuto molti carcerati quindi deve in qualche modo convincerla che è stato accusato ingiustamente. Le parla del suo senso della giustizia, e sottilmente, solo con l'espressione degli occhi, le lascia intendere di sapere qualcosa sull'omicidio, qualcosa che potrebbe rendergli la libertà e scagionare anche Mohammad. Gli basterebbe avere un'opportunità.

La mattina seguente, mentre fa colazione con un porridge che sembra colla, spera che Irene torni a trovarlo e la sua mente si mette a galoppare. Gli occhi perlustrano rapidi la cella e il corridoio, alla ricerca di una via d'uscita. Ma fuggire dalla prigione di Bow Street sembra impossibile. È sigillata ermeticamente come un vasetto di conserva. Sherlock continua a pensare finché comincia a girargli la testa. Alla fine immerge il cucchiaio di legno nella sostanza collosa e si alza in piedi. Inizia a fare su e giù per la cella. *Niente!* Niente che possa funzionare. Quando si risiede, si accorge di una cosa strana. Il cucchiaio è rimasto in piedi nella zuppa, perfettamente dritto. Non si è spostato neanche di un centimetro. E quando prova a estrarlo si accorge che fa resistenza. Tocca con la mano il cibo, che è diventato un ammasso decisamente solido. La sagoma del cucchiaio è rimasta impressa alla perfezione nella sostanza, che si è indurita. Il cuore comincia a battergli più forte. Estrae una piccola quantità di porridge e se la infila in tasca, poi restituisce la ciotola alla guardia. Un paio d'ore dopo, quando Irene entra dalla porta, fresca come l'aria della campagna inglese, il pezzo di porridge che ha in tasca è come pietra.

Sherlock conduce la conversazione sempre cercando di muovere le leve giuste e, poco prima che lei se ne vada, butta lì un commento apparentemente casuale.

"Non assaggiare mai il porridge del carcere," afferma sorridendo, ma guardandola fissa negli occhi, come se volesse entrarci dentro. "Non solo ha lo stesso sapore del gesso di Parigi, ma se lo lasci riposare per un po', diventa duro uguale. Scommetto che potrei costruirci un attrezzo... con cui spaccare il legno."

Lei spalanca gli occhi e si sofferma a pensare per un attimo, come se dovesse prendere una decisione. Senza dire altro, si alza e se ne va.

In effetti esiste un modo per uscire dalla cella e in realtà... è proprio Irene Doyle la chiave.

LA FUGA

Nella prigione di Bow Street la colazione viene servita ai reclusi alle sei del mattino. Due giorni dopo, esattamente a quell'ora, prima che la luce del giorno illumini le strade, Irene Doyle si presenta all'ingresso principale chiedendo di vedere Sherlock Holmes. Si tratta di una richiesta insolita, soprattutto perché non c'è traccia dell'istitutrice. Il sergente di turno alla scrivania tentenna ma, siccome conosce i Doyle e le loro stranezze, pensa che Irene abbia una buona ragione… una ragione umanitaria… per essere qui a quest'ora. Forse il giovane prigioniero la mattina soffre di solitudine più che in altri momenti. L'uomo immagina che fuori ad aspettarla ci sia una carrozza a due ruote con un cocchiere.

Ma Irene Doyle è venuta da sola: è sgattaiolata fuori dal letto all'alba e si è affrettata per le strade che si stanno risvegliando, con lo scialle a coprirle il viso, atterrita. Prima di conoscere Sherlock, non avrebbe mai immaginato di poter fare ciò che sta per fare. Forse è sbagliato. Oppure sta agendo in nome della giustizia? Ha deciso di correre il rischio.

Ci sono cinque poliziotti di turno la mattina: il sergente seduto alla grande scrivania nell'ingresso principale, dietro la sala d'aspetto; poi c'è un assistente, seduto alla sua sinistra a una scrivania più piccola, due poliziotti di guardia al portone e una guardia carceraria che si occupa dei detenuti.

Irene arriva in perfetto orario. Proprio mentre la guardia con i basettoni sta salendo dalla cucina nel seminterrato, gli stivali che rimbombano sui vecchi e consunti scalini di legno, tenendo in equilibrio su un vassoio sette ciotole di porridge e sette tazze di latta con il tè. Dalla cintura gli penzola un portachiavi ad anello.

"Posso venire con voi?" chiede Irene mentre firma rapidamente il registro delle visite.

"Mmh..." La guardia volge lo sguardo verso il superiore.

Il sergente annuisce.

"Da questa parte, prego, signorina."

Superando la scrivania vanno verso una grande porta di ferro che si trova alle spalle della sala all'ingresso. Un poliziotto apre la porta, li fa entrare e li segue. Le celle si trovano sul retro della stazione di polizia, al pianoterra, disposte lungo i corridoi bianchi che corrono tutt'intorno alla corte interna dell'edificio.

Sherlock non dà segno di sorpresa quando vede comparire Irene con i due uomini.

Oggi i detenuti sono tutti sistemati in un unico corridoio. La guardia comincerà a distribuire la sbobba appiccicosa a partire dal fondo, per poi risalire fino al ragazzo, che è il più vicino all'ingresso.

Irene si ferma davanti alla cella di Sherlock. Gli fa un cenno con la testa e cominciano a parlare del tempo mentre i poliziotti proseguono verso il fondo del corridoio per distribuire il porridge. Poco dopo i due sbirri ritornano. Resta solo una ciotola. Il secondino si ferma davanti alla cella di Sherlock, mentre l'altro cerca la chiave giusta, uno strumento di ferro grande e poco complicato. La trova e la infila nella serratura.

"Posso servirlo io?" chiede Irene.

È un'altra richiesta un po' strana, e il secondino comincia a essere a disagio. Deve rispettare la procedura, e a lui piace seguire la procedura. Si rivolge all'altra guardia, poi guarda di nuovo Irene.

"Mmh… Io sono, mmh…"

Irene afferra la ciotola dal vassoio. La grossa chiave è ancora inserita nella serratura. Per passare la ciotola a Sherlock, la ragazza deve frapporsi tra la guardia e la chiave, agganciata con una piccola catena alla cintura dell'uomo. Si allunga e sfila la chiave dalla serratura, facendola cadere dentro la ciotola.

"Oh, santo cielo!" strilla.

"Nessun problema, signorina," dice la guardia, recuperando con attenzione l'aggeggio di ferro dal porridge. "Lo mangerà lo stesso. Non c'è altro per loro fino a pranzo." Piazzandole davanti il braccio muscoloso aggiunge: "Mi dispiace, ma devo servirlo io. È il regolamento".

Irene gli consegna il porridge e fa un passo indietro. La guardia apre la porta e porge la ciotola a Sherlock, che la prende, la posa sul suo letto di pietra e ci guarda dentro: la sagoma della chiave è rimasta perfettamente impressa sulla superficie densa del porridge, accanto al cucchiaio di legno, che sporge praticamente dritto.

Sherlock lo lascia lì mentre la porta si richiude alle sue spalle.

"Non mangi, Holmes?" gli chiede la guardia, spiandolo dalle sbarre.

"Non ho tanto appetito oggi."

La guardia robusta ride. "Ti verrà. L'ispettore Lestrade ha in programma di fare una… 'chiacchierata' con te domani mattina. Ti consiglio di mangiare."

Ma Sherlock non si muove.

"Ti fa bene."

Il secondino alza le spalle. Dalla sua sedia può tenere

d'occhio tutte le porte delle celle, ma a lui piace stare in piedi e camminare avanti e indietro. Da quando Sherlock è arrivato, ogni mattina l'uomo fa su e giù per il corridoio sette volte prima di sedersi. Al quinto su e giù di questa mattina Irene lo interrompe. Si trovano in un punto da cui non si vede l'interno della cella di Holmes e Irene lo trattiene per un po', facendogli delle domande sull'orario di visita della settimana.

Nell'istante in cui lei si è diretta verso la guardia, Sherlock si è affrettato verso il suo letto, ha estratto il cucchiaio di legno dalla ciotola e l'ha usato per asportare il primo strato di porridge, già quasi solido, con l'impronta della chiave. L'ha messo sul letto contro il muro, poi ha preso un'altra cucchiaiata più grande e l'ha piazzata accanto alla prima.

Appena finito, ci si è seduto davanti.

Irene ringrazia per le informazioni e lascia che la guardia torni al suo lavoro. Rapidamente saluta Sherlock e si dirige verso le scale che conducono nel salone all'ingresso. La grande porta si apre e si chiude. I passi della guardia riecheggiano lungo il corridoio mentre si avvicina.

"Ah, ti è tornato l'appetito, Holmes."

Sherlock è seduto sul letto, la ciotola tra le gambe, il cucchiaio in mano come fosse a metà del pasto.

Quella mattina, tutte le volte che la guardia si alza per andare avanti e indietro come al solito, Sherlock, svelto come un gatto, si dedica ai suoi pezzi di porridge vicino al muro. Nel giro di una mezz'ora costruisce la sua chiave di porridge. Finisce giusto in tempo. La sostanza è praticamente del tutto solidificata e ha assunto la sua famigerata consistenza granitica.

Le guardie della prigione di Bow Street non dovrebbero certo dormire quando sono di turno, ma Sherlock sa che ogni tanto capita che si appisolino. Spaventato e inquieto com'è, nelle ultime notti si è svegliato spesso, e ogni volta ha notato la stessa cosa: la guardia notturna che sta seduta su una sedia in fondo al corridoio si addormenta sempre verso le quattro del mattino. Il ragazzo riesce a risalire all'ora dalla posizione della luna, che scorge attraverso una finestrella del corridoio che dà sulla corte interna.

Guarda la luna attraverso le sbarre. Stretta tra le mani tiene la chiave grossolana che ha modellato su quella, altrettanto rudimentale, che apre la grossa serratura. È dura come una mazza da cricket.

Come previsto, verso le quattro di mattina, la guardia abbassa il mento sul petto. Avendo anni d'esperienza, potrebbe facilmente svegliarsi al minimo scricchiolio.

Sherlock infila la chiave.

Prova a farla girare. La serratura cigola. La guardia si muove.

"Ho bevuto solo un boccale di birra, Prudence, te lo giuro..." mormora senza aprire gli occhi, mentre muove la bocca come se stesse masticando qualcosa. Si addormenta di nuovo.

Il ragazzo si blocca con la mano vicino alla porta. Aspetta. Ma non troppo: i pisolini della guardia sono sempre piuttosto brevi.

La chiave è ancora nella serratura. Cerca di farla girare, ma non ci riesce. Forse non è abbastanza robusta. Ci riprova. Questa volta la tiene bene al centro, in modo che prema perfettamente sul chiavistello, e la gira molto lentamente, pregando che non si spezzi in due. A un certo punto sente che la sua chiave di porridge duro come il ferro comincia a scricchiolare. La estrae e ci riprova ancora una volta, spostandola più delicatamente. Piano piano... gira.

Il chiavistello scatta!

Adesso basta aprire la porta, che però cigola ogni volta che le guardie la toccano.

Sherlock comincia a spingerla piano. A ogni movimento scricchiola e la guardia si muove, ma in poco tempo riesce ad aprirla abbastanza da sgattaiolare fuori. Fila via lungo il corridoio. Non riesce a crederci. Il cuore gli batte fortissimo. Va verso la porta principale, ma poi si ferma.

Mohammad.

Quando si avvicina furtivo alla cella accanto alla sua, si accorge con sorpresa che l'arabo lo sta guardando, del tutto sveglio, in piedi dietro le sbarre. Nell'oscurità gli occhi dell'uomo hanno uno sguardo diverso, calcolatore. Il prigioniero non gli sembra più tanto giovane.

La guardia si muove di nuovo.

I due carcerati si fissano per qualche secondo. Come fa Sherlock a essere *sicuro* che Mohammad Adalji dica la verità? Ne è praticamente sicuro, ma non del tutto. Almeno non ancora. Si volta… e si allontana in punta di piedi. L'arabo sembra sul punto di allungare una mano e afferrarlo. Per un momento sembra quasi voglia gridare. Ma si trattiene, il volto acceso di rabbia.

In un batter d'occhio, silenzioso come un fantasma, Sherlock sale le scale e s'infila nella porta in fondo al corridoio, aprendola appena. Si ritrova nel salone all'ingresso. Guarda davanti a sé e alla sua sinistra scorge una piccola scrivania di legno e un po' più in là una grande. Non c'è nessuno seduto alla prima, ma la seconda è occupata dal sergente del turno di notte. Sherlock è appena dietro di lui. L'uomo sta scrivendo sui suoi registri, a testa china, e ogni tanto intinge il pennino nell'inchiostro. Il ragazzo si getta a terra e striscia fino alla scrivania più piccola, nascondendosi dietro. Ha l'impressione che il proprio respiro sia rumoroso come il mantice che usa il vecchio cappellaio per accendere il caminetto. Cerca di calmarsi. Il poliziotto è a circa quattro metri e mezzo di distanza. Sherlock si mette a esaminare le immagini della zona esterna della stazione di polizia di Bow Street che ha fotografato con la mente quando l'hanno portato lì, una settimana prima. Sa che la Londra notturna e la libertà si trovano alla sua sinistra, oltre l'arcata d'ingresso di questa stanza: basta fare circa sei passi per attraversare la sala d'aspetto e raggiungere le grandi porte nere dell'entrata. Ma dalla sua posizione il sergente del turno di notte, che lui non riesce a vedere bene, è in grado di individuare chiunque entri o esca.

Sbircia oltre la scrivania, verso l'arcata, al di là della quale intravede un poliziotto seduto su una panchina.

Dovrà fare una bella corsa, però avrà dalla sua l'effetto sorpresa. Grazie alla sua abilità nel muoversi per le strade, passerà come un lampo davanti al sergente. In realtà dovrà sfuggire a un solo poliziotto. Una volta nell'altra stanza, sa perfettamente dove trovare la porta principale e la maniglia.

Poi sente un rumore alle sue spalle.

"In nome del cielo, cosa..." esclama una voce. È la vecchia guardia, che si è svegliata dal sonno trovando una cella vuota.

Sherlock balza in piedi.

Corri!

Si dirige verso l'arcata, con la guardia alle calcagna, che attraversa la stanza come un missile. Sa che l'altro poliziotto, quello seduto sulla panchina nella stanza più esterna, si alzerà per fermarlo, perciò corre piegato in due come un giocatore di rugby in una mischia. Supera lo sbirro e si ritrova nella sala d'aspetto. *Ecco le porte*. Ma improvvisamente si materializzano altri poliziotti, come se uscissero dalle pareti! Tre uomini balzano in piedi: se ne stavano tutti a poltrire sulle panchine, fuori dalla sua visuale.

Comunque ha ragione, dalla sua ha l'effetto sorpresa e poi la velocità è tutto. Solo un poliziotto, vicino alle porte, potrebbe acciuffarlo. E infatti gli salta addosso, ma lui si china e quello gli passa sopra, afferrandogli con una mano un lembo del cappotto nero a falde. Con uno strattone il ragazzo si divincola e si precipita verso una delle grandi porte, aprendola. In pochi secondi corre giù per le scale di pietra, supera il cancello di ferro battuto, gira intorno ai lampioni dalla luce blu e scompare nella notte.

C'è di nuovo quella strana atmosfera per le strade, quell'inquietante parata di personaggi bizzarri e criminali che spuntano dal buio. Sherlock si getta a capofitto in quell'incubo, sorretto dalla propria determinazione. Sente di nuovo il suono indiavolato dei violini. La nebbia stanotte è davvero fitta.

L'ultima cosa che ha fatto quando era ancora in cella, disteso al buio ma sveglio, è stato preparare un piano da seguire nel caso fosse riuscito a scappare. Ha previsto ogni situazione possibile, dalla migliore… a quella in cui si trova ora, con gli sbirri alle costole. Non può andare a casa. Non riuscirà a seminare i poliziotti. E non può nascondersi a lungo, perché nessuno lo aiuterebbe… a parte forse un ladruncolo che vive per strada, uno che sa come sfuggire alle autorità, e che magari nel suo cervello contorto pensa di poter ottenere un vantaggio aiutandolo.

Malefactor! Dove sei?

Si precipita lungo Bow Street e poi a Covent Garden svolta verso ovest, passando accanto al teatro dell'Opera illuminato dalle lampade a gas, senza neppure alzare lo sguardo. Non ha mai vinto una gara di corsa a scuola, ma solo perché non glien'è mai importato niente. Quando vuole, però, è in grado di fare qualsiasi cosa. Tanto più che le sue gambe sono lunghe e sottili come quelle di un levriero.

Si dirige a nord, nella zona dei vicoli più angusti, dove

sa di trovare Malefactor e gli Irregolari. I suoi stivali battono con forza sulle pietre del selciato. Sta ricominciando a piovigginare. Nelle orecchie sente il rumore del proprio respiro ansimante.

Ma dove sono?

Non ha alcuna ragione concreta per sperare che il giovane criminale lo aiuterà, è solo una sensazione, una supposizione come le tante che quella perfida canaglia gli ispira: ha la convinzione che lo farà perché attratto dalla situazione in cui Sherlock si è cacciato, o forse perché lui e Malefactor sono legati da qualcosa che non si può spiegare. Il suo nemico potrebbe anche salvarlo solo per poterlo poi perseguitare.

Di solito sono qui vicino, da qualche parte.

Mentre corre scruta in ogni vicolo, ma niente. Alle sue spalle si sentono i poliziotti urlare, le voci risuonano nelle strade fosche, avvolte nella nebbia. Si dirige a ovest, supera osterie e vetrine buie di negozi, poi risale verso nord per una stradina. Pochi metri e diventa ancora più stretta. Infine si accorge dov'è arrivato… a Seven Dials. Mai prima d'ora aveva osato spingersi fino a questo incrocio maledetto nel cuore di Londra, dove convergono sette vicoli: una zona tristemente nota della città, un covo di ladri dove regnano la violenza e la povertà più nera. Ma è proprio questo il posto dove doveva venire, perché è qui che può trovare Malefactor.

I poliziotti si stanno avvicinando, il rimbombare dei loro stivali sul selciato è sempre più forte. Sherlock si addentra in un vicolo e lo percorre tutto nell'oscurità, un passaggio stretto tra edifici decrepiti a tre piani. Sul marciapiede e sulla strada tantissime persone giacciono a terra, seminude. Sfreccia davanti a minuscole strettoie che si aprono ai lati della strada, dove si avventurano solo i cosiddetti "topi di fogna" che popolano la città. Passando accanto a una di queste strettoie, nell'oscurità nota qualcosa che si muove.

Gli Irregolari?

Potrebbe essere. La viuzza si apre in un minuscolo cortile per poi rimpicciolirsi di nuovo dall'altro lato. Un nascondiglio perfetto per loro, in cui rifugiarsi a dormire. Sherlock sparisce nella strettoia inoltrandosi nell'ombra. Persino ora, in questo frangente disperato, entrare lì gli fa una paura tremenda. Non si era mai cacciato in un buco come questo.

Una testa si solleva lentamente e lo guarda attraverso la nebbia. Poi compare l'intero busto. Sherlock si blocca subito. Ci sono corpi distesi un po' dovunque. Il busto è lungo e magro.

"Guarda chi si vede, il Maestro Holmes."

Non sembra neanche assonnato. Tutt'intorno al loro capo gli Irregolari russano sonoramente, stesi a terra in mucchi.

"Malefactor!"

"Qualche problema, mio giovane signore?" I suoi denti gialli sono appena visibili nell'oscurità. Sembra soddisfatto.

"Mi stanno inseguendo."

"Ho sentito che sei stato in visita al Bow. Siamo scappati, vero?"

Nella sua voce si avverte una punta di ammirazione.

"Mi stanno inseguendo!"

Malefactor osserva la strettoia alle spalle di Sherlock: il primo poliziotto è già lì che scruta il vicoletto, un po' titubante nonostante la sua preda sia vicinissima.

"Da questa parte!" esclama Malefactor, spingendo Sherlock. "Vai prima a est, poi a nord. Sparisci!"

Sherlock non ha bisogno d'altro. Scavalca Malefactor, facendosi strada a fatica in mezzo agli Irregolari, che si lamentano, imprecano e cominciano ad alzarsi.

"Lasciatelo passare!" sibila il loro capo. "Mi aspetto un resoconto completo. E delle spiegazioni!"

Sherlock non si vede più, è sparito in fondo al vicoletto. Malefactor si volta per affrontare i poliziotti che stanno venendo dalla sua parte.

"Irregolari, alzatevi! E state fermi, in piedi! Questa notte voglio dare a Holmes un vantaggio di almeno un minuto. Gli sbirri non hanno niente contro di noi, non possono sbatterci in gattabuia solo perché ce ne stiamo impalati in mezzo a una strada."

I poliziotti finiscono addosso agli Irregolari, si levano insulti pronunciati da voci adulte, seguiti dalle scuse sollecite di quelle più giovani. Ma in qualche modo, anche se in apparenza gli Irregolari stanno tentando di farsi da parte, si ritrovano sempre nel posto sbagliato, proprio tra i piedi degli agenti. I poliziotti impiegano un minuto buono ad arrivare in fondo alla strettoia, e quando si affacciano sulla strada il ragazzo è sparito.

Suo padre gli ha insegnato ad ascoltare sempre chi è più esperto, perciò Sherlock fa esattamente come gli ha detto Malefactor. Se il giovane criminale ha detto di andare prima a est e poi verso nord, è così che farà. Ma c'è anche un'altra ragione, un'ottima ragione, per fuggire da quella parte.

Scappa procedendo a zigzag finché si ritrova tra i bellissimi alberi di Bloomsbury Square. Sta per entrare in una zona dove la polizia non si aspetterà di trovarlo: giù a sinistra, in fondo alla strada, c'è il British Museum, uno straordinario ricettacolo di informazioni e notizie; un po' più avanti c'è lo University College, dove un tempo i sogni del padre sembravano destinati a realizzarsi.

È praticamente senza fiato, ed è già da qualche minuto che non sente e non vede i poliziotti. Ora può camminare, anche perché così desterà meno sospetti.

Questo quartiere è molto diverso dal suo. È qui che vivono le persone colte – professori, filantropi – ed è qui che può trovare… Irene.

Sì, est e poi nord, la rotta perfetta per completare il suo piano di fuga.

Irene e suo padre vivono qui vicino. In Montague Street, a quanto ha detto lei. Il viale in cui Sherlock si trova adesso è ben illuminato da lampioni neri a gas, come tutti i quartieri ricchi, per la verità. Cammina fino in fondo alla strada in direzione nord e guarda su verso il nome impresso sull'ultimo edificio: BEDFORD PLACE. È vicino, lo sente. Ora si trova all'estremità di un altro parco. Gira a sinistra verso il museo, un edificio imponente di pietra grigia con pilastri romanici, che si erge sul lato ovest di… Montague Street.

Irene dorme qui, da qualche parte.

Procede furtivo lungo il marciapiede, osservando con cura ogni casa. Sono tutte in fila, attaccate l'una all'altra, edifici stretti e alti, di tre piani e mezzo: al pianterreno sono color crema, sopra di mattoni marroni, oppure di pietra bianca, e alle finestre si vedono dei vasi pieni di bellissimi fiori. Non tutte le porte hanno il numero civico, qualcuna riporta, per esempio, il nome della ditta che vi ha sede, oppure quello della famiglia che ci vive.

Sherlock continua a scorrere i numeri sulle porte strizzando gli occhi, dal momento che non osa avvicinarsi troppo. Tutte le case sono protette da recinzioni di ferro nere perfettamente curate e vi si accede salendo alcuni scalini di pietra, mentre gli alloggi della servitù rimangono sotto. Giunto in fondo alla strada, dalla parte opposta rispetto al museo, Sherlock si ferma vicino a una casa di mattoni. Sopra c'è una targa d'ottone. Cerca di mettere a fuoco: ASSOCIAZIONE… DEGLI… AMICI… IN VISITA.

Ha trovato Irene.

Sì, ma ora cosa può fare? Non può certo salire su per

le scale e bussare: il signor Doyle lo riporterebbe subito in prigione.

Guarda prima a destra, poi a sinistra: in giro non c'è nessuno. Sul lato nord la casa dei Doyle è attaccata agli altri edifici, mentre dalla parte opposta, essendo alla fine dei caseggiati, confina con un vialetto largo poco meno di un metro, che porta sul retro della proprietà ed è chiuso da un cancello di ferro. Sherlock si china e si avvicina al cancello, che si apre facilmente, quindi prosegue per un tratto lungo la stradina angusta, per ritrovarsi quasi subito dietro il muro di cinta del giardinetto sul retro, largo quanto la casa e lungo circa due metri. Attraverso un'apertura nel muro riesce a vedere che il giardinetto è quasi interamente occupato da una cuccia… per il cane. *Oh-oh!*

Agitatissimo, ritorna sui propri passi camminando all'indietro, lo sguardo fisso sul giardinetto, aspettandosi di essere aggredito o di sentire l'abbaiare furibondo dell'animale. Ma non succede niente, il che è strano. Il cane non si è accorto di lui. Possibile che dorma? O magari che sia vecchio e sordo? A un certo punto vede una catena abbandonata a terra su alcuni mattoni, allora si ferma. Non è legata a niente.

Pochi minuti dopo è sdraiato nella cuccia vuota. Al momento il cane dei Doyle, di qualunque razza sia, non si trova lì. Sherlock si rannicchia e, seppure controvoglia, si avvolge intorno alle gambe una coperta puzzolente e appoggia la testa a terra, con gli occhi spalancati e il cuore che gli batte ancora a mille. Quando finalmente si calma, la prima cosa che gli viene in mente è sua madre. Ha bisogno di vedere i suoi genitori. Si sente come se avesse corso per giorni e giorni. Gli salgono le lacrime agli occhi, ma le trattiene. *Non ci pensare*, dice a se stesso, *non ci pensare. C'è ancora troppo da fare. C'è ancora troppo da provare.*

Di lì a poco dorme profondamente.

IL TRAVESTIMENTO

Si sveglia solo quando il sole è già alto nel cielo e anche allora gli ci vuole un bel po' ad alzarsi: ha freddo ed è dolorante. Solleva piano la testa e istintivamente si mette a posto i capelli, poi guarda giù verso i vestiti sporchi e gli stivali e infine fuori dalla cuccia.

Due occhi lo stanno fissando!

Cerca di mettersi dritto e sbatte la testa contro il soffitto.

"Sherlock!"

Irene.

"Ce l'hai fatta? Sei arrivato fin qui? A casa mia?" Parla come se avesse di fronte un fantasma.

Ma il più spaventato è proprio il fantasma.

"C-Come hai fatto a sapere che ero qui?" chiede lui con voce tremante. "C'è qualcun altro in casa?" I suoi occhi in un lampo si spingono oltre la porta della cuccia e controllano il giardinetto, poi guardano su verso le finestre di ogni piano.

"No, mio padre è uscito e non abbiamo personale di servizio, perché a lui non piace: la maggior parte delle faccende domestiche le sbrighiamo noi. Abbiamo solo una ragazza che ci dà una mano per qualche ora, tutti i giorni. E lei è già venuta e andata via. La mia istitutrice oggi ha il giorno libero. Ho guardato giù e ho visto che dalla cuccia spuntava uno stivale." Si interrompe e lo guarda fisso. "Ti ho aiutato a evadere di prigione!" Per un attimo sembra che debba alzarsi e scappare via. "Promettimi una cosa. Mi devi promettere che sarai..." È agitata e confusa, si interrompe ancora poi conclude: "... bravo". Subito dopo sembra a disagio. "Non mi sono espressa bene, volevo dire..."

"Io sono *bravo*," risponde lui guardandola intensamente. "Te lo prometto. Non sono un criminale, Irene."

"Ma non puoi restare qui. No?"

"Posso, se mi aiuti."

"Va bene... avrai bisogno di cibo... e di vestiti asciutti."

In altri frangenti Sherlock sarebbe terribilmente seccato per lo stato in cui si trovano i suoi vestiti, ma per una volta la cosa non lo infastidisce.

"Dobbiamo scoprire cos'è realmente successo a quella donna."

"Dobbiamo? Tu... e io?"

"Altrimenti sono in un mare di guai... e Mohammad morirà. Non gli restano che due settimane."

Lei ci riflette per qualche istante.

"Vieni, entriamo in casa."

Appena dentro, dalla porta sul retro, Sherlock fa conoscenza con il cane.

L'unico e inimitabile John Stuart Mill.

È un corgi piccolo e tozzo, bianco e marrone chiaro: è piuttosto avanti con l'età, ha le gambe corte e robuste, le orecchie ridicolmente lunghe, il corpo e la testa massicci. E ha anche un palese problema di flatulenza. Come Sherlock mette piede in casa, la bestiola, che di norma è un po' rallentata sia nei movimenti che nelle reazioni, produce un rumore imbarazzante da un'estremità del corpo grassoccio e con l'altra estremità afferra l'orlo di una gamba dei pantaloni del ragazzo tenendolo stretto con feroce tenacia, rifiutandosi di mollarlo.

"J.S. Mill è estremamente protettivo nei miei confronti," spiega Irene rossa in viso, strappandolo a fatica dal suo amico. "Lo chiuderò al piano di sotto. Può girare libero per casa solo se si comporta bene... Un po' di tempo fa ha deciso che non gli piace dormire fuori."

La loro casa è tutta legno e calore. Sul pavimento, enormi tappeti colorati, alle pareti dipinti preziosi coprono praticamente ogni centimetro e le stanze traboccano di mobili francesi. Irene accompagna Sherlock di sopra, passando accanto al salotto al primo piano e alla stanza da letto del padre al secondo, fino alla sua camera. Lo chiude dentro e, con voce sempre più debole man mano che si allontana in punta di piedi, gli dice di levarsi i vestiti e lasciarli davanti alla porta. Lui obbedisce e un minuto dopo la sente tornare indietro con passo felpato sul pavimento di legno lucido per recuperare i suoi vestiti.

"Resta lì," gli ordina un po' nervosamente. È in casa da sola con un ragazzo. "Tra due ore li riavrai, lavati e asciutti. Ci sono degli asciugamani vicino al mio lavabo." Sherlock la sente scendere diversi gradini, fino al seminterrato, dove normalmente in queste case vive la servitù e si trova la lavanderia. Irene Doyle è davvero una ragazza fuori dal comune.

Ed eccolo lì nella sua stanza. Per lui è un po' come essere in paradiso, lontano dai meandri di Southwark e dall'inferno della sua stessa casa. Versa un po' d'acqua da una brocca di porcellana dentro la catinella del lavabo di ferro battuto, lì accanto trova anche del sapone e comincia a lavarsi, sollevato all'idea di essere finalmente pulito. Osservandosi nello specchio, si mette in ordine i capelli neri lisciandoli bene, poi si guarda intorno: tutto brilla e profuma. Sulla toeletta e appese alle pareti ci sono delle fotografie. Sembra di essere in una galleria d'arte. I ritratti sono tutti di persone celebri, riconosce per esempio Adelina Patti, una grande cantante, l'unica e irripetibile interprete della canzone *Champagne Charlie*, il grande Jules Leotard, "il coraggioso giovane che vola sul suo trapezio" e molti altri. Il letto rosso, tutto pizzi, è stracolmo di animali di pezza, le mensole sono piene di libri. Sherlock si siede per terra e ne prende un paio: c'è Dickens ovviamente, e poi Thackeray, Wilkie Collins, Jane Austen e Poe e qualche opera particolarmente corposa, come quella sulla storia dell'Estremo Oriente e altre su tematiche sociali britanniche, molte costituite da tre volumi. In prigione non gli hanno dato né libri né riviste, e neppure quotidiani, per cui è da una settimana che non legge una parola su carta stampata. Per lui leggere è come una droga, lo desidera con la stessa intensità dei disperati che frequentano le case d'oppio di Lime House, nell'East End. Guarda i volumi come un affamato, ma quelli che lo attraggono di più sono i libri per bambini. Resta seduto a sfogliarli a lungo, sorridendo nel vedere le pagine con i disegni tridimensionali che si sollevano. Quando bussano alla porta, gli sembra siano passati solo pochi minuti. Un braccio magro si insinua all'interno come un serpente richiamato dal suono dell'incantatore e lascia cadere i suoi vestiti puliti sul pavimento.

"Mettiteli," gli dice Irene, mentre i suoi passi percorrono il corridoio e scendono giù per le scale.

Poco più tardi sono al pianoterra, seduti al tavolo da pranzo tutto luccicante: Sherlock indossa i suoi vestiti neri logori ma puliti, lei un abito bianco candido, coperto in parte da un grembiule. Di fronte a lui, un banchetto: focaccine tostate e imburrate da prendere con il tè, aringhe affumicate e succo d'arancia, uova e salsicce, tutte cose che raramente gli è capitato di assaggiare. Alle loro spalle c'è una gabbia dorata appesa al soffitto con dentro un'allodola gialla; di tanto in tanto l'uccellino salta giù dal suo trespolo su un quadratino d'erba verde, poi sbatte le ali, come alla ricerca di una via di fuga. Però non dice niente, e neppure Sherlock, che mangia voracemente come un morto di fame. Comincia a parlare solo quando ha terminato anche l'ultimo boccone, e a quel punto la sua voce trema per l'emozione.

"Ho bisogno di sapere come stanno i miei genitori e di dirgli… che sono vivo."

Ma sa perfettamente che è impossibile andarli a trovare, sarebbe da incoscienti.

"Però prima devo vedere Malefactor," aggiunge.

"Chi?"

"È un ragazzo che vive per strada e ha una banda. Mi odia, ma sento che adesso mi aiuterà, mi insegnerà come sopravvivere e come fare quello che devo fare. In cambio posso dargli delle informazioni, per esempio sulla prigione di Bow Street, e su come…"

Sherlock balza in piedi e si dirige verso la porta d'ingresso.

"Fermati!" gli grida dietro Irene.

Il ragazzo si volta.

"Due cose: primo, non puoi uscire in pieno giorno, perché ti stanno cercando; e secondo, quando uscirai verrò con te."

La prima considerazione è assolutamente corretta e Sherlock si sente sciocco per essere stato così precipitoso. La seconda lo sbalordisce. Certo ha sperato che lei lo aiutasse portandogli del cibo, permettendogli di stare nei pressi di casa sua, non denunciandolo alla polizia… ma andare con lui dagli Irregolari? Per quanto diversa e strana sia questa ragazza, non ha alcuna intenzione di portarla con sé.

"Hai ragione," risponde, "su entrambe le cose."

Il signor Doyle starà fuori tutto il giorno, quindi Sherlock può restare in casa ancora per un po'. Il ragazzo sa perfettamente che è sconveniente che due ragazzi rimangano da soli in casa, ma non hanno altra scelta. Comunque, avendo tempo, si mettono a chiacchierare, stando bene attenti a ogni minimo rumore che venga dalla porta d'ingresso.

"Mio padre è un uomo benestante, ma è diverso dalla maggior parte delle persone ricche," spiega con orgoglio Irene, facendo segno a Sherlock di aiutarla a sparecchiare la tavola e a portare i piatti in cucina, di sotto.

Gli racconta che Andrew Doyle ha studiato a Oxford, proviene da una famiglia di idee liberali e può permettersi di trascorrere le giornate a dirigere un'associazione che non solo si dà da fare per aiutare i poveri, ma tenta anche di sensibilizzare il governo perché faccia altrettanto. È un uomo pieno di buona volontà, che lascia le comodità della propria casa per rimboccarsi le maniche e prestare assistenza negli ospedali, nelle prigioni e persino per le strade. Fa parte della schiera dei "nuovi pensatori" che in questi anni stanno cercando di cambiare il mondo.

"Non è stato sempre così," aggiunge Irene, appendendo il grembiule e facendogli cenno di risalire di sopra. "Ma quando è morta mia madre..." Per un attimo le manca la voce. Fa qualche passo su per le scale, voltando le spalle all'amico per non mostrare il viso, poi quando arrivano al pianoterra riprende. "... quando è morta... il giorno in cui io sono nata... ha cominciato ad andare in giro per le strade per cercare di soffocare il suo dolore." La voce è di nuovo inferma. "È stato dappertutto. Mi ha raccontato di aver incontrato sofferenze che mai avrebbe potuto immaginare; infelicità persino superiori alla sua."

Tornano a sedersi al tavolo della sala da pranzo.

"Io sono la sua unica figlia e vuole che impari a occuparmi degli altri e a realizzare qualcosa di importante per la vita della gente, anche se sono una ragazza. Mi fa da insegnante, sebbene abbia un'istitutrice. Forse non dovrei neanche chiamarla così. L'ha scelta con grande cura, ma non vive con noi, semplicemente mi insegna le cose che ogni ragazza dovrebbe sapere. Mio padre, d'altra parte, mi consente di leggere tutti quei testi che di solito alle ragazze sono proibiti. Puoi farmi una domanda di politica a tua scelta! So cucinare, cucire e correre senza diventare pallida. Lui dice che dovrei poter votare e mi dà il permesso di stare a casa da sola e di fare praticamente tutto quello che voglio." Abbassa la voce.

"La nostra è una vita piuttosto tranquilla. Non riceviamo molte visite. Mio padre dice che devo stare lontana da... le mie uniche uscite sono quelle per recarmi agli ospizi o alle mense per i poveri. E i miei migliori amici sono i libri."

Sherlock percepisce la tristezza della ragazza. L'allodola sbatte le ali e lei alza lo sguardo verso la gabbia.

"Abbiamo comprato Blondin da un rivenditore di uccelli al di là del fiume. Povera bestiola, ha un'ala rotta. Io vorrei liberarla, ma mio padre dice che a Londra morirebbe."

La sua tristezza svanisce in fretta. La situazione disperata in cui si trova il ragazzo si riallaccia in qualche modo a tutto quello in cui credono lei e suo padre e di lì a poco insiste perché lui le racconti qualcosa di più sull'omicidio.

Dalla porta d'ingresso arriva un rumore. Restano seduti immobili e in silenzio, Sherlock è pronto a scappare. *Silenzio*. Forse era solo una pietra o un pezzetto di metallo saltato via dalla bardatura di un cavallo e scagliato dalle ruote di una carrozza di passaggio. Irene si volta verso il ragazzo, ancora più ansiosa di saperne di più sulle sue tribolazioni, prima che torni il padre.

Sherlock aveva deciso di non rivelarle i dettagli più importanti, ma dal momento che glielo chiede con tanta partecipazione, non riesce a trattenersi. Ha bisogno di parlare con qualcuno e ha sempre più fiducia in lei.

"Ci sono cose di questo delitto di cui non potevo parlare in prigione," comincia.

Le racconta tutta la storia di Mohammad, mettendola a parte delle informazioni di cui è in possesso e che potrebbero aiutarlo: le parla dei corvi, dell'occhio di vetro, della teoria della polizia, di tutto. Però man mano che procede nella descrizione, quel po' che sa sembra ridursi a poco e niente. Che cos'ha in mano effettivamente? Solo un paio di corvi che borbottano sulla scena del delitto… e un occhio di vetro. E che valore hanno queste cose paragonate alle prove raccolte contro l'accusato? I poliziotti hanno l'arma del delitto, trovata nascosta nel cappotto di Mohammad. Hanno le sue impronte insanguinate che vanno dalla scena del delitto fino al negozio. E, soprattutto, Sherlock non ha alcuna prova inconfutabile circa l'innocenza dell'arabo… gli viene in mente l'espressione rabbiosa di Adalji, la notte prima in prigione.

Ha l'impressione che Irene creda a ogni sua parola, il che rende le cose ancora più pericolose per lei. Se avesse ritenuto colpevoli sia lui che l'arabo, si sarebbe mostrata comprensiva ma avrebbe cercato di convincerlo a costituirsi. Siccome però è convinta che lui sia innocente e che sia finito in una trappola mortale da cui forse non riuscirà a tirarsi fuori, si sente praticamente obbligata ad aiutarlo.

C'è solo una cosa di lei che non gli va a genio. Quando le chiede che cos'hanno detto i giornali dell'omicidio, scopre che i Doyle leggono solo il "Times", il quotidiano più conservatore e privo di fantasia della città. Le notizie sensazionali non interessano ai Doyle: niente "News of the World" o "Penny Illustrated Paper", e di sicuro niente "Police News". Nei primi cinque giorni, i giornali scandalistici di Sherlock non avevano scoperto nulla sull'identità della donna uccisa e, dopo un interesse fugace e piuttosto scarso, il "Times" non ha aggiunto molto sul fatto di sangue: il fascino dell'orrido non è degno della loro attenzione. Irene non riesce a ricordare il nome della donna, tanto meno la sua occupazione.

Con largo anticipo rispetto all'orario in cui Andrew Doyle rientra, il ragazzo se ne torna nella cuccia del cane. John Stuart Mill resterà in casa oggi, e Irene lo terrà d'occhio, tanto anche la ragazza che li aiuta nelle faccende domestiche gli dà sempre da mangiare dentro. Davanti alla porta della cuccia c'è uno straccio che penzola fin quasi a terra, per impedire che dalle finestre sul retro si veda l'interno.

Sherlock rimane lì sdraiato con gli occhi aperti fino a quando vede spegnersi tutte le luci di casa Doyle. Aspetta ancora un po' – un'ora, secondo lui – e poi si alza. Anche se aveva deciso di portare Irene con sé, non se la sente di sfidare la fortuna e andare in casa a chiamarla. Esce dal giardino passando dallo stretto vialetto che fiancheggia la casa.

Lei è dall'altra parte della strada, appoggiata alla recinzione di ferro battuto e ottone che delimita lo spazio esterno del museo.

"Vengo con te," afferma decisa.

Sherlock resta scioccato nel trovarsela lì, per di più con quell'abbigliamento: sembra che indossi dei pantaloni.

"Sono di mio padre," lo anticipa lei per tagliare corto, senza neanche abbassare lo sguardo verso i pantaloni. "Si sono ristretti nell'ultimo lavaggio e lui pensa che li abbia buttati."

Sono allacciati ben stretti in vita con qualcosa che assomiglia alla cintura di un accappatoio. È vestita completamente di scuro. Furba, la ragazza. Peccato che dal collo in su risplenda ancora come un angelo: quei suoi capelli biondi infatti brillano come una luce nel buio della notte.

"Allora, andiamo?"

Magari questa novità non è del tutto negativa, pensa il ragazzo. *La polizia sta inseguendo un ragazzo alto e magro... tutto solo.*

Cercano in lungo e in largo, senza successo, tracce degli Irregolari. Irene si muove come una pallida ombra accanto a lui, mentre si addentrano sempre di più nella Londra notturna. È scombussolata dallo scenario demoniaco che la circonda, ma non resta indietro neanche di un passo e non dà mostra della paura che prova. Sherlock tiene d'occhio ogni sagoma umana: questa notte lui è sia preda che predatore.

In fondo a una strada buia di Westminster, qualcuno grida nella loro direzione.

"Ehi, voi due!"

L'urlo arriva da dietro. Irene si volta e vede un poliziotto correre verso di loro. Restano immobili. Lo sbirro gli passa rapido accanto e li supera, facendo vibrare il fischietto d'ordinanza mentre insegue due soldati ubriachi che si allontanano barcollando, fino a sparire oltre un angolo. Sherlock finalmente smette di trattenere il fiato.

Di lì a poco in Wild Street, vicino a Drury Lane, intravedono uno degli Irregolari, un furfante solitario. È uno dei più giovani e sta correndo a rotta di collo diretto a est. È probabile che la banda stanotte sia sul chi va là, dopo il fugace incontro con la polizia di meno di ventiquattr'ore prima. Sherlock spinge Irene contro il muro tutte le volte che l'Irregolare si volta sentendosi qualcuno alle calcagna. Non lo perdono di vista neanche un istante mentre lo seguono nel percorso tortuoso che li porta fino a Lincoln's Inn Fields, il parco pubblico all'interno della piazza più grande di Londra. Parecchi primi ministri hanno vissuto nelle belle case che ne delimitano il perimetro, ma di notte, all'interno delle recinzioni di ferro del parco, i ladri trovano un rifugio perfetto all'ombra degli alberi giganteschi. Sherlock osserva da lontano, senza farsi vedere, gli Irregolari spaparanzati sull'erba nell'estremità a nordest. Malefactor è in piedi di fronte a loro e parlando solleva in aria una serratura di ferro.

"Forzare una serratura," attacca con voce seria e cantilenante. "Primo, vi servono due oggetti sottili e appuntiti." E gli fa vedere un paio di spilloni per cappelli da signora, uno già opportunamente piegato da una parte. "Vanno inseriti entrambi nella serratura." Malefactor mima il gesto con una mano sola, come un mago. "Con questi speciali strumenti esplorate l'interno. Ogni pistoncino dev'essere spinto verso l'alto e fuori dal cilindro; una volta allineati, la serratura può girare. È pura e semplice geometria." Malefactor muove con attenzione lo spillone piegato, e sorridendo manovra anche con l'altro... e la serratura si apre di scatto.

"Ecco fatto!" afferma soddisfatto. Poi, tutt'a un tratto, si fa cupo in viso: ha un sesto senso per avvertire la presenza di intrusi. "Vi siete fatti seguire!" grida furioso ai suoi giovani sottoposti.

Poi si ricompone e si rivolge alle due figure che emergono dall'oscurità.

"Guarda chi si vede, il Maestro Holmes!"

Ma non tira fuori la storia del mezzosangue ebreo.

Sherlock non l'ha mai visto fare quella faccia. I suoi lineamenti scuri si illuminano, mentre si riflettono nella luminosità che emana da Irene Doyle. Per un momento perde il suo incredibile autocontrollo. Difficile credere che ne sia capace. Deglutisce in modo così evidente che Sherlock gli vede il pomo d'Adamo andare su e giù.

"Signorina," dice levandosi il cappello sciupato. "Signorina," ripete. "Con chi abbiamo il piacere di..."

"Questa è Irene..."

"Sta' zitto, Holmes!"

"Sono la signorina Irene Doyle," risponde lei cercando di sorridere, nonostante il disagio che prova sia nei confronti di lui che della situazione in cui si trova.

"Benvenuta, signorina Doyle. Tutti mi conoscono come Malefactor e questi sono i miei soci." Fa un cenno verso di loro e a denti stretti aggiunge: "Ci si alza in piedi di fronte a una gentildonna, razza di gentaglia".

Saltano tutti in piedi.

"Perché l'hai portata qui, Holmes?" chiede, ritrovando il tono di voce garbato, ma senza staccare gli occhi di dosso a Irene.

"Mi ha aiutato a scappare." Malefactor sorride e si illumina.

"Di solito non fa cose di questo genere. Suo padre è un uomo rispettabile che dà sostegno a chi è più sfortunato, senza esprimere giudizi."

"A sentire Holmes sembra un gentiluomo davvero molto perbene, signorina."

Irene approfitta del momento. "Sherlock Holmes ha bisogno del vostro aiuto."

Il giovane delinquente distoglie gli occhi da lei solo per un attimo per dare un'occhiata a Sherlock, poi guarda di nuovo lei.

"Un tempo ero migliore di quello che sono ora, signorina, e un giorno tornerò a essere migliore. Sono al vostro servizio."

Sherlock non ha bisogno d'altro incoraggiamento. Si ritirano nella parte più buia del parco e si accovacciano a terra. Per prima cosa Holmes svela a Malefactor alcune informazioni sulla prigione di Bow Street: quanto è grande all'interno, le abitudini delle guardie, com'è riuscito a scappare. Poi passa a parlare dell'omicidio, raccontandogli tutto quello che sa, compreso il ritrovamento dell'occhio di vetro. Malefactor resta in silenzio, di tanto in tanto annuisce e chiude gli occhi. Dopo un po' li riapre e comincia a concentrarsi.

"Bene, ho diverse cose da dirti. Allora, è possibile che io conosca alcuni aspetti di questo delitto, ma non aspettarti che te li sveli, non lo farò. Invece, ecco ciò che potresti fare tu: primo, hai bisogno di un travestimento per poterti muovere in incognito; ti suggerisco di tagliarti i capelli molto corti, di cambiarti gli abiti – potremmo trovartene noi degli altri – e di annerirti un po' il viso." Sa che Holmes, il perfettino che ama la pulizia, accetterà a fatica quest'ultimo consiglio. "D'ora in avanti lavorerai solo di notte. E hai bisogno di quell'occhio, quindi devi assolutamente andarlo a prendere, per quanto possa essere pericoloso. Infine, devi trovare la borsetta. Quando l'avrai trovata, avrai in mano anche la soluzione."

La disponibilità di Malefactor è sorprendente. Sherlock aveva immaginato che questo ladro professionista avrebbe trovato la situazione interessante, e che magari avrebbe deciso di farsi coinvolgere solo per divertirsi e per vedere come sarebbe andata a finire (probabilmente con la morte del mezzo ebreo), e quindi gli avrebbe concesso qualcosa in cambio delle informazioni sulla prigione di Bow Street. Sherlock si era anche chiesto se Malefactor avesse finito per considerarlo uno dei suoi e dunque gli avrebbe dato una mano come a un qualsiasi collega delinquente. Il giovane Napoleone del crimine crede nelle regole di chi vive per strada: le ombre si proteggono tra loro. Ma l'interesse dimostrato da Malefactor supera decisamente quello in cui Holmes aveva sperato, e si chiede perché. La risposta arriva subito.

"Porta anche la signorina Doyle quando tornerai a rapporto." Malefactor sorride rivolgendosi a lei. Il suo sguardo si fa poi più duro quando torna a guardare Sherlock. "Devi semplicemente farmi rapporto, è chiaro? E non aspettarti altro sostegno. Non posso aiutarti più di quanto farò stanotte. Gli Irregolari e io... queste non sono cose per noi." Si gira dall'altra parte. "La valigia, per favore."

Crew, biondo e silenzioso, è quello meglio informato sui loro averi. Si avvicina a un carretto che trabocca di scatole, bauli, valigie e altre cose di valore, il nascondiglio segreto della refurtiva. Dà un'occhiata alle varie cose e poi ne tira fuori una, come un professore che scelga il libro giusto.

Malefactor annuisce e afferra una sedia di legno.

"Vieni, Holmes. Siamo pronti per il tuo travestimento. I pantaloni puoi tenerli, tanto gli sbirri guardano solo dalla vita in su e soprattutto la faccia."

Mettono Sherlock a sedere sulla sedia. Crew, che indossa una giubba militare troppo grande, un tempo rosso scarlatto, apre la valigia e pesca una camicia scura, un cappotto nero pesante e un fazzoletto blu. Ci fruga dentro ancora un po' e mostra un cappello blu, di quelli che indossano i marinai. Malefactor annuisce di nuovo, e allora Crew comincia a levare a Sherlock il cappotto, gli slaccia la sciarpa, quindi gli fa cenno di sfilarsi anche la camicia di lino. Irene si volta dall'altra parte. Gli abiti vecchi finiscono sul carro e quelli nuovi sulle gambe di Sherlock. Questi li indossa e conclude annodandosi il fazzoletto intorno al collo. Sopporta a malapena quei vestiti sudici.

"Siediti," gli dice il capo sorridendo, godendosi il disagio del ragazzo. Lo spinge di nuovo sulla sedia. "Hai bisogno di un taglio di capelli."

Grimsby fa un passo avanti e da una delle enormi tasche del suo cappotto tira fuori un paio di forbici arrugginite. Con un ghigno dipinto sul volto afferra bruscamente il "cliente" per la testa e comincia a tagliare in modo selvaggio. A terra cadono grandi ciocche di capelli neri, e in pochi minuti la trasformazione si compie. I capelli di Sherlock, sempre perfettamente in ordine, ora sono lunghi solo un paio di centimetri, e ancora più corti in alcuni punti: sembra che qualcuno glieli abbia tagliati strappandoli con le mani. Il travestimento però è perfetto, Sherlock ne è consapevole. Sa bene che deve adattarsi a essere chiunque e qualunque cosa sia necessario.

"E come ultimo tocco, anche se non ultimo per importanza..." afferma Malefactor.

Un altro della banda ha in mano un sacco: è un ragazzino magro come un chiodo, con le orecchie a sventola che sembrano i manici di una tazza da tè, la faccia segnata e i piedi nudi, il più sporco degli Irregolari. Infila la mano dentro il sacco, tira fuori un pezzo di carbone e getta il resto sulle gambe di Sherlock. Il monello gli inclina la testa verso l'alto e si mette a disegnargli delle righe nere intorno agli occhi.

Quando il sudicio Irregolare si allontana indietreggiando, Irene trattiene il respiro: seduto di fronte a lei c'è un ragazzo di strada.

Malefactor è orgoglioso della sua sozza creatura. "Sapersi travestire è importantissimo nel mondo del crimine. Ti tornerà molto utile. Da quello che so, tua madre dà lezioni di canto, quindi avrai certamente qualche talento da attore. Approfittane. Adegua i tuoi movimenti e la tua personalità agli abiti che indossi."

Si gira a guardare Irene, come se sperasse di averla impressionata, poi a malincuore fa un passo indietro. Gli Irregolari si stanno già dileguando nella notte. L'incontro è concluso e anche il capo sparisce, ma la sua voce incorporea risuona nella notte.

"Quello che stai cercando è un criminale insospettabile."

Tornando verso Montague Street con Irene, Sherlock non

parla molto e a malapena si ricorda di guardarsi alle spalle per vedere se qualcuno li segue. Lo smarrimento che la ragazza prova per quello che ha appena visto è di gran lunga superiore alla paura. È come se fosse entrata in un altro mondo insieme a Sherlock Holmes e ora stesse tornando con qualcun altro. Vorrebbe parlargli del travestimento, di Malefactor e dei suoi consigli, di tutto insomma. Ma si rende conto che la testa del ragazzo è altrove.

Un criminale insospettabile?

Allora potrebbe essere chiunque: un uomo, una donna, o un bambino, persino Adalji. Però il capo della banda ha assolutamente ragione a proposito dell'occhio. Sherlock deve recuperarlo a ogni costo.

C'è un solo modo per farlo. La polizia lo sta cercando e sanno tutto sui suoi genitori e su dove vivono. Se dovessero catturarlo, rischierebbe di finire impiccato. Ma in qualche modo… è necessario che vada a casa. Non potrà parlare con la madre e il padre, dovrà entrare e uscire come fosse un ladro.

IL FURTO

La notte successiva è pronto per andare a rubare in casa sua. Durante il giorno Irene gli ha portato del cibo e ha tenuto lontano dalle finestre che danno sul retro l'istitutrice e la ragazza che la aiuta con le faccende domestiche. Sherlock si aspetta di vederla di lì a poco. Ma quando arriva in strada, non c'è traccia di lei da nessuna parte. Questa è una cosa che deve fare da solo, e lei lo sa.

Si calca il berretto sulla fronte e si incammina verso sud. Da sotto il cappello gli occhi contornati con il carbone scrutano intorno e stanno in guardia. Si esercita a camminare in modo diverso dal solito. Ormai è un ragazzo che vive per strada. Malefactor aveva ragione a proposito di sua madre: data la sua passione per il palcoscenico, gli ha spesso impartito lezioni di recitazione.

"Quando interpreti un personaggio devi calarti nella parte, gli spettatori devono credere che tu sia qualcun altro."

La polizia deve credere che lui sia uno che vive per strada, quindi si mette a camminare più lentamente, fa passi più corti, come qualcuno senza un posto dove andare.

È più di una settimana che non va a Trafalgar Square.

Ha una voglia terribile di tornarci: una passeggiata tranquilla per Oxford Street e poi giù fino alla piazza. Ma quei giorni ormai sono finiti. Se gli sbirri si sono informati sulle sue abitudini, allora di certo conoscono i posti che frequentava di solito. La polizia spesso si serve di investigatori in borghese. Così punta dritto verso il fiume e lo attraversa a Waterloo, invece che sul Blackfriars Bridge. In men che non si dica raggiunge Southwark.

Percorre vicoli e stradine, stando all'erta quando passa nelle zone più degradate, pronto a battersi nell'oscurità del Mint. Ma è una notte stranamente fredda per essere tarda primavera, con una pioggerellina sottile che rende la nebbia ancora più fastidiosa, e c'è pochissima gente in giro. Quando raggiunge la strada accanto a quella dove abita, il cuore gli batte forte: procede tenendosi nell'ombra, con le spalle contro il muro, e si nasconde in ogni portone, ma sembra che nessuno l'abbia seguito.

Adesso, però, in lontananza vede due persone che vengono verso di lui. All'inizio è impossibile distinguerle sotto la fitta pioggerellina, poi però capisce che sono due ragazzi con indosso solo la camicia e i pantaloni, e in testa un cappello sudicio completamente fradicio. Sempre seguendoli con lo sguardo, si accuccia dietro un barile di legno rotto lasciato lì a marcire sul marciapiede. Si chiede cosa facciano quei due in giro a quest'ora: dal modo in cui si guardano intorno e scrutano in ogni vicoletto si direbbe che cercano qualcosa.

"Gli sbirri hanno promesso che daranno un pezzo da cinque a chi lo trova," dice uno dei due, un ragazzino che si chiama Crippen. Sherlock non lo sopporta. È il figlio di uno spazzino e si diverte a prenderlo in giro per la storia del sangue misto. Il suo pallido tirapiedi è il figlio di un barcaiolo. "Cavolo, un pezzo da cinque!" strilla. "Ucciderei mia madre e il mio cane pur di averli, figuriamoci Sherlock Holmes."

Si avvicinano. A tastoni, Sherlock trova una pietra accanto al piede, la prende e la lancia dall'altra parte della strada. I due corrono in quella direzione e nel frattempo lui si alza e fila via. Svolta l'angolo, nella strada di casa sua, fuori dalla loro portata.

Scorge il decrepito negozio di cappelli e alza lo sguardo verso il piano di sopra: la piccola stanza da letto dei suoi genitori dà proprio sulla via. Sua madre... suo padre. Sulla guancia gli scende una lacrima. Se l'asciuga con rabbia e attraversa la strada fermandosi all'imbocco del vicolo che conduce sul retro dello stabile. Gli sembra che non ci sia nessuno di guardia, né poliziotti né civili. Forse la polizia non lo ritiene così incosciente.

Si arrampica lungo il muro pericolante strisciando come un serpente. Con estrema cautela posa un piede sulla scala traballante, poi appoggia anche l'altro e comincia a salire, piano ma a passo deciso, stando il più possibile chino con la schiena. I suoi genitori avranno chiuso a chiave la porta? Da quando l'hanno arrestato, vivranno nell'angoscia, e il mondo esterno di sicuro li spaventa più di prima. Solleva il chiavistello: sente che scatta.

Forse potrebbe approfittare dell'occasione per svegliarli e parlare un po' con loro, rassicurandoli che sta bene. Sapranno già che è scappato, la polizia sarà stata qui e...

Un pensiero lo assale: e se *in casa* ci fosse un investigatore che lo aspetta? E se avessero piazzato lì uno sbirro? Una volta raggiunto il pianerottolo avrebbe potuto considerarsi al sicuro.

Piano piano apre la porta ed entra, accovacciandosi sul pavimento.

Tutto tace.

Sente l'odore della brace spenta, del cibo che ha cucinato la madre, dei vestiti e della pipa del padre.

Se nell'appartamento ci fosse uno sbirro, probabilmente Sherlock avvertirebbe anche il suo odore. Annusa l'aria come fosse un segugio. Resta in ascolto. Sente il respiro di qualcuno che dorme, sembrano solo due persone: Wilber che russa nella camera da letto e poi Rose. Ma non può esserne assolutamente certo. Nell'oscurità dell'appartamento è come fosse cieco.

Per prima cosa vorrebbe entrare nella piccola camera da letto dei genitori, che in questa notte fredda staranno dormendo vestiti, e rannicchiarsi nel letto in mezzo a loro, dimenticarsi di tutto il male che c'è nel mondo, parlare sottovoce e spiegare che...

"Hai bisogno di quell'occhio," gli ha detto Malefactor, "quindi devi assolutamente andarlo a prendere, per quanto possa essere pericoloso." Il capo della banda ha ragione. Questa non è una visita di piacere, deve entrare e uscire rapidamente, senza farsi vedere né dalla polizia né dai suoi genitori. Meno ne sanno e meno rischi correranno.

Avanza a gattoni sul pavimento, fermandosi spesso. Il suo letto è in fondo alla stanza, che fa anche da cucina, da soggiorno, da sala da pranzo... e per lui da camera da letto. Non ci vorrà molto. Prega che sua madre non abbia trovato l'occhio. Forse l'ha buttato via. O, peggio ancora, magari l'ha trovato la polizia.

Sente la gamba del suo letto vicino al muro. L'occhio l'aveva lasciato dalla parte dove di solito mette la testa, che ora dovrebbe trovarsi proprio sopra di lui. Con le dita risale lungo la gamba fino al cuscino logoro e poi le infila sotto il materasso di paglia.

Eccolo!

Lo stringe nella mano e la ritira di scatto.

Ma sente qualcuno che si muove.

Sul suo cuscino.

Si blocca e immediatamente sa di chi si tratta. Non c'è bisogno di un naso da segugio... è il suo profumo... il leggero aroma di birra. Rose Holmes dorme nel suo letto.

Sherlock scivola sotto il letto, con l'occhio stretto in pugno. La sente alzarsi, i suoi piedi nudi gli si posano davanti alla faccia.

"Sherlock?" chiama. Resta lì seduta in ascolto nell'oscurità, immobile, per un bel po'. Poi sospira. "Che stupida."

Questa volta il ragazzo non riesce a trattenere le lacrime: gli colano dagli zigomi fin sul pavimento.

"Che stupida... se n'è andato."

Si rimette a letto.

Sherlock rimane là sotto disteso per quasi un'ora: la sente piangere piano e girarsi e rigirarsi nel letto. Alla fine si calma e sembra che si sia riaddormentata. Lui conta fino a cinquecento prima di scivolare fuori. Dovrebbe andarsene, ma è più forte di lui: si solleva in ginocchio e si mette a guardare sua madre. È proprio addormentata, grazie a Dio. Ha gli occhi immobili sotto le palpebre.

Non sogna più.

Resta lì inginocchiato a lungo davanti a lei, a osservarla. È talmente vicina. Potrebbe allungarsi e baciarla sulla guancia.

No, non può.

Gira su se stesso e attraversa la stanza a quattro zampe, svelto come un topo. Ma poi vede qualcosa. Nel buio, sul piccolo tavolo, riconosce il registro di suo padre, quello che usa per catalogare gli innumerevoli uccelli del Crystal Palace. Accanto al registro c'è la sua matita.

Sherlock la prende in mano... e con cura disegna un corvo sul tavolo.

Poco dopo è già fuori di casa, in fondo alla scala. Non impiega molto tempo ad allontanarsi dal suo quartiere; si affretta per le stradine tortuose, attraversa di corsa il Waterloo Bridge e risale rapidamente la City fino a Montague Street, per tornare nella cuccia del cane.

Lungo la strada si ferma solo per recuperare dalla spazzatura una copia del "Daily News". Ma il delitto sembra essere sparito dai giornali londinesi. Hanno la loro vittima, il loro assassino e la condanna è certa. Risparmiano l'inchiostro per l'impiccagione, che avverrà a breve.

Di ritorno a Montague Street, trova un'accoglienza poco gradevole: John Stuart Mill è disteso nella sua cuccia a pancia in su, con le zampe all'aria. Russa e puzza in modo osceno, peggio del Tamigi. Il corgi ha deciso di dormire fuori stanotte, ed evidentemente Irene non è riuscita a dissuaderlo. Sherlock sospira, poi si rannicchia accanto alla tozza bestiola: per dormire è costretto a prendere tra le braccia il fetido esemplare canino. In due ci stanno a malapena in quell'alloggio angusto e le lunghe gambe di Sherlock sono raggomitolate come le alghe che ha visto intorno alle anguille di Ratfinch. In realtà, una delle gambe spunta fuori dalla cuccia. E oltretutto J.S. Mill non è molto educato come compagno di letto e per tutta la notte non fa altro che produrre rumori indecenti. Sherlock è scioccato. Non bastava doversi vestire con quegli abiti sudici e informi? Adesso gli tocca anche dormire con questo sacco di gas puzzolente.

Quando Irene lo sveglia, la mattina seguente, è ancora avvinghiato al cane, la mano premuta sulla tasca dei pantaloni dove si trova l'occhio. J.S. Mill dorme della grossa.

Irene lo fa entrare in casa. Sherlock vorrebbe disperatamente lavarsi, ma sa che è meglio non farlo. Deve tener fede al suo travestimento.

Per lei è giorno di lezione oggi, ma è ancora presto, per cui ha un po' di tempo per parlargli prima che arrivi l'istitutrice. Suo padre invece è uscito un'ora prima.

Irene sente un brivido di emozione. Sherlock ce l'ha fatta e ora ha con sé l'occhio di vetro: la ragazza lo vede sporgere dentro la tasca. Ed è chiaro che lui sta elaborando un piano nella sua testa, si capisce dallo sguardo assorto e concentrato.

Si siedono di nuovo al tavolo del salotto, con il lampadario che penzola sopra le loro teste, i portacandele d'argento appoggiati sui centrini di pizzo sparsi sulla superficie brillante del tavolo di legno, e accanto la piccola Blondin nella sua gabbietta. Devono assolutamente andare avanti con il loro piano, tenendo però sempre d'occhio la porta principale.

"Mio padre dice che bisogna sempre farsi guidare dalla logica," esordisce il ragazzo, che si appoggia appena alla bellissima sedia francese, per paura di sporcarla con i suoi vestiti. "L'unica arma che ho per combattere il destino avverso che si è abbattuto su me e Mohammad è il mio cervello."

A Irene scappa una risatina sapendo quanto si senta a disagio così sporco, e poi la diverte quel suo modo di parlare da grande.

Nonostante le doti da acuto osservatore, Sherlock non è in grado di notare le sottili reazioni dell'altro sesso, quindi va avanti senza fermarsi.

"Prima di tutto," dichiara con voce seria, "abbiamo bisogno di altri indizi, e per trovarli dovremo prima fare un piano e quindi agire di conseguenza. Cercare è una cosa, però noi dobbiamo cercare con intelligenza. Poi, quando avremo altri indizi o sapremo qualcosa di più su quelli di cui già disponiamo, potremo cominciare ad avanzare un'ipotesi. Infine, dovremo fornire delle prove a sostegno di tale ipotesi che sciolgano *ogni possibile* dubbio."

Irene si china verso di lui. "Dobbiamo ignorare tutto ciò che non può essere accaduto e occuparci solo di ciò che è più verosimile."

Sherlock sorride, non gli è mai capitato di incontrare una ragazza così. Quelle che conosce sono più volgari, sempre pronte a prenderlo in giro. Irene è andata subito al cuore della faccenda. Ed è evidente che nei riguardi di certe cose ha la sua stessa incontenibile curiosità. Sherlock cerca di nascondere il proprio sorriso perché non sia troppo evidente. Lei abbassa gli occhi e si aggiusta il fiocco dei capelli dietro la testa.

Il ragazzo si sforza di pensare a qualcosa che possa sorprenderla… farle una buona impressione. “Dunque,” osserva in tono vivace, “Mohammad non può essere il colpevole. Questo è il nostro punto di partenza.”

La sua affermazione sortisce l’effetto desiderato.

“Ma perché non potrebbe essere stato lui?”

“Perché se l’ha fatto sono colpevole anch’io… e poi per via dei corvi.”

“Non capisco.”

“Bisogna che lui sia innocente se voglio esserlo anch’io. Se avesse ucciso lui quella donna e la borsetta non venisse ritrovata, la polizia mi crederà suo complice. La vedono così loro, con il paraocchi: un furto commesso da un delinquente di strada degenerato in omicidio. E io sono il tipo perfetto. E poi, cosa ancora più importante, l’hanno visto parlare con me davanti alla prigione… tra centinaia di persone ha scelto proprio me. E questo nella loro testa significa che lavoriamo insieme. La polizia è convinta che sia stata uccisa da gente di strada…” La sua voce si fa rabbiosa: “Gente dei bassifondi come Mohammad Adalji e Sherlock Holmes”.

Irene allunga un braccio sul tavolo come per dargli la mano, ma poi si blocca e sistema uno dei portacandele.

“Ma poniamo che non sia stato Mohammad,” prosegue lui. “In quel caso anch’io ne sarei fuori. Non ci resta che dimostrare che l’arabo è innocente e il colpevole è qualcun altro. E poi ovviamente dobbiamo anche trovare quest’altra persona.”

"E i corvi? Che cosa c'entrano con il fatto che Mohammad sia innocente?"

"Devi avere pazienza, Irene. Sarò in grado di spiegartelo solo quando troverò qualche altro indizio."

Lei capisce che non deve fargli pressione e allora aggiunge: "Non è la borsetta la chiave di tutto, alla fine? Non sarà il caso di mettersi a cercarla, prima di qualsiasi altra cosa?".

"Giusto." Sherlock sorride di nuovo. "Ma ho la sensazione che non la troveremo, almeno finché non saremo vicini alla soluzione."

"E allora, qual è il nostro piano?" chiede Irene.

"Ci sono tre cose da fare subito: primo, dobbiamo tornare sulla scena del delitto ed esaminare minuziosamente tutta la zona."

Irene inarca le sopracciglia.

"Secondo, dobbiamo fare delle domande in giro per il quartiere. Dubito che la polizia abbia interrogato a fondo la gente del posto. Tanto sono convinti di averlo già, il loro uomo. E terzo..." S'interrompe. "Hai una lente d'ingrandimento?"

È uno dei suoi strumenti preferiti. Suo padre ne ha una e gli ha insegnato come si usa. Non a caso, nel suo quartiere Sherlock ha la fama di investigatore provetto: se l'è guadagnata il giorno in cui, con quella lente, ha ritrovato il cane del macellaio, un bull terrier muto. L'animale in qualche modo era riuscito a chiudersi in una stanzetta sul retro del vecchio negozio di cappelli, grande quanto un francobollo e ormai inutilizzata. Il giorno dopo Sherlock ha notato uno strano pelo bianco su un cappello, allora è corso di sopra a prendere la lente d'ingrandimento e ha seguito una fila praticamente invisibile di peli di cane bianchi che conduceva proprio a quella stanza. La famiglia Holmes ha fatto un pranzo domenicale straordinario quella settimana: in tavola, una volta tanto, c'era della carne.

Lo studio di Andrew Doyle è proprio sopra di loro, al primo piano, accanto al salotto. Dopo un minuto Irene torna con la lente. Mentre è via, Sherlock tira fuori l'occhio di vetro dalla tasca e lo mette sul tavolo. Quando si risiede, la ragazza resta senza fiato nel vederlo: ecco l'indizio di cui ha tanto sentito parlare. Rabbrividisce. Sulla superficie bianca, perfettamente liscia e lucida, ci sono delle macchie di sangue. Porge la lente d'ingrandimento a Sherlock.

"E terzo, dobbiamo esaminare questo." Comincia a rigirare l'occhio di vetro, osservando ogni grumo di sangue: è la prima volta che ha l'opportunità di guardarlo così da vicino. "Se quest'occhio potesse vedere... potrebbe salvarmi la vita."

"Ha uno strano colore," osserva Irene.

"Davvero?" fa lui, appoggiandolo sul tavolo.

Nella fretta di cogliere i dettagli gli è sfuggita la cosa più evidente: l'iride è marrone, ma con una screziatura piuttosto grande di un viola acceso, alta circa un quinto dell'intero cerchio.

"Hai ragione." La osserva con maggiore attenzione.

"L'altro occhio del proprietario dev'essere così," dice Irene sottovoce.

"Abbiamo tre elementi chiave riguardo al nostro indizio, ora," dichiara Sherlock. "È stato ritrovato sul luogo del delitto, è tutto schizzato di sangue, e ha un'iride marrone screziata di viola."

Avvicina ancora la lente all'occhio di vetro, rigirandolo in cerca di qualche altro particolare e a un certo punto nota qualcosa.

Sul retro, dal lato opposto dell'iride, c'è un piccolo graffio, o almeno gli sembra un graffio. Esamina il resto della superficie, ma poi torna su quel graffio... In realtà sono due.

"Lettere," afferma di colpo alzando la voce.

"Cosa?" Lei non riesce a vedere, e allora gli si avvicina.

Sherlock muove l'occhio avanti e indietro sotto la lente, cercando di mettere a fuoco i due graffi.

"Ci sono due lettere sul retro dell'occhio."

Irene resta in attesa.

"L... E." Mette giù la lente. "Cosa pensi vogliano dire?"

"Saranno le iniziali del proprietario?"

"Dubito."

"Quelle dell'artigiano?"

"Chi è che fabbrica occhi finti a Londra?" Sa già qual è la risposta.

"Quelli che lavorano il vetro soffiato? O i fornitori di attrezzature mediche?"

"Oppure qualcuno che fa entrambe le cose," risponde lui. "Abbiamo bisogno di un indirizzario. Alla Guildhall Library hanno un fascicolo con l'elenco di tutti i negozi di Londra."

Però Irene non capisce cosa potrebbero ottenere seguendo questa pista.

"Anche se scoprissimo chi ha fabbricato quest'occhio," si mette a ragionare ad alta voce, "non avremo comunque risolto niente, no?"

Sembra che Sherlock sia concentrato su qualcosa di molto lontano, e tamburella nervosamente le dita l'una contro l'altra.

"Mio padre mi dice sempre che, quando hai a che fare con un problema scientifico, se pensi prima alla soluzione, stai ragionando a ritroso. Abbiamo bisogno di fatti, Irene. Una volta che avremo raccolto abbastanza indizi e avremo una vera pista da seguire, allora potremo cercare la nostra soluzione. Le lettere sull'occhio non sono altro che tessere del nostro puzzle."

La signorina Stamford suonerà alla porta di lì a pochi

minuti, perciò si danno appuntamento per il pomeriggio. Irene è convinta che si vedranno a casa, perciò trattiene il fiato quando lui le spiega dove si incontreranno… in pieno giorno, all'incirca all'ora del tè.

"Vai nell'East End, nel quartiere povero di Whitechapel. Fatti accompagnare da qualcuno, qualcuno che non faccia troppe domande. Non la tua istitutrice, questa volta. E tieniti bene in vista. Io ti troverò… Non devi fare altro che metterti a camminare vicino al luogo del delitto."

TUTTO QUELLO CHE LUCCICA

Nel primo pomeriggio Sherlock esce dalla cuccia del cane e si dirige verso l'East End con in tasca la lente d'ingrandimento di Andrew Doyle. Ha gli occhi segnati di nero con il carbone, il berretto calcato sulla fronte e la camminata lenta e dinoccolata di un giovane vagabondo. Sbatte le palpebre come un animale che non è abituato alla luce del sole.

Gli assassini tornano sempre sulla scena del delitto.

L'ha letto una volta sull'"Illustrated Police News". Non sa se è vero, ma spera che la polizia e gli investigatori di Scotland Yard non diano credito a questa teoria. A questo punto saranno nervosi e scoraggiati, e magari avranno intensificato le ricerche. Sanno che non lascerà la città, perché gli mancano i mezzi. Quindi deve stare attento, come una volpe braccata.

La sua agitazione cresce man mano che procede verso est. Si abbassa ancora di più il cappello sugli occhi. Non pensava di avere tanta paura. Intorno a lui, la solita confusione delle giornate londinesi: i marciapiedi pieni di gente, l'incredibile varietà di persone, le grida e gli odori. Ha nostalgia di quando non era nessuno, poco più di una settimana fa.

Cerca di stare in mezzo alla folla, lasciandosi trascinare dal flusso di persone per tutta la strada fino all'East End. E presto si ritrova in Whitechapel Road.

"Ehi, tu!" grida una voce in tono sicuro. "Ti ho cercato per tutta Londra!"

Sherlock per poco non se la fa sotto dalla paura. Un uomo gli sta venendo incontro. Il ragazzo non alza neppure lo sguardo. *Continua a muoverti*, è l'unica cosa che riesce a pensare. *Mescolati alla folla e sparisci.* Cerca di passare di lato, ma l'uomo gli sbarra la strada. "Ti andrebbe una fetta di torta?" gli chiede il venditore ambulante spingendolo verso il suo carretto di pesce e tortine di frutta.

Sherlock sospira e va avanti, mentre il venditore importuna un altro cliente. Cammina velocemente a testa china, come si conviene a una persona sospetta, ma con gli occhi sempre mobili come quelli di un gufo, pronti a scovare eventuali sbirri o qualcuno che lo sta guardando.

Il luogo del delitto è lì vicino. Dalla strada principale svolta in Old Yard Street. Poi vede il vicolo. *Quel* vicolo. È proprio davanti a lui, sulla sinistra, verso ovest. Nel momento stesso in cui lo scorge, sente la paura scorrergli di nuovo nelle vene al solo pensiero di quello che è successo lì in quella notte scura.

Si fa coraggio. Whitechapel Road era molto affollata, ma a quest'ora anche Old Yard Street è piena di gente di tutti i tipi. *Cerca di confonderti in mezzo a loro*, dice tra sé e sé. Non come fanno i poliziotti, che si notano a un chilometro di distanza. Si chiede spesso perché siano così prevedibili e scontati nell'aspetto. Persino gli investigatori in incognito si riconoscono facilmente.

Guarda a destra e a sinistra, poi si infila nel vicolo. Sembra diverso nella luce del primo pomeriggio: è deserto, ma non così spaventoso. Riesce a scorgerne il fondo. Si tratta di un vicolo cieco, che termina contro il muro di mattoni di un edificio. A destra ci sono le porte di una vecchia stalla. Con questa luce sembrano chiuse da secoli.

La macchia sul selciato è ancora visibile. È a metà del passaggio, mentre il mucchio di macerie è un po' più avanti. Che razza di posto per un omicidio! È lì che la donna è stata condotta… trascinata… oppure è il luogo in cui si era data appuntamento con qualcuno? L'assassino la conosceva? Sherlock osserva l'ampiezza della macchia. C'era rabbia in quel gesto. C'era passione. Non può essere successo solo per soldi, e certo non per una semplice borsetta. Ma se questo è vero, perché la borsetta non si trova?

Allontana quei pensieri. *Osserva*, dice a se stesso. *Occupati delle prove per prima cosa, cercale.*

Si sente un rumore. Sherlock sobbalza ma poi, girandosi verso la strada, vede un vecchio stagnino che cammina in direzione di Whitechapel spingendo il suo carretto. Sherlock lo guarda allontanarsi zoppicando. Dopo poco c'è di nuovo movimento: un gentiluomo ben vestito con una signora al braccio. La donna si ferma a fissare Sherlock con un pizzico di paura sul volto, ma poi viene sospinta avanti e scompare. Il ragazzo immagina il suo profumo, rimasto sospeso nell'aria. Perché il suo accompagnatore, un gentiluomo, l'avrà condotta qui? Per prendere una scorciatoia, immagina, o magari per una visita caritatevole a un ospizio dei poveri nelle vicinanze?

Pensa alla donna uccisa, bella come sua madre da giovane, che entra nel vicolo in quella notte terribile. Sarà stato buio pesto. Riesce quasi a sentire il suo profumo nella fredda oscurità di Londra. Perché era qui? Quale donna può essere indotta a venire da queste parti di notte? Chi l'ha vista… chi ha sentito il suo profumo?

Dalla cima del palazzo che delimita un lato del vicolo giunge uno sfarfallio d'ali.

Corvi.

Ce ne sono due. Lo tengono d'occhio, muovendo su e

giù le testoline come se stessero salutando un vecchio amico. Uno dei due scende in picchiata verso il suolo, sprezzante del pericolo. Prima si posa vicino al cumulo di macerie dove Sherlock ha trovato l'occhio di vetro. Ma non sembra interessato. Poi, con andatura dondolante, si avvia lungo il vicolo come se fosse diretto sulla strada. Quindi si gira verso di lui e ricomincia la sua passeggiata, fermandosi a becchettare e a scavare di tanto in tanto, con un occhio fisso sul ragazzo e l'altro intento a perlustrare a terra.

Il corvo sta cercando qualcosa. Di nuovo.

Sherlock gli si avvicina. E improvvisamente l'uccello si alza in volo, come se avesse gli occhi anche dietro, e va a piazzarsi in cima all'edificio, vicino al suo compare. Insieme fissano verso il basso.

Il ragazzo si guarda intorno. La gente continua a passare sulla strada, ma nessuno accenna a svoltare o a fermarsi davanti al vicoletto, sembra che nessuno guardi dalla sua parte. Con estrema attenzione Sherlock segue il percorso del corvo, chinandosi in avanti con la faccia vicinissima a terra. Non trova alcun indizio evidente sul selciato sporco.

Ci sono delle orme, ma sono difficili da distinguere, solo un insieme confuso di segni lasciati dalla gente che è passata di qui, gente di ogni genere: la vittima, l'omicida, i poliziotti, e anche le impronte dei suoi stivali malridotti. Le tracce delle ruote di un carretto li rendono ancora più indistinti.

Alle sue spalle il corvo si posa di nuovo nel vicolo e comincia a fare avanti indietro da un lato all'altro. Sherlock si volta e lo osserva.

Fa due considerazioni: la prima è che l'uccello sta cercando qualcosa da cui è attratto, qualcosa a cui non può rinunciare. La seconda è che non sa esattamente dove si trovi questa determinata cosa.

Ma cosa può essere tanto irresistibile per un corvo?

Certo, non una borsetta: che ne sa del denaro? Una borsetta per lui non dovrebbe essere più interessante di un guanto o di un cappello.

Dev'essere qualcosa che *brilla*, qualcosa di speciale come quell'occhio di vetro.

Un *gioiello*. Un gioiello prezioso: un pezzo che brilla in modo tanto seducente che nessun corvo potrebbe ignorarlo.

Per un momento Sherlock si concentra sul modo in cui il volatile sta perlustrando la zona. Ha usato due sistemi diversi. Prima ha descritto un percorso simile a quello seguito dalla donna e dal suo assassino lungo il vicolo. Adesso invece sta cercando a caso.

Ma perché a caso?

Improvvisamente una tessera del puzzle va al suo posto.

Nella lotta, un gioiello si è sganciato ed è caduto a terra da qualche parte. A chi apparteneva... alla donna, o a chi l'ha uccisa? *Per prima cosa trovalo*, dice a se stesso.

Avanza verso il corvo, ma questo vola via di nuovo e si va a posare in alto sopra la sua testa. Lui e il suo amico adesso gli borbottano qualcosa. Sherlock decide di fare un tentativo azzardato.

Guarda verso la strada: sta passando un tipo strano... Nessuno lo ha notato.

Osserva ancora la macchia di sangue e immagina la donna lì in piedi, probabilmente con la schiena girata verso il fondo cieco, che aspetta qualcuno. In una lotta dove avrebbe perso i gioielli? Restringe il campo d'indagine a una zona di due metri per due, più vicina al fondo cieco che alle macerie di mattoni. Tira fuori la lente d'ingrandimento, si dà un'occhiata alle spalle, verso la strada, poi si mette a gattoni, tenendo la lente vicinissima agli occhi.

Sherlock resta a lungo in quella posizione, intento a perlustrare. Troppo a lungo, infatti gli fanno male le ginocchia.

Allora si alza.

Il corvo gracchia.

Il ragazzo si volta.

Alzandosi, con il piede ha urtato qualcosa: è un ferro di cavallo vecchio e pesante, appoggiato al muro, e lì vicino, quasi completamente coperto, c'è un oggetto che brilla, grande come una moneta. Fruga con la mano per prenderlo, ma si accorge che è più grande di quanto sembrasse a prima vista. Una parte è rimasta incastrata tra il ferro di cavallo e il muro. Sherlock dà uno strattone e l'oggetto sguscia fuori, come un serpente luccicante. È un braccialetto. Ha l'aria di essere un gioiello raffinato, adatto a un polso grazioso; sembra anche costoso, un monile di lusso, da cui pendono dei diamanti e dei piccoli ciondoli d'argento.

Sherlock li esamina. Uno di questi è un occhio.

I corvi sono agitati. Gracchiano e strillano come se fossero sul punto di calare in picchiata addosso a Sherlock. In fondo al vicolo, in Old Yard Street, due bottegai si fermano a guardare gli uccelli neri e poi il ragazzo con la faccia sporca, più in là. Lui infila subito in tasca il braccialetto.

È ora di andare.

L'istinto è quello di correre, ma evita di farlo. Si cala nei panni del suo personaggio e comincia a camminare trascinando i piedi. Vorrebbe guardarsi bene intorno, ma tiene gli occhi fissi a terra. Chi sono questi spioni? Appena raggiunge Old Yard Street, prende subito a destra. Gli uomini non lo seguono.

Ma poi scorge un altro uomo, un tipo grande e robusto con indosso una livrea nera da cocchiere con due sottili strisce rosse verticali sulla giacca; se ne sta lì in piedi fermo in mezzo alla strada e guarda verso di lui, poi alza gli occhi verso i corvi che strepitano con aria sorpresa. Sherlock non riesce a vedergli la faccia perché è in ombra. Un investigatore? I poliziotti userebbero un travestimento del genere?

Avanza in fretta e svolta in Whitechapel, sperando di riuscire a confondersi tra la gente. Una mano lo afferra da dietro.

"Sherlock!"

È una voce più acuta di quanto temesse... il profumo di sapone, il braccio magrolino.

Irene.

È da un po' che lo aspetta. Fa cenno a qualcuno che l'accompagna, probabilmente un servitore che prima lavorava per suo padre. L'uomo fa finta di non vedere il ragazzo – una dote particolare di certi domestici esperti – e svanisce nella folla.

"Hai trovato qualcosa?" gli chiede la ragazza.

Sherlock guarda indietro verso Old Yard. Il cuore gli batte forte. Il robusto cocchiere in livrea nera sembra sparito.

Non è che se l'è immaginato? Era un fantasma?

"Sono... sono rimasto qui per troppo tempo," dice a denti stretti. "Facciamo finta che ti sto chiedendo l'elemosina e tu mi stai dando qualcosa. Tira fuori il portamonete e allungami un penny!"

Lei fa esattamente quello che le ha suggerito. Lui si leva il cappello e si inchina.

"Non mi hai risposto. Hai trovato qualcosa?"

"Sì."

"Sì?"

"Non possiamo parlarne qui. Dobbiamo andare in un posto dove possa sembrare normale che tu parli con un ragazzo di strada... una grande chiesa."

"Quella di St. Paul," suggerisce subito lei.

"Ci vediamo sugli scalini davanti, dove c'è sempre tanta gente."

Lei prende la strada diretta, fingendo di essere in compagnia di altre persone. Lui svolta verso sud, in direzione del Tamigi, e si dirige verso la cattedrale arrivando dalla parte del fiume. Mentre cammina si rende conto di essersi messo ancora più nei guai: ora è un ragazzo di strada con la faccia sporca… e in tasca un braccialetto di diamanti da donna.

"Cos'hai trovato?" chiede lei appena Sherlock arriva.

Sono in cima alla grande gradinata di pietra, vicino ai pilastri e alle alte porte di legno del maestoso ingresso. Accanto a loro diversi vagabondi, qualcuno scalzo, chiedono cibo o denaro. Gentiluomini con il cilindro e signore in crinolina e lunghi vestiti di seta si fermano sulle scale per dare qualche monetina ai bambini. Sherlock fa cenno a Irene di spostarsi all'ombra delle colonne. Fa freddo qui, anche se la giornata è tiepida.

"Questo," dice Sherlock guardandosi intorno, e dalla tasca estrae il lungo braccialetto scintillante.

Irene trattiene il fiato e si porta la mano davanti alla bocca. "È bellissimo."

"C'è un occhio appeso."

Irene lo prende per un attimo tra le mani. Il suo viso sembra illuminarsi, riflesso nel bagliore del gioiello.

"Cosa ci indica, secondo te?" chiede lei.

"Forse che la vittima era ricca, o forse no. Magari possedeva solo questo oggetto costoso… O forse il braccialetto apparteneva alla persona che l'ha uccisa…"

Il volto di Irene si fa pallido. "Una donna?"

"È un legame tra loro," afferma Sherlock.

Irene si domanda di che tipo di legame si tratti, ma non gli chiede di spiegarglielo. Sa che non è il momento giusto. Sa anche che non deve sempre tentare di comprendere questo ragazzo straordinario, e che è quello il modo migliore per essergli amica. Per capirlo non c'è bisogno di comprenderlo, basta semplicemente fidarsi di lui e della sua mente. Quando saranno a casa, lui le dirà di più.

Sherlock è contento. Non solo perché sta cominciando a vedere un po' più chiaro nell'omicidio – a scorgere una pista da seguire per uscire da quel labirinto e trovare la soluzione – ma soprattutto perché sa di avere un'amica al proprio fianco, una vera amica, per la prima volta nella vita.

Poi ha un'altra folgorazione, luminosa come il faro di una locomotiva, che lo fa tremare dalla testa ai piedi.

"Loro hanno visto," balbetta.

Il suo volto ha cambiato completamente espressione: ha lo sguardo terrorizzato.

"Cosa?" chiede lei, turbata da quel mutamento repentino.

"Loro hanno visto," ripete lui.

"Chi?"

"I corvi."

"Hanno visto cosa?" Sa perfettamente qual è la risposta, ma vuole che lui vada avanti.

"Ho sempre sospettato che i corvi fossero là quando è successo." Si interrompe e guarda giù verso gli scalini bianchi ed eleganti. "Ora... *sono sicuro* che c'erano. Hanno visto *tutto*."

Sherlock si volta, le punta gli occhi addosso: le sue pupille nere sono enormi.

"Hanno visto questa persona... mentre la uccideva."

IL DIAVOLO IN PERSONA

Sherlock non le darà alcuna spiegazione finché non saranno di nuovo in Montague Street. Sembra spaventato. Guarda fisso davanti a sé come se stesse assistendo all'omicidio dall'alto di un edificio, come se vedesse con gli occhi di un corvo.

Irene cammina parecchi metri davanti a lui, e ogni tanto si volta per assicurarsi che la stia sempre seguendo. Dalla cattedrale di St. Paul si dirigono verso nord, attraversano la zona più trafficata di Londra, e infine si ritrovano nella quiete del suo quartiere. Sherlock si ferma in fondo alla strada, mentre lei varca il cancello cigolante di ferro battuto e sale le scale di pietra che conducono alla porta principale. Se è aperta, significa che suo padre è in casa.

Irene prova ad aprire. Chiusa. Mentre cerca le chiavi nella borsetta, si volta verso la strada e fa un cenno a Sherlock. Pochi minuti dopo sono sul divano del salottino al pianterreno, con John Stuart Mill spaparanzato sul pavimento vicino a loro. Irene è seduta accanto alla grande finestra per poter controllare la strada in entrambe le direzioni. Sherlock è nascosto dietro la tenda rosso scarlatto.

Andrew Doyle sarà di ritorno da un momento all'altro.

Ma lei ha bisogno di sapere.

Appena si accomodano, lui comincia a parlare.

"La prima cosa che ho notato, quando sono arrivato là, è stata che la macchia di sangue era molto estesa... il che probabilmente significa che l'assassino conosceva la sua vittima e che non si è trattato di un omicidio compiuto a scopo di rapina, in seguito al quale il ladro è scappato via subito. È stato un delitto passionale, pieno di rabbia."

Irene si mette più comoda sul divanetto imbottito, sistemandosi il vestito di lana. Era proprio questo quello che voleva: liberarsi dalle restrizioni imposte dalle regole di casa sua, e lottare al fianco di questo ragazzo in cerca della giustizia. Ora però si trova di fronte alla dura realtà che tutto ciò comporta.

Sherlock smette di parlare e di nuovo prende a vagare con la mente, nel tentativo di visualizzare l'assassino. Irene lo richiama al presente.

"Ma come fai a sapere che i corvi hanno assistito al delitto? Forse sono arrivati lì per caso la mattina dopo allo spuntar del sole e hanno visto luccicare l'occhio di vetro e il braccialetto. O magari erano davvero là quella notte, o comunque nelle vicinanze, ma hanno solo sentito le urla della vittima, o sono stati attirati nel vicolo dal trambusto. Hanno scorto la donna là distesa e qualcosa che luccicava accanto a lei. Sono scappati via per la paura, ma hanno continuato a tornare per cercare di recuperare il tesoro, però sono sempre stati disturbati da qualcuno. È impossibile capire quanto abbiano visto. Impossibile. Avresti dovuto essere là per dirlo."

"Io so cos'hanno visto," mormora Sherlock. Ha le lunghe dita bianche intrecciate e le stringe con forza.

"Come fai a saperlo?" chiede lei con insistenza.

"C'era un corvo su uno degli edifici quando sono arrivato là. L'ho osservato. Ha fatto tre cose: ha controllato le macerie dove ho trovato l'occhio di vetro, ha camminato su e giù per il vicoletto, prima dirigendosi verso la strada e poi tornando indietro, quindi ha cominciato a muoversi a caso, da una parte all'altra del passaggio, all'estremità opposta rispetto alla macchia."

Sherlock dà una sbirciatina oltre la tenda, poi si china verso Irene.

"Il corvo non si è fermato per molto nel punto in cui si trovava l'occhio, perché ha visto che non c'era più. E allora si è messo a cercare qualcos'altro... qualcosa che gli interessava, qualcosa di luccicante. Il fatto che abbia guardato nel punto in cui poi ho trovato il braccialetto è la dimostrazione che ha assistito al delitto.... Sapeva che era volato via nel corso della lotta."

"Invece," ribatte Irene, "non potrebbe aver semplicemente visto luccicare il braccialetto sui ciottoli, come ho detto io? Non potrebbe averlo visto a terra dopo l'omicidio? Forse si muoveva su e giù a caso solo perché non era sicuro di dove fosse!"

"Sì, anch'io ho pensato che le cose stessero così... per un po'," confessa Sherlock. "E tu hai ragione. Quello che ho detto indica semplicemente che il corvo *potrebbe* aver visto qualcosa volare da una parte all'altra del vicolo... ma non ci sono prove."

"E quindi... cosa significa?"

"Il corvo camminava su e giù per il vicoletto..." si avvicina così tanto a Irene che i loro nasi si sfiorano, "...lungo una linea retta che andava dalla chiazza di sangue fino all'imbocco della strada."

Irene sente un brivido. Sherlock ha ragione. Il corvo deve aver visto la vittima o l'assassino, o addirittura entrambi, entrare nel vicolo e procedere lungo una linea retta fino al punto in cui si è consumato il delitto... o almeno ha visto il criminale scappare via verso Old Yard Street dopo aver compiuto quell'orribile gesto. Lui conosce il tragitto.

L'assassino di Whitechapel *non* ha agito senza testimoni.

"I corvi hanno visto tutto," dice lei trattenendo il respiro. All'ingresso l'orologio del nonno batte le ore.

"E anche *noi* dobbiamo trovare il modo di vedere," riflette Sherlock.

Alza lo sguardo e nota un'espressione spaventata sul viso di lei. È chiaro che Irene non ci tiene affatto ad assistere a una scena tanto orribile, neppure se si tratta solo di immaginarla. Lei non vede l'ora che sia tutto finito: che lui sia libero, Mohammad rilasciato, che quella povera donna riposi in pace e il vero colpevole sia portato davanti a un tribunale. Sherlock è diverso: lui vuole vedere tutto, ogni sanguinoso istante, e chiede vendetta per ognuno di loro.

Ma proprio in quel momento fuori dalla finestra, sulla strada, compare qualcosa di spaventoso quanto l'immagine che gli frulla nella testa.

"È arrivato!" grida Irene.

Suo padre si sta avvicinando alla porta di casa. Era così impegnata nella discussione che ha trascurato il proprio compito di vedetta.

"Via. Via!" esclama alzandosi in piedi.

Sherlock si precipita fuori dal salottino, quindi giù per il corridoio, superando la sala da pranzo, fino a raggiungere la porta sul retro. Nel frattempo, sente Andrew Doyle entrare dall'ingresso principale, levarsi il cappello e appendere l'ombrello.

"Irene?"

"Sì, padre?"

La ragazza compare all'improvviso nell'ingresso, come un fantasma. Parla con voce calma mentre se ne sta lì in piedi, cercando di bloccare la visuale al padre. I baffi da tricheco si stendono in un sorriso.

Sherlock apre la porta sul retro e la richiude con cura. Si

rintana nella sporcizia della sua cuccia, contorcendosi per entrarci tutto, e resta lì con le gambe raggomitolate perché non spuntino fuori gli stivali.

Dalla casa non arriva nessun rumore.

Sherlock fa fatica a mantenere la calma. Suo padre gli ha insegnato che l'eccessiva emotività è nemica dello scienziato. "Usa la pura e fredda razionalità, lascia che ti faccia da guida, ragazzo mio. Quando cerchi una soluzione, procedi lentamente e con estrema cautela." *Sì è facile*, pensa lui, *quando si disseziona una rana o si brucia qualcosa sul becco di Bunsen, ma qui si tratta di vita o di morte*. Lui ha ereditato la passionalità di sua madre e non può farci niente. Vorrebbe alzarsi in piedi spezzando in due la cuccia del cane, e gridare al mondo che lui non è un criminale, che Mohammad non è colpevole, che la vita è ingiusta e che il vero assassino deve pagare per quello che ha fatto. I criminali dovrebbero sempre pagare.

Vorrebbe poter assistere al delitto!

Lascia correre la mente. Avvolto da penne nere e oleose, vaga nella nebbia giallognola di una maligna notte londinese. È appollaiato sul cornicione di un edificio, ma non su uno di quelli del vicolo. È nella via più grande, appena fuori da Whitechapel Road, in Old Yard Street. Là sotto una donna cammina frettolosa: sui ciottoli risuona il tacchettio dei suoi stivaletti stringati alla moda, mentre cerca disperatamente di raggiungere qualche posto. Ha con sé una piccola lanterna che illumina pochissimo la strada nell'oscurità della notte. È giovane e bella e porta dei diamanti sul lungo collo bianco, alle orecchie e ai polsi delicati e perfetti.

Quei corvi, ne è sicuro, hanno visto la donna molto prima che venisse uccisa. Per loro rappresentava un luccichio nella notte. Altrimenti che cosa li avrebbe attirati sulla scena del delitto? Un grido? Quello li avrebbe spaventati, piuttosto.

La donna svolta nel vicoletto. Si ferma. Qualcuno le si avvicina, come convenuto. Solo a quel punto i corvi si spostano sul cornicione di uno degli edifici che danno sul passaggio, sempre tenendo d'occhio il luccichio che proviene da quella bella donna tormentata. Poi c'è uno scambio di parole concitato, seguito da un grido spaventoso, e degli oggetti sfavillanti volano per aria....

Sherlock non riesce a vedere chi è stato... non ancora.

E la donna? Adesso ha qualche informazione su di lei. Indossa più di un gioiello. Il che porterà presto ad altro.

È ora di procedere con il loro piano: Irene dovrà controllare sul registro cittadino il nome di ogni artigiano di Londra che fabbrica occhi di vetro; dovranno trovare qualcuno nei dintorni del luogo del delitto che abbia sentito qualcosa in quella notte fatale.

Ma la sua mente continua a tornare alla donna. Chi era? E perché è andata laggiù a quell'ora di notte? Perché qualcuno l'ha uccisa a sangue freddo in una stradina buia dell'East End?

Quando Irene gli porta la cena, nascondendola sotto lo scialle, le chiede se può fare un salto alla Guildhall Library; e più tardi sguscia fuori dal giardinetto, prima che il puzzolente John Stuart Mill si piazzi di nuovo al suo fianco, e va a Lincoln's Inn Fields. In una viuzza lì vicino trova Malefactor, seduto su un rugginoso barile, di quelli che si usano per la raccolta della pioggia, appoggiato a un edificio. I suoi Irregolari sono sparsi qua e là lungo il muro. Il ragazzo ha il cappello a cilindro, tutto mangiato dalle tarme, inclinato spavaldamente sui capelli unti e la marsina nera a code piegata con cura al suo fianco. In mano ha un taccuino, su cui spesso Sherlock lo ha visto annotare delle cose. Al giovane ladruncolo piace inventare problemi matematici per vedere se riesce a risolverli. L'ha imparato in qualche momento del suo misterioso passato, quando studiava matematica ed era un genio. "Tiene la mente allenata," dice spesso. "Prepara il cervello alle difficoltà della vita." Anche se si è accorto da un pezzo che sta arrivando Sherlock, alza gli occhi per un attimo sul ragazzo alto e magro solo quando è proprio vicino, poi torna ai suoi numeri. Gli aveva già detto chiaramente che non l'avrebbe più aiutato in alcun modo. Tutto quello che vuole stanotte sono solo informazioni.

Sherlock rischia di essere impiccato se non trova il diavolo dell'East End, quindi si arma di coraggio e con cautela pone una domanda.

"Ho... bisogno di sapere se qualcuno ha sentito qualcosa la notte dell'omicidio. Non è che gli Irregolari potrebbero fare qualche domanda in giro nell'East End?"

Il geniale ladruncolo si mette in piedi e incrocia le braccia. "Dov'è la ragazza?" Dal tono di voce non sembra contento.

"Non ha potuto venire stasera."

Il capobanda non trova la cosa divertente e si mette a studiare la faccia di Sherlock.

"Non dovresti trascinarla in queste brutte faccende. Io non lo farei."

"È lei che vuole occuparsene."

"Perché?"

"Crede nella giustizia."

Malefactor ride. "Non sarà mica pazza?"

"È una persona estremamente sensibile, che si preoccupa per gli altri."

Il ragazzo con il cappello a cilindro sembra pronto a tirargli un pugno, ma poi si trattiene, con uno sforzo palese, e chiede le informazioni che gli spettano di diritto. Sherlock gli riferisce quello che ha scoperto, scegliendo con cura quali dettagli rivelare e sperando che bastino a compiacerlo. Alla fine Malefactor lo guarda come un re che debba decidere se risparmiargli o no la vita: sta valutando se una di quelle informazioni potrebbe tornare utile agli Irregolari per le loro attività criminose e quindi se debba comunicargliela perché la inseriscano nel loro archivio mentale. Fare domande nell'East End? Neanche a parlarne. Ma poi il giovane signore del crimine pensa alla pregevole Irene Doyle e alla sua supplica a favore di quel ragazzo sventurato. Se ora si rifiuta di aiutare Holmes, lei lo verrà a sapere e lui perderà la sua considerazione. C'è anche una remota possibilità che Holmes, ammesso che riesca a non farsi ammazzare prima, gli fornisca altre informazioni sul delitto, ed è sempre meglio sapere come sono andate le cose in certi frangenti. Volge lo sguardo altrove.

"D'accordo, farò anche questo... ma solo per la ragazza."

Sherlock resta fuori tutta la notte. Continua a pensare alla vittima dell'omicidio. Deve assolutamente scoprire chi è, e lo deve scoprire subito. Ha bisogno di leggere i suoi giornali.

Ha contato quanti giorni sono passati e secondo i suoi calcoli oggi è domenica mattina, il che gli fa venire un'idea. Prima che sorga il sole, si avventura tra i venditori ambulanti di Trafalgar Square.

La maggior parte degli strilloni, giovani o vecchi che siano, lo vedono come uno scocciatore. In passato è capitato che cercasse di rubare loro qualche copia, quando non riusciva a trovare quello che gli interessava nei cestini. Quelli l'hanno colto sul fatto e hanno minacciato di chiamare la polizia. Uno di loro ha un cane, un bull terrier con un occhio cerchiato di nero, e una volta gli ha sguinzagliato contro quella bestiaccia feroce.

Ma uno degli ambulanti è diverso dagli altri: è un poveraccio senza gambe e con la faccia storta, di nome Dupin. Se ne sta seduto su un piccolo sgabello dietro un chioschetto di legno posticcio che si è costruito da solo, cercando, in modo patetico, di darsi un'aria rispettabile. Il suo volto, segnato da rughe profonde, è storto dalla nascita, e la bocca lascia in bella mostra i denti gialli. Difficile dire se sia felice o triste. Sherlock l'ha visto un sacco di volte tornare a casa dal lavoro muovendosi grazie a una piattaforma di legno sporca e stretta, dotata di piccole ruote di ferro, su cui è legato dalla cintura in su insieme agli attrezzi del mestiere. Dupin si spinge con le mani, protette da guanti sudici senza le dita: sembra un uomo a metà, con il vestito stracciato e la cravatta, la smorfia sul viso e in testa il cappello schiacciato. Si sono fermati spesso a parlare, Dupin e il ragazzo.

"Sherlock Holmes?" dice sorpreso Dupin in quel suo tipico tono aspro, abbassando istintivamente la voce, nel vedere il ragazzo emergere dall'ombra e avvicinarsi circospetto. Lo storpio lo guarda con maggior attenzione, come per assicurarsi di non essersi sbagliato. Sta facendo una fatica tremenda nel tentativo di sistemare il grande ombrello consunto sopra il suo umile banchetto, ma non riesce ad aprirlo completamente. "Hai l'aria di uno che ha il diavolo alle calcagna."

"Non ci sei andato lontano," risponde Sherlock.

Il ragazzo alto e magro prende l'ombrello per il manico e lo apre.

"Ho sentito dire che sei finito in prigione."

"Hai sentito giusto." Sherlock si guarda intorno, tenendo la testa bassa.

Lo storpio alza lo sguardo sul giovane criminale, e come sempre dai suoi occhi trapela compassione. Sherlock lo osserva meravigliato: ma come fa quest'uomo a preoccuparsi per gli altri, con tutto quello che gli è capitato nella vita?

"Scommetto che la tua non è una visita di piacere."

"Ho bisogno di un favore."

"Per mille corone, fai conto che te l'abbia già fatto. Dimmi." Dupin ha un passatempo tutto particolare. La maggior parte dei suoi colleghi non vede l'ora di liberarsi dei giornali invenduti, appena la giornata è finita; lui invece tiene una copia di ogni pubblicazione che vende, sia del grande "Daily Telegraph" che del giornale scandalistico "News of the World" che esce la domenica. Anzi, addirittura ne tiene sempre un paio di copie. Ed è in grado di ripetere a memoria, quasi parola per parola, il contenuto di ogni singolo giornale, anche di diverse settimane prima. Il discorso di Disraeli sull'India? Martedì a pagina sette, nell'articolo di cinque colonne che va avanti per altre tre a pagina otto. È un autentico schedario vivente. In giro si dice che tenga un quaderno con annotate in breve le biografie di tutte le persone di cui ha sentito parlare nei quotidiani.

Accanto a lui, sul carretto, c'è sempre una raccolta di giornali dell'ultimo mese e quando non è impegnato a gridare "The Dai-lyyyyy Tel-eeeeeeeeeeeeeeee-graph!" ai passanti, si rilegge le notizie recenti, imparandole a memoria. Sherlock parla rapidamente.

"Ho bisogno di tutto quello che hai sull'omicidio di Whitechapel."

"Ne hai bisogno?" Lo sguardo dello storpio si fa più acuto. "Ci sei dentro in qualche modo?"

Il ragazzo scuote la testa. "No. Mi ci hanno tirato dentro."

"Cavoli, questo sì che vale mille corone," risponde calmo l'ometto, e si volta verso una pila di giornali dietro il suo carretto: "The News of the World". Fa scorrere le dita lungo i bordi, come un impiegato che sta consultando l'elenco di un archivio, e con fare esperto tira fuori proprio quello che serve, l'edizione doppia di domenica scorsa, che porge con fare furtivo.

"Grazie..."

"Sparisci in fretta, Holmes."

Sherlock si affretta a tornare in Montague Street, pensando a quanto poco tempo gli resti. Tra meno di due settimane Mohammad sarà condannato. Questo giornale deve assolutamente rivelargli qualcosa.

La carcassa panciuta di John Stuart Mill è distesa di traverso sul fondo della cuccia, quando il ragazzo ci si infila dentro. L'animale russa in modo assordante. *Questa è una sfida tra me e te*, pensa Sherlock, mentre fa rotolare il cane diverse volte, come un fornaio con l'impasto del pane. Riesce a toglierlo di mezzo e a piazzarlo davanti all'ingresso, senza che quello dia segno di essere stato disturbato. Il ragazzo poi si appoggia alla pancia morbida del cane, sistemandosi in modo da avere il giornale illuminato dalla luce del sole senza che si veda la sua testa. Chiunque guardasse dalle finestre sul retro dei Doyle scorgerebbe soltanto J.S. Mill nel bel mezzo di un magnifico riposino.

L'"Illustrated Police News" non aveva fatto cenno al nome della vittima, nei primi tre giorni: la sua identità non era stata accertata e le autorità stavano cercando eventuali parenti. Ma adesso Sherlock sta sfogliando il primo "News of the World" pubblicato dopo il delitto, la domenica successiva, a sei giorni dall'accaduto, venduto per strada mentre lui era in prigione. È una miniera di informazioni! Il giornale si è letteralmente buttato sulla notizia. Scorre la prima colonna con occhi famelici finché non trova qualcosa sulla vittima.

È circolata voce, nei giorni successivi al delitto, che si trattasse di un'attrice.

Che strano, pensa Sherlock, e interrompe un momento la lettura per rifletterci su. Come mai se era un'attrice non è stata subito identificata, specie trattandosi di una che, se è giusta la sua teoria, guadagnava abbastanza da potersi permettere dei gioielli tanto costosi?

C'è solo una risposta. Non era una diva come Ellen Terry o Nelly Farren. Doveva essere un'attrice semisconosciuta, una che nessuno sarebbe stato in grado di riconoscere a prima vista, oppure di scarso interesse per il pubblico. Però questa risposta non spiega tutto. Come faceva allora ad avere tanto denaro? E chi era? Sherlock va avanti a leggere. "Capelli biondo rame… altezza media… ventidue anni."

Vuole saperne di più e allora gira pagina, infischiandosene dei rumorini che provengono dallo stomaco di J.S. Mill. E si trova davanti un grande ritratto xilografico di… Lillie Irving.

"Lillie," dice ad alta voce. Finalmente. È davvero bella. Ed è praticamente la copia sputata di sua madre da giovane. Il ragazzo deglutisce e continua a leggere.

> La signorina Irving ha recitato in molti spettacoli teatrali e pantomime negli ultimi quattro o cinque anni, da quando ha intrapreso la professione. Nonostante fosse una giovane di indubbio fascino, non è mai riuscita a ottenere un ruolo di primo piano. Le colleghe ne piangono la scomparsa e raccontano che veniva da una famiglia di umili origini e viveva a Londra da sola. La donna non aveva né fratelli né sorelle, e i suoi genitori sono morti di recente.

Sherlock non ha mai sentito parlare di lei. Di solito si tiene al corrente di qualunque cosa vada in scena nei teatri di Londra: al Lyceum, al Theatre Royal di Drury Lane o in qualsiasi altra parte del West End, ma anche altrove. Quel mondo di meraviglie lo affascina. Ma Lillie Irving? Il suo nome non gli dice proprio niente.

Com'è possibile che un'attrice praticamente sconosciuta, ingaggiata per ruoli insignificanti solo grazie alla sua bellezza, se ne andasse in giro così ingioiellata quella notte, o qualsiasi altra notte? Veniva da "una famiglia di umili origini". C'è qualcosa che non torna.

Va avanti a léggere l'articolo.

> Stava recitando in una commedia di costume, *The Belle's Stratagem*, al Theatre Royal di Haymarket quando è stata assassinata.

Il teatro di Haymarket. Sherlock sa perfettamente dove si trova: non molto lontano da Trafalgar Square, infatti i richiami dei venditori ambulanti della piazza arrivano fin là. Una zona frequentata da gente alla ricerca di piaceri di dubbio gusto. A Londra gli spettacoli cominciano alle otto di sera e finiscono dopo le dieci. Deve saperne di più di questa Lillie Irving.

Passerà il resto della giornata a elaborare un piano dettagliato su quello che dovrà fare e dire una volta che si troverà a Haymarket. Poi passerà una serata a teatro.

Ma questa volta non porterà Irene. Non vuole condurla in un posto che potrebbe destare qualche sospetto su di lei e magari coinvolgerla in questo gioco pericoloso.

Ci andrà da solo.

LILLIE E IL SIGNOR LEAR

Non ha bisogno di cambiare travestimento, i vestiti sporchi che indossa andranno benissimo. Mentre attraversa l'affollatissima Leicester Square, ripete la parte che si è imparato a memoria. La mormora tra sé e sé mentre si fa strada tra la folla, meno preoccupato del solito di essere scoperto. Questo è uno dei quartieri più chiassosi di Londra e persino un elefante ci si potrebbe nascondere. Intorno a lui gagà e gentildonne, mendicanti e individui di ogni genere, zingari che ballano; dalle porte aperte dei locali provengono melodie diverse e il chiacchiericcio costante che riempie l'aria copre il sibilo delle lampade a gas, a malapena in grado di illuminare questa scena pittoresca.

Dopo aver svoltato nella stretta Whitcomb Street deve stare più attento, perché la folla si dirada. I teatri sono ancora in piena attività. Incassa la testa tra le spalle e si guarda intorno per vedere se c'è qualcuno che tiene d'occhio i pedoni. Raggiungerà il teatro da dietro, conosce un percorso.

S'infila in un varco tra due negozi e di lì a pochi secondi giunge in vista della grande mole bianca del Theatre Royal di Haymarket, che si staglia contro l'oscurità del cielo. Nella volta notturna si stanno addensando delle nuvole che minacciano di nuovo pioggia. Guarda la luna, che si distingue a malapena: dovrebbero essere quasi le dieci. L'ingresso degli attori è proprio dritto davanti a lui. Le ombre lo proteggeranno. Si accovaccia tra due bidoni della spazzatura. Un grosso topo di fogna scappa via.

Dal muro di pietra trapelano delle risate, poi silenzio, quindi ancora, deboli, le battute degli attori. Le reazioni della folla lo fanno sorridere. Ma il sonno pian piano ha la meglio su di lui. Applausi. Si addormenta.

Improvvisamente la porta si apre. Si sente uno scalpiccio di piedi che si muovono rapidi.

Sherlock si sveglia di soprassalto: gli cade il cappello e per poco non rovescia i bidoni della spazzatura. Li raddrizza e cerca di ricordarsi le battute imparate a memoria. Ha la bocca secca.

Per fortuna la prima persona che esce non è esattamente il tipo che sta cercando. È un uomo e Sherlock lo riconosce: non è un attore famoso, quelli escono dalla porta principale e se ne vanno in carrozze a due ruote. Si scosta e lo lascia passare. Silenzio. La porta si apre di nuovo e compare un altro uomo, a braccetto con una donna. Si tengono stretti stretti. Lei ha le labbra truccate di un rosso scarlatto, l'abito scollato che mette in mostra parte del seno; lui le fa scorrere la mano lungo la schiena e la pizzica un po' più in basso. La donna fa una risatina. Le porte si richiudono. Per qualche secondo c'è silenzio. Poi compare una donna da sola. Sherlock ha visto il suo ritratto nelle recensioni teatrali: non è una che avrebbe fatto amicizia con la signorina Irving.

La porta si riapre, e questa volta esce una donna giovane e bella: è carina quasi quanto Lillie, di sicuro giovane proprio come lei. Sherlock non ha mai visto quel viso prima d'ora. Le si para di fronte.

Con questa mossa rischia di rovinare tutto, ma viene

salvato dal coraggio della ragazza, che trattiene il fiato, ma non grida. Solleva la borsetta come un giocatore di cricket pronto a lanciare. Obiettivo: la faccia del ragazzo.

"No," protesta lui, cercando di non alzare la voce. "Non sono un ladro!"

"Allora fatti da parte," dice lei in tono perentorio. Non è in vena di complimenti quando ha paura. Il suo viso ha ripreso colore.

Sherlock è in preda al panico da palcoscenico. Qual era la prima battuta del suo copione?

"Io... sono un amico di Lillie Irving."

"Tu?" La ragazza abbassa la borsetta.

Fin qui tutto bene, aveva previsto una reazione del genere.

"La signorina Irving era una persona meravigliosa," comincia Sherlock.

"È vero," risponde la giovane con voce più dolce.

"Le chiedevo l'elemosina."

"Non ti ho mai visto prima."

Questo non fa parte del copione, e lei sembra sospettosa.

"Mmh... non qui... a Leicester Square.... Mi dava sempre qualcosa."

"Be', certo, a lei i mezzi non mancavano."

Sherlock non parla. Meglio aspettare e vedere se la ragazza ha qualcos'altro da aggiungere.

"Quel suo innamorato," spiega lei.

Sherlock resta in silenzio.

"Era un mistero, sì, proprio un mistero." Sembra che la donna abbia voglia di parlare. "Ero la sua migliore amica e non ne sapevo niente. Di solito ci scambiavamo pettegolezzi sui nostri corteggiatori. Ma era così che volevano lei e lui. Almeno, è quello che diceva Lillie. Una sera, mentre mi trovavo nella sua stanza ad Aldgate, un servitore le ha recapitato il biglietto da visita di lui. Lei mi ha chiesto di andarmene... Lillie era cresciuta proprio da quelle parti, un po' più a est, poverina." La donna sorride: "Sì, quel suo innamorato così affascinante... Ecco come aveva avuto quei diam...".

La porta si apre di nuovo. Un'attrice più anziana esce nella notte: è grande e grossa, molto truccata in viso, con il seno che deborda dal vestito. Squadra con sospetto il ragazzo di strada che parla con la sua giovane amica.

"Cosa succede?" chiede in tono indagatore. "Che cosa vuole da te, quello?"

"Niente, chiedeva solo di Lillie, Maude. Sembra che fosse..."

"Lillie!" Il donnone si fa avanti, continuando a squadrare il ragazzo. "E perché fai tante domande..."

Sherlock non indugia oltre e fugge via, infilandosi nel varco da cui è entrato. Alle sue spalle sente la donna più anziana rimproverare la giovane dandole dell'"oca che parla a vanvera". Lui galoppa come un cavallo da corsa finché non si rituffa tra la folla di Leicester Square.

Lillie aveva un amante! È stato lui a regalarle i diamanti. Cos'è che aveva detto Malefactor all'inizio? Cosa gli era sfuggito a proposito dell'assassino? "Non si nasconde." Aveva detto proprio così. Le voci che circolavano tra la gente di strada, informazione che Malefactor non avrebbe mai condiviso con Sherlock, riguardavano il *tipo di persona* che aveva commesso il delitto: non assomigliava per niente al lavoro di un professionista, quindi il criminale non era uno di loro. L'assassino è al sicuro da qualche parte e ha ripreso la sua vita normale. È una persona ricca!

Ora sì che sta andando nella direzione giusta.

Ha scoperto anche qualcos'altro. "Era cresciuta proprio da quelle parti, un po' più a est, poverina..." ha detto la giovane attrice. Adesso è chiaro come abbia fatto il criminale a condurla laggiù. Lei viveva ad Aldgate ed era cresciuta nell'East End… a Whitechapel. Lillie Irving conosceva bene quelle strade.

Sherlock sbatte le palpebre e si sveglia. Sente gli uccellini cantare. L'aria è umida e calda. Non c'è traccia di John Stuart Mill, nessun cattivo odore. A pochi centimetri dal suo naso vede un bel pezzo di pagnotta e una piccola tazza di latte. E c'è anche un biglietto. Prende un tozzo di pane, si siede rannicchiato con la schiena contro la cuccia e comincia a mangiare. Anche senza quel patetico cagnolino, ha la testa che tocca il soffitto e le gambe indolenzite, ma non ci fa troppo caso. Scosta lo straccio che copre l'ingresso e stende bene a terra il biglietto di Irene per vederlo alla luce del mattino.

"Ecco cos'ho scoperto alla Guildhall Library," scrive Irene con la sua bella calligrafia.

Scorrendo rapidamente il testo, Sherlock arriva al punto più importante.

Ci sono due colonne: la prima è un elenco di fornitori di apparecchiature mediche con sede nel centro di Londra, l'altra una lista di artigiani che lavorano il vetro soffiato. Scorre il dito lungo la prima colonna, una dozzina di nomi circa: nessuno che inizi con L o E, le lettere che ha trovato incise sull'occhio di vetro. Passa alla seconda colonna: Boffin… Fledgeby… Headstone… Hexam… Lear… Lear!

Vetri soffiati Lear… Carnaby Street. Si trova a Soho, particolare non previsto. Parecchio lontano dall'East End, ma a pochi passi da Mayfair, un ricco quartiere residenziale.

È tutto quello che ha. E in qualche modo lo deve sfruttare.

Sherlock resta seduto a gambe incrociate nello spazio angusto della cuccia del cane a elaborare un piano.

Anche Mohammad Adalji è seduto, nella prigione di Bow Street, sul letto di pietra della sua cella. È qui da due settimane ormai, e di notte sogna i cieli limpidi e soleggiati d'Egitto. L'unico raggio di luce e di speranza è quel ragazzo alto dai capelli neri, mezzo ebreo, che gli ha raccontato una bella storia sul ritrovamento di un occhio di vetro sul luogo del delitto. Il ragazzo però è sparito ormai da quattro giorni dalla stazione di polizia e non l'hanno ancora catturato. Se il giovane ebreo è là fuori, probabilmente starà cercando di far perdere le sue tracce e di nascondersi; il suo interesse passeggero per la giustizia sarà svanito da tempo e, insieme a quello, anche l'unica speranza di Mohammad.

L'arabo sa che hanno deciso di tenerlo recluso qui, invece che nella stazione di polizia di Whitechapel o nella prigione di Newgate, perché vogliono che stia alla larga dall'East End. I londinesi sicuramente lo odiano. Al processo ormai non mancano che un paio di settimane. Gli hanno già detto che finirà male. Gli assassini vengono impiccati subito dopo il processo. Si lascia cadere in ginocchio sul pavimento di pietra dura. Le guardie si rifiutano di dirgli da che parte è l'est, e così gli tocca immaginarselo. Si gira in quella direzione e comincia a pregare.

Se Andrew Doyle è in casa, Irene sta molto attenta quando va a portare il cibo all'inquilino del giardinetto sul retro. Gli lascia il pasto sui gradini e Sherlock di solito lo fa sparire rapidamente, battendo sul tempo il goffo J.S. Mill. Lei arriva più o meno alla stessa ora tutte le sere.

Stasera il signor Doyle è in casa. Quando Irene sgattaiola fuori e appoggia furtivamente il cibo a terra, sente qualcuno che le tira il vestito. Abbassa lo sguardo e vede Sherlock.

"Preparami una benda per occhi," le sussurra, "e vieni da me domattina."

Il giorno dopo l'istitutrice ha il giorno libero e Sherlock aspetta Irene per tutta la mattina. Attraverso i vetri vede il padre di lei muoversi per casa con un grosso libro in mano, mentre interroga Irene. In un certo senso è contento che oggi lei forse non potrà accompagnarlo. Dopotutto il suo piano non è poi così geniale. Dovrebbe trovare qualcosa di meno pericoloso. Il mattino diventa pomeriggio e Sherlock, steso là nella cuccia tutto rannicchiato, comincia a sognare a occhi aperti.

Pensa ai suoi genitori e si lascia trasportare in un'altra epoca, prima che lui nascesse. Ecco Rose, bella e felice nel suo stupendo abito bianco di seta, che si prepara per assistere alla *Gazza ladra*. Ed ecco suo padre, anche lui si sta vestendo per la sua prima serata all'Opera, e...

La porta sul retro di casa Doyle si apre e Irene esce con una benda nera in mano. Sherlock si affaccia fuori, alla luce, e guarda su.

"Mio padre è andato a una riunione. Starà via per un po'." La ragazza si china per guardarlo negli occhi. "Cos'hai intenzione di fare?"

Sembra emozionata e felice di essere di nuovo libera. Cosa che rende tutto più difficile.

"Forse è meglio che tu non venga con me."

Lei gli lancia un'occhiataccia: ha la stessa severità dello sguardo che gli rivolge sua madre quando è arrabbiata per qualcosa che ha combinato. Sherlock si rende conto di non avere scelta.

"Andremo a fare acquisti," le spiega allora. "Ci serve un occhio di vetro."

Lui si avvia un po' prima e poi si incontrano per strada. Si è messo la benda nera sull'occhio sinistro, sotto il cappello che porta sempre ben calcato in testa.

Soho è un posto fantastico, che però fa anche un po' paura. È sempre incredibilmente affollato, con quelle stradine che s'intrecciano come una tela di ragno, piene di personaggi pittoreschi, signore gentili, cibo e lingue di ogni genere. È pervaso da un senso di avventura sempre vivo, che sembra intensificarsi col tempo. E poi qui si trova qualsiasi cosa.

Passano accanto a un gruppo di musicisti di strada che riempiono l'aria di suoni d'ottoni, a un prestigiatore che fa magie e parla a voce altissima, quindi a un mangiatore di fuoco vestito di raso rosso; questi reclina all'indietro la testa e con gesto teatrale abbassa lentamente la fiamma verso le labbra, tenendo gli occhi incollati su Sherlock Holmes. *Perché guarda proprio me?* Il ragazzo si innervosisce e spinge Irene per farle affrettare il passo. Di lì a breve finalmente scorgono il loro negozio.

La Vetri soffiati Lear è una piccola impresa, circa a metà di Carnaby Street, con un'unica lunga vetrina piombata che occupa tutta la facciata del negozio. Al loro ingresso risuona una campanella e dal retro compare un uomo dalla testa grossa, la faccia rubizza, grandi baffi e capelli brizzolati e un po' radi. Ha i denti grigi e le mani praticamente nere. Si mette al bancone e strizza gli occhi di fronte alla strana coppia, come se stesse cercando di metterli a fuoco: una giovane donna ben vestita e un monello di strada sudicio e con una benda sull'occhio sinistro.

"Posso aiutarvi, signorina?" domanda sorridendo alla giovane gentildonna, come se il ragazzo non ci fosse.

Sherlock è piacevolmente sorpreso dalle doti d'attrice

di Irene: è calma e totalmente padrona di sé, e soprattutto recita la sua parte alla perfezione.

“Sono qui per un’opera di carità. Questo giovane,” e si gira verso Sherlock, che tiene la testa abbassata, in modo da non essere riconoscibile, “ha perso un occhio da bambino e non ha i mezzi per sostituirlo con uno finto. Io gli do qualche moneta quando lo vedo, ma vorrei fare qualcosa di più per lui.”

“Sì?” chiede il vetraio, sempre prestando attenzione solo alla ragazza.

“Siete proprio voi il signor Lear?”

“In carne e ossa,” sorride lui gonfiando fieramente il petto, appena più ampio del ventre pingue che gli spunta da sotto il panciotto blu a scacchi, piuttosto sporco. Fa un sorriso davvero esagerato, mettendo in mostra i denti grigi. Si passa una mano nerastra sulla testa tonda e rossa lisciandosi i pochi capelli che ha sulla zucca: sembrano quei vermiciattoli bianchi che si agitano nel fango sulle sponde del Tamigi.

“Sto cercando qualcuno che sia in grado di fabbricare un occhio di vetro per questo ragazzo. Voi fate questo tipo di lavori?”

“Certo, assolutamente. Sarei ben lieto di accontentarvi, signorina... signorina?”

Irene non risponde. Sherlock le ha fatto promettere di non rivelare la sua identità.

Lear va avanti. “Sarei felice di farlo, signorina, ma il ragazzo deve prima andare da un dottore.”

La delusione si dipinge sulle facce dei suoi clienti.

“Un dottore, sì, signorina,” spiega. “Vedete, io fabbrico occhi di vetro per una ditta di attrezzature mediche, la Copperfield, che è proprio qui in fondo alla strada, in Beak Street. Ma non tratto mai direttamente con i pazienti. Potrei farvi un bellissimo fermacarte, mia cara. Cosa ne dite di un cigno come quelli di Sua Maestà che si trovano a St. James Park?"

"No, grazie, non mi serve. Lo porterò da un dottore, allora. Molte grazie."

"La Copperfield ha un'ottima reputazione, sapete," aggiunge Lear compiaciuto. "Che è anche la ragione per cui si servono da me, il miglior artigiano di tutta Londra. Gli occhi Lear sono personalizzati: siamo in grado di ricreare una coppia perfetta di qualsiasi iride umana sulla faccia della terra. La Copperfield lavora solo su prescrizione dei migliori dottori."

I due ragazzi stavano già per andarsene, ma si bloccano.

"E... chi sarebbero?" chiede Irene voltandosi.

"Quelli di Mayfair."

"Vi sono davvero grato, capo," interviene Sherlock frettoloso, con il forte accento cockney di chi vive nell'East End, levandosi il cappello in segno di cortesia. Sul suo viso si dipinge un sorriso.

La campanella suona di nuovo quando escono.

Un uomo robusto in livrea nera da cocchiere, con due strisce rosse sulla giacca, aspetta nell'ombra, più avanti lungo la via, e li osserva mentre si mescolano tra i passanti, ma sono entrambi troppo eccitati da quello che hanno appena scoperto per farci caso. Svoltano in un'altra strada, allontanandosi dall'uomo, che è atteso lì vicino da una carrozza nera con i finimenti rossi.

"Un vetraio della zona di Mayfair che rifornisce solo medici di Mayfair!" sussurra Sherlock nell'orecchio a Irene mentre camminano. Tiene ancora la testa bassa per un po', poi si ferma. "Il nostro sospettato... è un uomo, un uomo ricco, che molto probabilmente abita a Mayfair; ha le iridi marroni con piccole screziature viola e un occhio finto: quell'uomo non solo conosceva Lillie, ma era il suo amante segreto. Lei viveva ad Aldgate ed era cresciuta a Whitechapel."

A Irene sembra una ricostruzione perfettamente logica, avendo seguito quasi ogni mossa di Sherlock. E comunque, nel sentirlo fare quell'affermazione categorica che riassume tutto quello che è riuscito a scoprire finora, aggiungendovi i dettagli che ha dedotto da solo, resta sbalordita. Allunga una mano guantata verso quella del ragazzo, dalle dita lunghe e bianche ricoperte di sporcizia, e gliela stringe forte. Sul volto di lui si dipinge all'improvviso un'espressione strana, come di meraviglia, che sostituisce la sua solita aria tormentata e infelice. Poi lei gli lascia la mano.

Deve rientrare, suo padre sarà di ritorno a momenti.

Sherlock è tentato di lasciarsi andare e pensare solo a Irene e a nient'altro per il resto della giornata – è la persona più interessante e affascinante che abbia mai conosciuto – ma ha anche altri pensieri per la testa che richiedono a gran voce la sua attenzione.

Le tessere del puzzle si stanno incastrando sempre più velocemente. Le mette al loro posto e allo stesso tempo si prefigura l'immagine completa in cui andranno collocate quelle che mancano.

La prossima tessera la troverà per strada quella notte. Ora ha bisogno di un posto dove nascondersi.... Dovrà avere le sue risposte da Malefactor.

Ma c'è un'altra questione che lo preoccupa parecchio, più di qualsiasi altra abbia preso in considerazione dal momento in cui ha letto quel primo articolo sull'"Illustrated Police News".

Ha intenzione di coinvolgere sua madre in questo gioco mortale.

UNA MOSSA PERICOLOSA

La prima cosa da fare quella notte è trovare Malefactor. Sherlock non vuole cercarlo di giorno, è troppo rischioso. La polizia è in allerta. Ma ha bisogno di sapere quali informazioni sono riusciti a raccogliere gli Irregolari a Whitechapel.

Per il resto della giornata si nasconde nei vicoli, ma verso sera è molto irrequieto e comincia a vagare senza una meta, con il cappello calcato in testa. Sembra che ci sia uno sbirro a ogni angolo di strada e ha l'impressione che tutti quanti stiano cercando lui.

Passata la mezzanotte comincia a setacciare le strade. È come se la banda fosse sparita. Non li trova in nessuno dei loro posti abituali e allora si sposta più a est del loro territorio, dalle parti del fiume. Alla fine, appena superati gli archi di pietra del London Bridge, con la minacciosa Torre che si erge proprio di fronte, volge lo sguardo a est del grande pontile e nota delle figure scure vicino al vecchio mercato del pesce di Billingsgate. Mentre si avvicina, quelle ovviamente svaniscono nell'ombra.

Più va avanti e più il puzzo di pesce si fa insopportabile. Le acque scure del Tamigi sciabordano tranquillamente lì accanto. Turandosi il naso con le dita, Sherlock lascia la strada principale e si inoltra tra i magazzini bui e i grandi edifici del mercato, in direzione del fiume, con lo sguardo sempre vigile. Questo posto sarebbe pericoloso anche se lui non fosse un evaso. Di giorno è pieno zeppo di gente e l'aria risuona delle peggiori imprecazioni in uso a Londra: a Billingsgate imprecare è d'obbligo. Invece a quest'ora è tutto stranamente silenzioso e immobile. In fondo al mercato, rivolti verso il fiume, si vedono i banchetti e i capanni dei pescivendoli deserti. Sherlock sbircia le rozze bancarelle alla ricerca delle figure che aveva notato da lontano. Sembra che si siano dileguate in questo labirinto viscido. Ma all'improvviso sente un movimento dietro la schiena.

"Guarda chi si vede, il Maestro Holmes." Sherlock si gira.

L'altro ragazzo è immobile come una statua, con le gambe divaricate e le mani sui fianchi, il fiume alle spalle.

"Malefactor."

"L'unico e inimitabile." Il capobanda avanza impettito di qualche passo, all'apparenza incurante dell'aria fredda di fine aprile che soffia dal fiume e della pioggerellina che ha ricominciato a cadere. "Sono contento che tu non abbia portato la ragazza. Almeno un po' di buon senso ti è rimasto. Questo non è certo posto per lei."

"E neppure per te, veramente."

"Già, non è il nostro territorio."

"E allora perché siete qui?"

"C'è bisogno di chiederlo?" osserva Malefactor beffardo e indica verso nordest con il dito lungo e ossuto. "Whitechapel. Siamo qui grazie a te. Abbiamo fatto indagini, perciò ho pensato fosse più prudente starcene in un posto diverso dal solito per qualche giorno."

"Giusto."

Malefactor si inchina leggermente.

"E cosa si dice in giro?" chiede Holmes.

Il ladruncolo non apprezza affatto il modo in cui gli viene posta la domanda: gli è parso di cogliere un lieve sorriso.

Quindi non risponde e invece rilancia chiedendo a Sherlock cos'ha scoperto di nuovo sul delitto. Il ragazzo gli rivela alcune cose, mentre altre le tiene per sé, ma sembra soddisfare comunque la curiosità dell'altro. Così alla fine anche Malefactor comincia a parlare.

"Lo faccio solo ed esclusivamente per la ragazza. Evidentemente, se lei ha deciso di occuparsene, la tua causa è degna di qualche considerazione. Abbiamo a che fare con un criminale che non sta alle regole del gioco. Le nostre indagini lo confermano."

A Malefactor piace tenere il suo interlocutore sulle spine. Si aggiusta il cilindro sudicio sulla fronte con un leggero colpetto, liscia le pieghe della marsina e poi si guarda le unghie tutte rosicchiate.

"Si sono sentite due grida," riprende con calma. "Prima una donna, poi un uomo; sono in molti a giurarlo. Infine un signore ben vestito si è allontanato in fretta, con le mani sul viso. È salito su una carrozza privata, nera con i finimenti rossi. Ed è partito al galoppo." Sherlock lo vede... dall'alto.

"C'è dell'altro," aggiunge spavaldo il giovane capobanda.

"Il grido dei corvi," mormora Holmes.

Malefactor è seccato e sembra di nuovo sul punto di tirare un pugno al ragazzo. "Sì," conferma a mezza bocca, stringendo gli occhi. Non vorrebbe dire altro, ma poi cede. "Non ti chiederò come fai a saperlo. Però devo ricordarti di stare attento... non certo per te stesso, sai quanto me ne importa... ma per la ragazza. La persona che ha commesso il delitto certamente dispone dei mezzi per far sparire sia te che la signorina Doyle. Per lui voi due non siete nessuno, esattamente come la donna che ha ucciso. Così va il mondo. Ficcatelo bene in testa." Malefactor pronuncia le ultime parole praticamente ringhiando.

"Da che parte è andata la carrozza?" chiede Sherlock, sicuro che, se non altro per orgoglio, l'altro gli dirà ancora qualcosa.

Il ragazzo con il cappello a cilindro gli mostra i denti. "Pensi davvero che non sappia rispondere a questa domanda?"

"Io..."

"La carrozza è fuggita verso ovest!" Malefactor incrocia le braccia sul petto e sporge il mento in fuori, mentre osserva la reazione di Sherlock.

"Graz..."

"Non c'è niente di buono al mondo, ma se ci fosse, la signorina Doyle è la cosa che ci si avvicina di più. Proteggila o conoscerai la mia collera."

"Ma cert..."

"Buonanotte, ragazzo ebreo."

Le indagini di Malefactor hanno confermato tutto quello che Sherlock sospettava e anche di più: le grida sono la prova che la vittima ha visto il suo aggressore, e poi i corvi, l'uomo ricco che è scappato a ovest a bordo di una carrozza così ben descritta... a ovest, verso Mayfair.

Sa già cosa farà adesso. Dovrà gettarsi nella mischia e azzardare la mossa pericolosa che ha in mente. Dovrà coinvolgere sua madre. Questa settimana sicuramente lei andrà a dare lezione in una delle ricche case di Mayfair.

I suoi genitori sono al corrente del fatto che è ancora vivo e si trova a Londra. Non possono non aver colto il senso di quel corvo disegnato sul tavolo.

Ma stanotte lui non sta tornando a casa per rassicurarli. A Southwark è l'alba e ogni cosa è ancora avvolta nell'oscurità. Le persone più strane gli passano accanto senza che lui presti la minima attenzione. Percorre silenzioso il labirinto di stradine acciottolate e in men che non si dica è vicino a casa. Ecco il negozio di cappelli. Non c'è nessuno di guardia stanotte, o almeno così gli sembra. La piccola finestra di casa sua è buia.

Si infila nel vicoletto sul retro e sale le scale. Solleva il chiavistello. Apre.

Sente, come l'altra volta, il rumore leggero dei suoi genitori che dormono. Attraversa a gattoni la stanza principale e si ferma accanto al suo letto. È vuoto. Gli toccherà andare nella loro camera. Non c'è la porta, solo un telo di stoffa separa le due stanze. Quando lo sfiora con il viso, sente il profumo della madre. Anche se non sempre suo padre riesce a procurarsi del tabacco, l'aroma della pipa resta sospeso nell'aria. Sherlock si ferma. I suoi genitori sanno di buono e di sicurezza. Viene assalito da un desiderio incontrollabile: quello di arrampicarsi sul letto e accoccolarsi in mezzo a loro.

È strano vederli là distesi. Hanno indosso solo la biancheria e sono stretti l'uno all'altra in un abbraccio, profondamente addormentati. Lui è sdraiato sulla schiena e russa lievemente, lei è coricata sul fianco, con la mano sul petto del marito. È imbarazzante vederli così. Non è uno spettacolo adatto a un figlio. Sente quanto si amano e sa che quella è la cosa più importante del mondo.

Ma è ora di mettere da parte questi pensieri. Se non agisce in fretta, sa che non ci riuscirà più. Si allunga e delicatamente mette la mano sulla bocca di Rose. Gli occhi di lei si aprono all'istante. Sherlock preme il palmo con determinazione. Deve impedirle di urlare.

La madre gli afferra le dita e apre la bocca per morderlo. Rose Holmes ha imparato da tempo a difendersi.

"Madre!" sussurra lui, più forte che può.

Rose volge gli occhi verso di lui, dapprima spaventati,

poi pieni di lacrime. Sherlock toglie la mano e lei balza a sedere sul letto, stringendolo forte tra le braccia.

"Il mio ragazzo," piagnucola mentre lo bacia.

Accanto a lei, Wilber comincia a muoversi. Guarda il figlio come se avesse davanti agli occhi il fantasma di Marley, quello del *Racconto di Natale* di Dickens. Allunga una mano in cerca degli occhiali da lettura.

"Sherlock?"

Per un momento il ragazzo ha l'impressione che anche il padre stia per piangere. Invece abbraccia la moglie e allunga una mano.

"È fantastico vederti, figliolo."

Poco dopo sono tutti seduti al piccolo tavolo a bere un tè freddo, con una sola candela accesa. Parlano a voce bassissima. Sherlock racconta tutto quello che è successo: della sua evasione, di Irene, di Malefactor, dell'occhio di vetro, di Mayfair, e di tutte le prove che ha raccolto finora, ma anche del vecchio e puzzolente John Stuart Mill, strappando una risata alla madre. Finito il tè, si avvicinano l'uno all'altro con le sedie e restano lì in silenzio. Sanno perfettamente che Sherlock non può fermarsi a lungo. Spengono la candela e si abbracciano forte nel buio. Nessuno si muove, come se sperassero di poter cancellare la realtà e addormentarsi tutti insieme. Solo Wilber, che ha il sonno facile, cede alle lusinghe dell'oscurità. Rose si gira verso Sherlock e sorride facendo cenno al marito.

Ma lui non ricambia il sorriso. Si è fatto serio in volto. I loro visi sono così vicini che anche al buio lei capisce che il figlio muore dalla voglia di dirle qualcosa.

"Madre?" comincia Sherlock a mezza voce.

"Sì, caro?"

"Devi aiutarmi."

Ha un tono così tetro che lei non osa rispondere.

"Mayfair è un mondo a sé stante," prosegue lui, come se si sforzasse di spiegarsi in modo preciso. "Lì tutti sono in qualche modo legati."

"Lo so," dice Rose dandogli una leggera pacca sulla mano.

"La risposta a quanto è accaduto è in quel quartiere... dove tu dai lezioni di canto."

Rose sta cominciando a capire dove vuole arrivare.

"Hai mai visto un uomo con un occhio di vetro in una delle case di Mayfair che frequenti?"

"No, anche se credo che nessun gentiluomo si metterebbe a fare pubblicità a un occhio finto, specialmente con una come me." Sorride come per alleggerire la propria osservazione, mostrando una vaga traccia dello spirito che la animava un tempo.

Sherlock ha proprio bisogno di quel suo antico coraggio.

"Potresti..." comincia a dire.

"Certo che potrei," lo interrompe lei senza battere ciglio.

"Io non ho la possibilità di andare laggiù."

"Lo so." Gli prende una mano e la stringe fra le sue.

Ora che sua madre ha accettato, Sherlock vorrebbe scappare via. Non avrebbe dovuto farlo.

"No," dice con fermezza alzandosi in piedi e rimpiangendo di essere andato lì. "Non posso coinvolgerti in tutto questo, è troppo pericoloso."

Lei lo fa sedere di nuovo.

"Se tu dovessi passare la maggior parte della vita in prigione, o se ti... impiccassero, Sherlock, non potrei mai perdonarmi di non aver almeno provato ad aiutarti. E comunque la mia vita sarebbe finita."

Lui resta in silenzio a lungo prima di ricominciare a parlare.

"Allora limitati a osservare, a guardarti intorno con attenzione. Nient'altro. Non voglio che tu ti esponga facendo domande dirette. Potresti trovarti in casa dell'assassino o in quella di un suo amico. Per quella gente noi non abbiamo alcun valore. E quell'uomo sarà sospettoso verso chiunque mostri un qualche interesse per il suo occhio di vetro, figuriamoci un estraneo."

"Starò attenta," lo rassicura, stringendogli la mano.

"Devi farlo per forza."

"E se ponessi qualche domanda discreta, in modo indiretto? Magari a qualcuno della servitù che conosce bene il quartiere, e che comunque solitamente non parla con il suo padrone. Che ne dici di una ragazza che aiuta in cucina?"

Sherlock è titubante. "Solo se sei sicura di poterti fidare di lei," risponde turbato, alzando involontariamente la voce.

"Cos'è stato?" borbotta suo padre svegliandosi. "Sherlock? Di che cosa state parlando voi due?"

"Della fisica del volo del picchio panciagialla, mio caro," sorride Rose.

Wilber non ha un gran senso dell'umorismo, e per un attimo resta un po' confuso, quasi le crede. Poi si mette a ridere.

Non c'è più nessuno ora che chiama Sherlock "Giuda". Quante volte a scuola si è sentito ripetere la storia del tradimento di quell'uomo spregevole, e adesso, mentre si fa strada nella notte per tornare a Montague Street, si sente proprio come un traditore. Si è spinto troppo oltre, mettendo in pericolo sua madre... in una situazione che potrebbe farla finire nelle mani di quel criminale. Sarà una spia in territorio nemico e, se vengono catturate, le spie sono morte.

Quando Sherlock attraversa di nuovo il Tamigi, mancano ancora un paio d'ore al sorgere del sole. Non fa caso a quello che gli accade intorno, non si sforza neppure di imitare l'andatura da ragazzo di strada che aveva messo a punto insieme al travestimento. È troppo assorto nei propri pensieri. Prosegue lungo Montague Street, rischiarata dai lampioni a gas, costeggia la pallida facciata del British Museum senza mai guardarsi alle spalle. Tutto tace nella residenza dei Doyle. Sherlock spera che quel sacco di pulci di J.S. Mill stanotte dorma in casa. Si infila nel vialetto ed entra in giardino.

C'è un oggetto scuro appeso alla cuccia. Non riesce a distinguerlo. Si avvicina.

È un uccello… un uccello grande e nero. *Ed è morto*.

Pende dalla tavola proprio sopra l'ingresso. È fissato al legno con un lungo coltello affilato, che gli attraversa il petto. Ha il becco aperto come se stesse gridando. Appena sopra la testolina reclinata in avanti, ci sono due parole color rosso scarlatto, tracciate con il sangue: ATTENTO EBREO! A Sherlock si rivolta lo stomaco e allontana il viso di una spanna.

Per poco non si mette a gridare. Chi altri, oltre la polizia, potrebbe sapere che è sulle tracce dell'assassino? Chi è che lo tiene d'occhio? E perché? Mentre con lo sguardo scandaglia rapidamente il giardinetto, gli viene in mente una figura, una sorta di fantasma, che pensava fosse frutto della sua immaginazione: quel cocchiere robusto con la livrea nera a strisce rosse, in piedi in fondo al vicolo, che lo aveva osservato e poi aveva alzato lo sguardo verso i corvi. Nella mente del ragazzo si crea un collegamento immediato tra quel cocchiere fantasma in nero… e la carrozza nera che corre via verso ovest dopo il delitto! Poi si ricorda del veicolo scuro e solitario che ha visto a Whitechapel la notte che è scappato via di là terrorizzato.

Con mano tremante, strofina via le due parole, che lasciano una macchia di sangue. Guarda a sinistra, a destra, in alto, verso la casa, poi giù verso il vialetto che la costeggia, ma non vede nessuno. Trema in tutto il corpo. Estrae la lama dal petto del corvo, poi con un calcio lo spedisce tra i cespugli di rose e ci getta anche il coltello insanguinato.

Si precipita nel vialetto e comincia a correre. Ma a metà di Montague Street si gira e torna indietro, rapidissimo si infila di nuovo nel vialetto e quindi nel giardino. Controlla la porta sul retro… è chiusa a chiave. Corre intorno alla casa fino alla porta principale e prova anche quella… chiusa a chiave. Grazie al cielo.

Poi si dilegua nella maligna notte londinese.

LA CARROZZA DEL DIAVOLO

Sherlock rimane disteso per diverse ore sui ciottoli freddi e duri di un vicolo a nord dell'università, dietro un mucchio di verdure marce. Sa che deve nascondersi in una zona che di solito non frequenta. Quando comincia a piovere, si appiattisce più che può contro l'edificio.

Chi è quel cocchiere? Che cos'ha visto e che cosa sa? Era presente anche quando lui si è recato al teatro di Haymarket e dal vetraio di Soho? L'ha seguito fin dal momento in cui l'ha visto sulla scena del delitto? *Solo l'assassino, o qualcuno che lavora per lui, farebbe una cosa simile.* È ovvio. Il criminale gli sta alle calcagna… ancora animato da spirito omicida.

Dopo il sorgere del sole torna verso la casa di Irene, non perché abbia bisogno di cibo – lo elemosinerà oppure lo ruberà, se necessario – ma perché vuole vederla, metterla in guardia, avvisarla che dovranno incontrarsi il meno possibile, o non incontrarsi affatto.

Varcata la cancellata di ferro del British Museum, trova un punto, contro il lato est dell'edificio, da cui riesce a tenere d'occhio la casa senza essere visto. Aspetta, agitatissimo. Ha le mani sudate, lo sguardo inquieto, la schiena incollata al muro. Poi finalmente Andrew Doyle esce e si avvia lungo Montague Street con il bastone in mano.

Sherlock attraversa rapido la strada e si infila nel vialetto che costeggia la casa. Vestita con un lungo abito bianco, Irene è in piedi davanti alla cuccia vuota: guarda la macchia di sangue e piange.

Sentendolo avvicinarsi, si volta. "Sei vivo!"

Gli occhi arrossati sembrano più grandi e Sherlock ha l'impressione che lei voglia abbracciarlo. Fa un passo avanti, ma poi si ferma senza sfiorarlo.

"Quando ho visto il sangue e la cuccia vuota, io..."

"È sangue di corvo."

"Di corvo?"

"Siamo nei guai, Irene, in un mare di guai," le dice con voce rotta. "Quando sono tornato qui, stamattina presto, c'era un corvo morto attaccato con un coltello alla cuccia." Del messaggio scarlatto non le dice niente.

Irene sembra sul punto di svenire. Sherlock la afferra per un braccio.

"C'è qualcuno che sa cosa stiamo facendo, qualcuno disposto a tutto pur di fermarci. La situazione è cambiata: tu non puoi più partecipare a questa cosa."

"Sì che posso," dice lei asciugandosi una lacrima sulla guancia. Ha un'espressione decisa sul volto e lo fissa con aria di sfida.

Sherlock resta in silenzio per un momento. Sapeva che sarebbe andata così con Irene Doyle. Dovrà trovare un compromesso.

"Non posso più stare qui, questo è poco ma sicuro," insiste. "E il tuo ruolo dovrà per forza essere modificato. Ho bisogno di tempo per pensare a come tu... possa ancora essere d'aiuto. Nel frattempo, resta in casa e chiudi tutte le porte a chiave quando sei sola, e tieni gli occhi bene aperti. Ti farò avere mie notizie."

Sherlock si gira e si avvia lungo il vialetto.

"Dove stai andando?" chiede lei.

Una persona malvagia e senza scrupoli sta cercando di spaventarli a morte. Un assassino. Sherlock ha pensato a lungo a chi altri potrebbe trovarsi in pericolo, e l'idea lo terrorizza.

"Dove stai andando?" ripete lei.

"Ad avvertire i miei genitori," mormora lui accelerando il passo.

Questa volta punta direttamente verso il Blackfriars Bridge. Dalla trafficatissima High Holborn svolta verso est mescolandosi alla folla di persone dirette al lavoro. Sospetta di tutti adesso, di ogni passante, di chiunque si trovi di fronte o alle spalle. È una bruttissima sensazione. Come se un'ombra lo seguisse… Forse ora indossa abiti diversi e magari, proprio in questo preciso istante, sta osservando i suoi movimenti. Gli sembra che lo spiino persino quei poveri, piccoli spazzini che per pochi penny rimuovono il sudiciume e la polvere dai marciapiedi, a beneficio di chi sta meglio di loro. Ogni sguardo gli sembra inquisitorio e ogni rumore insolito lo fa sobbalzare. Vorrebbe potersi alzare in volo e scovare i suoi nemici dall'alto, come un'aquila. Raggiunta Holborn Hill, si trova all'incrocio tra Gray's Inn Road e la strada principale. Qui la folla è ancora più fitta. Le insegne dei negozi, i cartelloni e gli annunci sui muri sono più grandi e colorati, da queste parti. Il rumore e il puzzo del traffico di cavalli e carrozze sono insopportabili. Sherlock si ferma ad ascoltare l'incredibile fragore delle strade londinesi, poi comincia ad attraversare l'incrocio, muovendosi con cautela nel flusso di mezzi.

Qualcosa lo induce a voltarsi.

È lo schioccare di una frusta, il grido del conducente di una carrozza che sprona i cavalli. Il veicolo schizza fuori dal traffico come se gli animali che lo trainano stessero fuggendo da qualcosa. Sta venendo nella direzione di Sherlock, gli è quasi addosso.

E in quel preciso momento vede Irene.

Anche lei sta attraversando la strada alle sue spalle, si trova tra lui e la carrozza che sta arrivando. Era ancora sul marciapiede quando il cocchiere ha fatto schioccare la frusta, troppo immersa nel rumore dei passanti per distinguere il fracasso della carrozza lanciata a tutta velocità, e forse un po' distratta. Vedendo un varco nel traffico, si è precipitata in strada, muovendosi il più rapidamente possibile, con il suo vestito bianco, i capelli biondi luccicanti nel sole di primavera, gli occhi marroni fissi su Sherlock, tutta intenta a raggiungerlo.

"IRENE!" grida il ragazzo.

Accanto a lui tutti sembrano voltarsi, come figuranti in uno spettacolo d'opera.

La carrozza scura le è quasi addosso, i cavalli hanno la schiuma alla bocca, spronati come sono dalla frusta. Il conducente è un uomo robusto e se ne sta proteso in avanti sul sedile, con le redini strette in pugno. Ha le spalle larghe come un giocatore di rugby, un cappello nero calcato sulla fronte, la faccia coperta da una sciarpa. Indossa *una livrea nera con delle strisce rosse*... ed è alla guida di un *veicolo nero con i finimenti rossi*. Questo non è un fantasma.

"IRENE!" grida Sherlock di nuovo e corre verso di lei.

La mente della ragazza non registra i rumori alle sue spalle. In un primo momento gli sorride, consapevole di essere stata scoperta.

Ma avvertendo il panico nella voce di Sherlock, si volta e guarda indietro. La carrozza le è praticamente addosso.

La ragazza grida e si fa scudo con le braccia.

Sherlock vola sulle lunghe gambe. Si muove come un falco, puntando verso la carrozza. Terrorizzata, Irene si fa piccola piccola, schiacciata tra lui e il mezzo in arrivo.

Il ragazzo riesce quasi a sentire l'alito caldo dei cavalli impazziti mentre allunga una mano e le afferra il vestito, all'altezza delle scapole. Si getta di lato, trascinandola con sé... e la carrozza fugge via.

Salva!

Ma non del tutto. Nel momento in cui lui l'agguanta al volo, un lembo del lungo vestito bianco svolazza nell'aria, come sospeso nel tempo, restando impigliato nei raggi della ruota posteriore.

Improvvisamente Irene viene strappata via dalla sua presa e gettata in mezzo alla strada come una bambola di pezza, risucchiata sotto le ruote di ferro, trascinata sul selciato duro e divorata dal meccanismo. Le sue grida gli rimbombano nelle orecchie. Il sangue schizza sul tessuto bianco.

La carrozza prosegue la sua corsa folle nel traffico e sparisce. In quel preciso istante tutto si ferma. Sherlock resta immobile, con la bocca spalancata, gli occhi fissi sulla strada dove il veicolo l'ha risputata e dove lei giace inerte in un mucchietto, come morta.

All'inizio cammina lentamente. Non riesce a correre, non ha più forza negli arti. È come se si trovasse in uno di quegli incubi in cui non riesce a raggiungere il posto dove deve andare, e ciò che sta inseguendo svanisce appena cerca di afferrarlo.

Poi ogni cosa torna al suo posto. I suoni ricompaiono improvvisamente, il tempo si fa più rapido e lui si ritrova a correre gridando in direzione di Irene, la sua unica vera amica.

Ma appena le si avvicina, vede il primo poliziotto, poi un

altro e un altro ancora, che accorrono sulla scena. Sherlock si blocca, come se gli avessero sbattuto una porta in faccia. Si gira e sgattaiola via tra la folla.

Pochi minuti dopo è nascosto all'ombra del pilastro di una vecchia banca, qualche strada più in là, sconvolto e pieno di vergogna. Piange come non aveva mai fatto prima d'ora.

UN NUOVO GIORNO

Non sa dove andare. Non c'è niente che possa fare. Non può neanche parlare con i suoi genitori. Ormai è evidente quanto sia pericoloso avvicinarsi a loro. Si rifugia nello stesso nascondiglio della sera prima, dietro il mucchio di verdure marce in quel vicoletto. Più tardi si sposta qualche vicolo più a nord, si appoggia contro il muro di pietra grigio di un edificio, riparandosi dietro una mangiatoia per cavalli rotta, e resta lì seduto. Per tutto il giorno non fa che guardare nel vuoto, con gli occhi rossi e il cervello spento. Non riesce più a pensare.

La mattina lo sveglia un dolore acuto al fianco. Malefactor torreggia sopra di lui, dando istruzioni a Grimsby.

"Un altro!" ordina.

La giovane canaglia si prepara a tirargli un altro calcio. Questa volta Sherlock lo vede arrivare, ma non batte ciglio. Perché dovrebbe? Che ragione ha di vivere o morire? Non gliene importa niente se Malefactor lo farà picchiare a morte lì dove si trova.

"Fermo!" grida il capobanda, alzando il bastone da passeggio. Lo stivalone si blocca a mezz'aria. Grimsby è deluso come il suo capo. Se Sherlock non oppone resistenza, non c'è gusto a picchiarlo.

"Non ti resta neanche un po' di amor proprio per difenderti?" chiede Malefactor.

Sherlock a fatica si mette a sedere contro il muro, tenendosi le mani premute sulle costole. Malefactor si inginocchia e avvicina il viso a quello del ragazzo.

"Non l'hai protetta!" grida mostrando i denti gialli. Sembra molto arrabbiato, Sherlock non l'ha mai visto così. "Hai quasi ucciso la mia..." si interrompe, "un angelo!"

Quasi?

Sherlock salta in piedi.

"È ancora viva?" grida ricambiando Malefactor con lo stesso sguardo.

"È all'ospedale di San Bartolomeo, ma..." interviene uno dei piccoli Irregolari.

Malefactor si gira e colpisce il ragazzino sulla bocca con il bastone da passeggio. Quello grida di dolore, si fa piccolo piccolo e scappa via. Il capo si volta di nuovo verso Holmes.

"Non è questo il punto! Avresti dovuto vegliare sulla signorina Irene Doyle, e invece ti sei comportato in modo del tutto inadeguato e irresponsabile. Io non..."

Ma Sherlock non c'è già più. Grimsby e Crew si ritrovano a terra, spazzati via dal ragazzo alto e magro, che di colpo si è avventato contro il gruppo che lo circondava ed è schizzato via.

"Torna subito qui!" grida a squarciagola Malefactor. "Irregolari, prendetelo!" Ma è troppo tardi. La corsa è vinta prima ancora di cominciare.

Il San Bartolomeo è l'ospedale più antico di Londra, e in settecento anni ha cambiato aspetto varie volte. Sherlock corre finché non gli manca il fiato, finché non scorge l'edificio di mattoni, grande e irregolare, accanto allo Smithfield Market. L'ospedale è articolato in diversi blocchi e ha un giardino al centro e molti ingressi. Superati quelli principali,

Sherlock imbocca una porta sovrastata da un'oscura arcata medievale. Non ha neanche bisogno di farsi coraggio per uscire così allo scoperto. Deve assolutamente vedere Irene.

Non è mai stato in un ospedale prima d'ora. Queste strutture sono riservate soprattutto alla classe dei lavoratori, ma non ai poveri, e di certo non alla gente di strada. C'è il rischio che le infermiere lo buttino fuori. A una fontana pubblica si è sciacquato la faccia e ha strofinato via i segni neri, cercando di pettinarsi i capelli ingarbugliati con le mani, e ora si è levato il cappello e si sforza di stare più dritto che può. Però ha paura che non lo lasceranno circolare per molto all'interno dell'edificio.

La permanenza di Irene in questo posto sarà breve. L'hanno portata in ospedale solo perché l'hanno trovata sola e in stato d'incoscienza, in seguito a un incidente improvviso e violento. Altrimenti l'avrebbero semplicemente riportata a casa, in Montague Street. Le persone come Irene Doyle di solito si fanno curare a domicilio e hanno un medico che le visita a tutte le ore.

Dove potrebbe essere in questo edificio enorme? Sherlock oltrepassa in fretta la porta spalancata di una sala d'aspetto cupa, piuttosto grande, dove si vede gente semplice, dall'aria affranta, seduta sulle panchine di legno sotto il soffitto ad arco. Sale per una grande scalinata di pietra. Passa davanti alla stanza della caposala, a un'altra riservata agli studenti, ai laboratori, agli studi dei medici, e ad altre porte colorate di grigio con su scritto a chiare lettere SORELLA TALE E TAL ALTRA. Fa finta di avere una ragione precisa per trovarsi in queste grandi corsie con i muri imbiancati. C'è odore di pulito, però ha sentito dire che gli ospedali brulicano di malattie.

Gli passano accanto ragazze delle pulizie con gli spazzoloni e infermiere in uniforme che portano bottiglie di medicinali. Qualcuna accenna un sorriso, altre lo guardano con espressione interrogativa. Sherlock vede grandi camerate con file di pazienti nei letti: qualcuno giace immobile, taluni si lamentano. Da altri piani giunge distintamente l'eco di urla di dolore.

All'improvviso gli sorge il dubbio di essere stato troppo precipitoso. Malefactor gli ha detto solo che Irene era viva. E se magari è in coma, o in fin di vita? Forse è sfigurata, menomata o impossibilitata per sempre a camminare.

Sopra una grande porta a doppio battente che immette in una corsia c'è un cartello con scritto PRONTO SOCCORSO. Sherlock entra e dall'ingresso vede Irene, nella terza stanza. Non si muove e i capelli biondi sono sparsi sul cuscino, a incorniciarle il viso. Lì accanto ci sono dei fiori, prova del fatto che suo padre è già venuto a trovarla, e non tarderà a tornare. Deve agire rapidamente.

Entra nella grande stanza in punta di piedi, piuttosto intimorito. Gli altri pazienti sembrano addormentati.

"Irene?" sussurra senza aspettarsi una risposta, che però arriva.

"Sherlock?" chiede lei con voce debole, cercandolo con gli occhi semichiusi.

Il ragazzo ha un tuffo al cuore nel sentirla, ma quello che vede gli fa venire l'impulso di voltarsi dall'altra parte. Irene ha entrambi gli occhi neri, dei tagli e delle tumefazioni sul viso, una garza su un labbro, e il braccio sinistro, posato di traverso sulla pancia, è completamente bendato.

Cerca di sollevare la testa e di fare un sorriso. Quel movimento deve risultarle molto doloroso.

"Non muoverti," le dice lui.

"Sto bene."

"Mi dispiace."

"Di cosa?"

"Per quello che ti ho fatto."

"Tu? Ma è stato l'assassino, non tu. E noi lo cattureremo." Sulla cartella clinica appesa sopra il suo letto c'è scritto: "Leggero trauma cranico, contusione allo zigomo destro, frattura all'omero sinistro, frattura al metacarpo sinistro, incrinatura della terza costola a destra". Sherlock deglutisce.

Irene non sta proprio per catturare nessun criminale. Non deve più avere *nulla* a che fare con lui. Né ora né mai.

Resta lì in piedi, senza neanche ascoltarla mentre parla. Lei sta pianificando la loro mossa successiva, consigliandogli di indagare su qualcosa mentre lei si riprende.

"Mio padre pensa che sia stato un incidente."

Guardando il volto tumefatto e malconcio di Irene, a Sherlock salgono le lacrime agli occhi.

La interrompe.

"Penso che dovrei andarmene."

"Come, scusa?" chiede lei sorpresa, cercando di voltare la testa per vederlo meglio.

"Devo andare. Mi dispiace davvero. Non succederà più."

Mai più.

"Sherlock... cosa stai...?"

Ma lui è già fuori dalla porta. Le lacrime gli scendono abbondanti ora, colando giù per le guance. Si sfrega il viso con forza per asciugarle, strusciando le maniche puzzolenti del cappotto sulla pelle finché non diventa rossa.

Ha condotto Irene in un mondo tremendo, dove c'è gente disposta a tutto, un mondo fatto di delitti e odio e avidità. Ha sbagliato. Aveva ragione Malefactor. Non è posto per lei. Va bene per gente come l'assassino, gli Irregolari... e Sherlock Holmes.

Spero di non rivederla mai più, dice tra sé e sé mentre si affretta giù per le scale. Si ferma davanti alla porta da cui è entrato, raddrizza la schiena e cerca di scacciare la tristezza per far posto alla rabbia. Se sarà costretto a respingere l'unica amica vera che abbia mai avuto, l'unica che avrà *mai*... allora così sarà! Solo la pura e fredda razionalità gli farà da guida d'ora in avanti.

Sherlock spinge la porta ed esce.

Dieci passi dopo è steso a terra sul selciato nella grande piazza davanti allo Smithfield Market. Qualcuno lo tiene stretto in una presa micidiale: due pugni duri gli premono sotto il mento e una faccia lo squadra a pochi centimetri dalla sua.

Malefactor.

Ha agguantato Sherlock come se volesse ucciderlo.

"Lo sapevo che saresti venuto qui, ragazzo ebreo! Ti avverto. Lasciala in pace, e lascia perdere anche tutto il resto! Hai già combinato abbastanza guai. Tu non sai niente di questo mondo. E continuando a ficcare il naso dappertutto non farai che provocare altre morti. Chi ha aggredito la signorina Doyle sa che hai parlato con noi! Tornatene nel buco da cui sei venuto e restaci!"

Solleva Sherlock di peso e lo trascina in un vicolo, lontano dagli sguardi dei passanti. Una volta là lo scaraventa dentro una botte di legno e poi la fa rotolare come una palla da cricket. Malefactor la segue, dominando dall'alto il ragazzo, poi si toglie marsina e cappello e li passa a Crew insieme al bastone da passeggio.

"Avrei dovuto farlo molto tempo fa," dice rabbioso. "Ti darò una bella lezione!"

Gli Irregolari si dispongono in cerchio intorno a loro, tutti sorridenti, impazienti che la lotta cominci.

"Fallo fuori!" grida Grimsby, e sembra proprio che succederà così.

Ma Sherlock li lascia a bocca aperta. Non ha un briciolo di paura adesso. Al contrario, gli ribolle il sangue. Far fuori *lui*? Non sarà così facile. Non più.

Malefactor si aspetta di vederlo raggomitolarsi come una palla, oppure, se deciderà di contrattaccare, che si alzi in piedi e sollevi i pugni.

Invece Sherlock si mette a menare colpi alla cieca restando a terra, mulinando con forza le lunghe gambe come fossero le lame di una mietitrice, e spedendo a gambe all'aria il ragazzo più grande. Malefactor atterra al suolo come un sacco di patate, con un'espressione di stupore sulla faccia. Allora Sherlock gli si scaglia addosso e comincia a prenderlo a pugni: lo colpisce allo stomaco, in faccia, sulla gola, tra le gambe. Quando si combatte contro il diavolo, non esistono colpi bassi.

Gli altri glielo tolgono di dosso, e allora succede una cosa molto strana. Malefactor lo guarda e si mette a ridere.

"Accidenti, Holmes, certo che ne hai di fegato!" Ha del sangue intorno alla bocca.

"Se potessi fare come voglio, avresti quello che ti meriti!" grida Sherlock infischiandosene che qualcuno possa sentirlo. "E chiunque faccia del male a un altro in questo mondo dovrebbe ricevere lo stesso trattamento!" Gli Irregolari fanno fatica a trattenerlo.

"Ah, sei un idealista. Sradicare il male dalla Terra? Utopia! Una nobile aspirazione, Holmes." La sua faccia si trasforma, ora è inferocito. "Per un idiota!"

"Catturerò l'assassino! Vedrai!" grida Sherlock, sempre tentando di afferrarlo.

"Il processo all'arabo è tra dieci giorni, Holmes. Lascia che muoia. Viviamo in un mondo malvagio. È così che vanno le cose. Io mi sono messo l'animo in pace. Dovresti fare altrettanto. La giustizia non esiste. Lascia che le cose vadano come devono andare!"

"Lo so che non posso cambiare il mondo… pezzo d'idiota! Ma posso almeno cambiare le cose *qui*!" risponde Sherlock pieno di rabbia. "Troverò la persona che ha ucciso quella donna e il delinquente che ha ferito Irene. Puoi organizzare una delle tue squallide scommesse e raccattare qualche spicciolo. Almeno sarai soddisfatto. Ti accontenti di questo, vero? Dei pochi spiccioli che riesci a rubare!"

Con queste parole fa un gesto di scatto e si libera dalla stretta degli Irregolari. È sorpreso da quanta forza riesca a trovare quando serve. Fa due passi verso Malefactor, poi si ferma… il cappello del capobanda è ancora in mano a Crew. Con un calcio Sherlock glielo lo fa volare dall'altra parte del vicolo. Poi si avvia verso lo Smithfield Market tenendo d'occhio il suo nemico, per paura che quello lo aggredisca alle spalle.

"Non finisce qui!" gli grida dietro Malefactor mentre gira l'angolo e sparisce tra la folla. Sherlock ha una strana sensazione… che il suo rivale stia sorridendo.

Una volta solo per la strada, si sente la testa che scoppia. Cerca di calmarsi, di fare appello alla lucidità e all'obiettività, come gli ha insegnato suo padre. Ma è difficile. È veramente fuori di sé. Ha perso l'unica amica che aveva. È responsabile di ciò che le è capitato e del dolore che prova. L'odio verso l'assassino è come un calderone bollente che arde dentro di lui.

Da oggi in poi vivrà per strada e farà qualunque cosa… *qualunque*… pur di risolvere il caso. Entrerà a far parte del mondo di Malefactor. Anche se quel mondo non è adatto a lui, e rischierà la vita. Sarà uguale a quella gente, farà tutto quello che fanno loro. Libererà se stesso e Mohammad Adalji.

Sherlock dovrà aspettare almeno un paio di giorni prima di avere notizie da sua madre su Mayfair, ma poi punterà dritto all'obiettivo. Non userà più alcuna cautela. Non si permetterà una simile debolezza. Gli rimangono solo dieci giorni.

Si infila nell'ombra. Per farcela dovrà mettersi a rubare, dormire nei vicoli e tenersi alla larga dalla polizia. Ma ne varrà la pena.

Sua madre scoprirà qualcosa, ne è sicuro. E allora lui stanerà quel demonio! Adesso è certo di avere il coraggio di farlo.

IL LATO OSCURO

Due giorni dopo Sherlock va a cercare sua madre.

Lei insegna un po' dappertutto a Londra, va dove la chiamano, e in questo periodo dell'anno le sue allieve sono per la maggior parte ragazze di Mayfair. Sta per cominciare la stagione mondana: le famiglie ricche si trasferiscono dalle loro tenute in campagna alle abitazioni di città, in vista dell'estate. Se vive a Mayfair, adesso l'assassino sarà sicuramente là.

Sherlock non può parlare con Rose vicino a casa loro, quindi dovrà trovare un modo per incontrarla da qualche altra parte.

Cerca di indovinare che percorso farà per andare da Mayfair a Southwark. Sa che di solito si avvia verso casa quando lui parte da Trafalgar Square, intorno alle cinque del pomeriggio, e immagina che lei passerà di là con l'idea di incontrarlo.

Mentre la nebbia giallognola si ispessisce, Sherlock perlustra meticolosamente le stradine che Rose potrebbe percorrere, tenendo il cappello ben calcato sugli occhi e nascondendosi in mezzo alla folla. Quasi come se si fossero dati un appuntamento, un attimo dopo che il Big Ben ha battuto le cinque la vede. Emerge dalla nebbia come per magia, un raggio di luce in mezzo alla massa marrone dei passanti. Sta camminando dall'altro lato della strada, al riparo sotto le tende dei negozi, non lontano dalla bottega del vetraio Lear, a Soho. Osserva con diffidenza la gente che le passa accanto e sembra stanca e invecchiata.

Sherlock attraversa la strada e la segue. Cercando di non farsi notare, si fa avanti scansando la gente finché non la raggiunge. Passandole accanto, la spinge delicatamente e le mormora in un orecchio: "Sono io".

La supera sapendo che lei lo seguirà.

Le fa strada lungo viuzze secondarie fino al vicolo sul retro dell'Haymarket Theatre. È un posto perfetto. Appena sono sicuri di essere soli, lei lo stringe tra le braccia e non lo lascia più andare. "Stai correndo un tale pericolo," sussurra. Non sempre Sherlock ricambia le sue dimostrazioni d'affetto, ma questa volta è più forte di lui. L'abbraccia forte e aspetta.

Quando lei dolcemente lo scosta da sé e lo guarda negli occhi, ha le guance rigate di lacrime e le tremano le labbra. Ma lui dev'essere distaccato, non può permettersi di distrarsi: deve chiederle subito quello che vuole sapere, non c'è tempo da perdere.

"Hai notizie da Mayfair?"

Rose non riesce a parlare, si limita a scuotere la testa.

Sherlock è sconfortato. Poi però si rimprovera: sa cosa deve fare.

"Sono convinto che riuscirò a risolvere questo caso, madre," dice sperando di convincerla.

"Prego che tu ci riesca, Sherlock, ma..."

"Posso farcela, anche senza preghiere."

"Ma come? Sei solo un..."

"Ho bisogno che tu sia *coraggiosa*," dice lui con trasporto, sottolineando l'ultima parola.

Rose ci mette un po' a capire cosa intende. Per un attimo sembra esitare, poi annuisce.

"Farò delle domande più mirate e dirette."

Sherlock le risponde con voce tremolante. "Mai però al padrone di casa, alla moglie o ai familiari, né al suo servitore personale… né al cocchiere, soprattutto non a lui. E fai molta attenzione…"

"Domande mirate e dirette. Troverò qualcuno a cui chiedere. Ecco cosa farò," afferma lei con voce più salda, ritrovando il suo antico coraggio, quello che aveva quando decise di sfidare i suoi genitori.

Si allontanano dal vicolo ognuno per conto proprio, Rose risoluta a tenere fede al proprio intento, Sherlock sforzandosi di non lasciarsi sopraffare dal senso di colpa.

"Verrò a cercarti tra quattro giorni," sono le ultime parole che le dice. Non fa cenno all'aggressione a Irene.

Non c'è molto altro che Sherlock possa fare durante l'attesa. È già ampiamente occupato a tenersi alla larga dai suoi inseguitori: i poliziotti, l'assassino e chiunque lavori per lui. Stare lontano dai primi non è una gran sfida. Almeno quelli li riconosce, sia che siano in divisa o in borghese, e sa anche dove si appostano di solito. È la necessità di sfuggire all'altra minaccia a tenerlo in uno stato di terrore costante. Si aspetta di essere aggredito da un momento all'altro. È sempre vestito in modo diverso, scambia cappotti e cappelli con altra gente di strada e si sposta in varie zone della città. Dorme in un vicoletto nuovo ogni notte: la seconda sera si spinge fuori dai confini della città, in aperta campagna, e si mette a dormire in un campo con l'erba alta, vicino a una recinzione di pietra. E per tutto il tempo non fa altro che pensare ai suoi genitori e pregare che siano al sicuro… specialmente sua madre.

Le preghiere di Mohammad Adalji sono molto simili alle sue. Nella cella di Bow Street pensa a sua madre e a suo padre, che sono tornati in Egitto l'anno scorso. Non sanno neanche che si trova in prigione. Di notte sogna Il Cairo, il suo calore e il suo cielo, e i giochi divertenti con gli amici. Purtroppo però ha il sonno leggero e a ogni minimo rumore si sveglia... portandosi le mani al collo ogni volta che sente sbattere una porta. Adesso sa che è inevitabile... la sua morte si avvicina sempre di più. Resta solo una settimana.

Sherlock ha bisogno di nutrirsi. Ha bisogno di mangiare qualcosa di più sostanzioso delle croste di pane rubate ai piccioni a Trafalgar. Ma deve procurarselo senza suscitare clamore. Dev'essere astuto e invisibile, usare le sue magiche doti d'osservatore.

Il posto migliore dove mettere in pratica le sue stregonerie è lo Smithfield Market. La città è piena di mercati, ma questo offre due vantaggi. È in un punto strategico, abbastanza vicino, anche se non troppo, alla zona che gli interessa e poi è grandissimo e sempre affollato di persone.

All'inizio si sostenta con il cibo avariato che rimane sui banchetti semivuoti dopo la chiusura. Nel frattempo perlustra con meticolosità il mercato, prestando attenzione a ogni dettaglio, ma evita di prendere iniziative di altro genere. La carne che vendono all'interno del nuovo edificio di mattoni con la copertura in vetro, che si estende per diversi isolati, in realtà non gli interessa. Che se ne fa dei pezzi di guancia o di cuore di manzo, o dei conigli scuoiati che penzolano dai ganci? Il suo obiettivo è il mercato all'aperto, dove i compratori si ammassano in cerca di buoni affari. I banchetti con il cibo sono disposti su entrambi i lati dei vialetti artificiali costituiti da un numero incredibile di carri carichi di merce, per lo più carretti a due ruote ricolmi di frutta, verdura e uova. Sembra quasi che tutto quel cibo così esposto stia aspettando proprio lui, anche se è tenuto sotto stretto controllo dai venditori ambulanti.

Holmes scruta i clienti abituali del mercato, nota le abitudini dei commercianti e tiene d'occhio chiunque abbia l'aria di guardare lui, osservando la scena come fosse un corvo in volo.

Nel giro di un paio di giorni ha pronta una lista di possibili vittime, che poi riduce ancora fino a lasciarne pochissime. Si è allenato a individuare la servitù delle famiglie ricche (che può derubare senza sentirsi in colpa). Il relativo benessere di questi domestici si intuisce dagli abiti e dalle mani morbide, ma anche dal portamento. Si accorge in fretta che molti hanno abitudini precise. Chi compra in genere si attarda a esaminare i prodotti in vendita e, dopo aver scelto, li mette nel cestino e nel frattempo paga. Alcuni lo tengono bene in vista, altri lo appoggiano a terra, infilandolo per sicurezza tra i piedi e il banchetto.

Ma c'è una donna che si comporta in modo diverso. Da quando l'ha individuata, Sherlock la osserva con attenzione. Gli sembra evidente che non è abituata a fare la spesa. Va avanti e indietro diverse volte tra i banchetti prima di scegliere i prodotti da acquistare. Ha un'aria compiaciuta che normalmente non appartiene ai servitori di basso rango a cui di solito viene affidato il compito di fare la spesa al mercato. Deve trattarsi di una domestica ben pagata, forse addirittura la cuoca, venuta a fare provviste per i prossimi giorni dal momento che il suo sottoposto è malato o è stato licenziato.

Il ragazzo tiene d'occhio ogni suo movimento. Per due giorni consecutivi la donna si sceglie da sola i prodotti e poi appoggia i cestini a terra di fianco a sé davanti al banchetto, abbastanza lontano dai piedi. Quindi si mette a frugare nel grande portamonete e impiega un sacco di tempo a portare a termine l'acquisto. Entrambe le volte Sherlock controlla la posizione del sole per calcolare l'ora in cui la donna viene al mercato.

Il terzo giorno intravede altre vittime interessanti, ma decide di aspettare lei. Tra la folla nota un poliziotto che va avanti e indietro. Non può permettersi di commettere alcun errore.

La donna arriva perfettamente in orario. Un banchetto in particolare è diventato il suo preferito. Avanza a fatica tra la folla per raggiungerlo, piuttosto infastidita dalla gente che la urta: tiene la testa leggermente reclinata all'indietro e guarda tutti dall'alto in basso. Sherlock procede deciso verso lo stesso banchetto, ma arrivando da un'altra parte. Deve calcolare bene il tempo, deve arrivare là solo quando lei comincia a mettere le cose nei cestini. Intanto lo sbirro si è avviato dalla parte opposta, anche se ogni tanto si volta indietro a guardare.

La donna si avvicina al banchetto. Ecco: una mezza dozzina di mele, cinque o sei patate grandi, qualche carota, un po' di crescione e una rapa bella matura… finiscono dritti nei suoi cestini. Ora li appoggia a terra e… guarda in su.

Sherlock dà un'occhiata al poliziotto… è girato dall'altra parte. Velocissimo, scatta in avanti, piegato in due per non farsi vedere dal commerciante, e afferra i cestini traboccanti.

Ma un'altra mano, allo stesso livello della sua, li afferra nel medesimo istante! Per poco non gli si ferma il cuore. Non può tirarsi indietro: se non vuole mandare tutto all'aria, non gli resta che scappare. Veloce come una freccia, si lancia in mezzo alla calca e si rialza mentre corre via.

Nessuno grida. Nessuno lo insegue. Ogni cosa viene inghiottita dalla ressa. Gettandosi un rapido sguardo alle spalle, intravede un ragazzo che lo fissa mentre si allontana, rapido come un fulmine, dallo stesso banchetto, ma senza inseguirlo. A Sherlock viene in mente che la mano accanto alla sua era piccola e sporca, con le unghie tutte rovinate.

Conosce quel furfantello… è uno dei più piccoli tra gli Irregolari, lo stesso che Malefactor ha colpito in faccia con il bastone. Ha lasciato andare Sherlock, ma non certo perché prova simpatia per lui. In questo mondo disonesto, pieno di gente abilissima a destreggiarsi con le mani, la vittoria va a chi è più abile e più veloce. Malefactor probabilmente non lo verrà nemmeno a sapere. Il ragazzo di certo non vorrà mettere di malumore il suo comandante, tanto più che l'idea di aver perso con Sherlock Holmes farebbe impazzire di rabbia il capobanda.

Sherlock adesso ha cibo a sufficienza per una settimana, ma non è questa la cosa che gli dà più soddisfazione. Si rende conto di essere stato davvero bravo: ha individuato e seguito la stessa vittima scelta da un Irregolare… e ha battuto un ladro provetto.

Sherlock ha il cervello che gli ribolle e non riesce a fermarlo. A volte vorrebbe poter abbassare una leva e spegnerlo, invece quello continua a girare.

Per tutta la settimana non smette di fare speculazioni e calcoli mentre gironzola per le strade, e persino quando cerca di dormire la notte. Per esempio, si sta facendo un sacco di domande sul sangue.

Dev'essere vero che ognuno ha un sangue diverso da quello di un altro. Però, se così fosse, dovrebbe anche esserci un modo per identificare un determinato tipo di sangue tramite delle analisi chimiche. Non solo dovrebbe esserci la possibilità di riconoscere tipologie sanguigne generiche, ma anche di rintracciare un individuo grazie al suo sangue. Chissà se un giorno l'umanità arriverà a fare una scoperta del genere! Magari si potrebbero esaminare le tracce di sangue, come quelle rimaste sull'occhio di vetro nascosto nella cuccia di J.S. Mill, per permettere agli investigatori di risalire a chi appartengono. Quel sangue potrebbe non essere tutto di Lillie… forse in parte è dell'assassino.

Rannicchiato sotto le sue penne nere e oleose, ora Sherlock riesce a vedere più distintamente la lite che si svolge sotto di lui, nel vicolo vicino a Whitechapel Road. Malefactor ha detto che si sono sentite due grida: l'urlo di una donna *e poi* quello di un uomo… quindi l'uomo è scappato via correndo dal luogo del delitto, *tenendosi le mani sulla faccia*. Il ragazzo riesce a figurarsi la smorfia di Lillie, la sente urlare, la vede artigliare la guancia del suo aggressore in uno spasmo mortale e conficcargli un dito nell'occhio cavandoglielo fuori dall'orbita!

Certe volte Sherlock odia la propria capacità di immaginazione così maledettamente realistica, al pari di quella del signor Dickens.

Mentre si aggira da solo per le strade, si guarda sempre bene intorno, temendo di vedere il cocchiere vestito di nero; con la polizia invece ha abbassato un po' la guardia, più che altro è interessato a scoprire i loro piani. Chissà se a questo punto lo stanno ancora cercando. E di lì a poco si scopre addirittura a seguire i poliziotti, origliando quando si incontrano in due o tre, per sentire quello che si dicono.

Il giorno prima dell'appuntamento con sua madre, si spinge forse troppo oltre.

Decide di tornare a Trafalgar Square. È sempre talmente affollata che pensa di poter correre il rischio. Tallona con destrezza un poliziotto che sta attraversando la piazza per raggiungere un collega e poi gli si siede abbastanza vicino da poter sentire quello che si dicono. Si appoggia alla base della colonna di Nelson, mentre i due restano in piedi di fronte a lui, intenti a osservare la gente che passa. Sta ascoltando con grande attenzione, quando nota che i poliziotti si irrigidiscono.

"Signore!" dicono contemporaneamente.

Sherlock si gira e vede arrivare l'ispettore Lestrade. Immediatamente abbassa la testa sul petto.

"Buongiorno."

"Signori," saluta una voce più acuta, che sembra quella di un ragazzo. Sherlock cerca di sbirciare da sotto il cappello. È proprio un ragazzo, l'immagine sputata di Lestrade, però senza baffi. Sembra un po' più grande di Sherlock e indossa un abito di tweed marrone.

"Questo è mio figlio, sergente: Lestrade Secondo." Ridono tutti salvo il figlio dell'ispettore.

"Allora, stiamo dando una mano al padre?" chiede uno dei poliziotti smettendo di ridere.

"Sì," risponde lui, assolutamente serio. "Ho intenzione di seguire il suo esempio."

"Diventerete un investigatore altrettanto capace. E oggi a chi date la caccia?"

"A un ragazzo che tenevamo in custodia e che è implicato nell'omicidio di Whitechapel. Sappiamo che gironzola da queste parti, e che una sua amica qualche giorno fa è rimasta quasi uccisa in un incidente. Alcuni testimoni oculari sostengono che insieme a lei c'era un ragazzo, ma poi è sparito."

A Sherlock comincia a battere forte il cuore.

"Sherlock Holmes," aggiunge il Lestrade anziano. "Abbiamo già l'esecutore del crimine, ma c'è ancora in ballo la questione della borsetta."

"Esattamente," interviene l'investigatore più giovane. "Quindi, appena lo troveremo, rispediremo Holmes in prigione e procederemo con i capi d'accusa. Se lo vedete avvisateci." I poliziotti annuiscono solennemente. "Quella ragazza, la sua amica, adesso è tornata a casa. Non era molto disposta a collaborare quando l'abbiamo interrogata, ma magari i due cercheranno di vedersi."

Sherlock rimane pietrificato dalla paura. Non osa muovere un muscolo. Ma quando i due Lestrade si voltano per andarsene, il giovane si dirige proprio verso di lui! Allora Sherlock si rannicchia su se stesso fin quasi a diventare una palla.

"Ragazzo," chiama il giovane Lestrade con voce ferma, cercando qualcosa nelle tasche. Terrorizzato, Sherlock si rende conto che si sta rivolgendo proprio a lui.

"Ragazzo!"

"Sì?" si arrischia a rispondere.

"La vuoi o no?" Ha in mano una monetina.

"È che i miei occhi, signore..." mormora il mendicante. "Sono cieco... e non riesco ad alzare lo sguardo." La monetina risuona per terra davanti a lui.

"Che Dio vi benedica, signore," ringrazia Sherlock Holmes.

Avendola fatta franca per un pelo, sarebbe meglio che per un po' se ne stesse nascosto. Ma le novità su Irene sono troppo allettanti per resistervi. Non vuole parlare con lei, non vuole neanche che lei lo veda, ma forse... forse... potrebbe vederla *lui*.

Quella notte stessa ritorna in Montague Street, si apposta nel suo solito punto, fuori dal British Museum, e tiene d'occhio casa Doyle. Ci sono ancora le luci accese. Riesce a scorgere delle persone all'interno che si muovono. Deve fare un bel caldo là dentro. C'è il signor Doyle... ed ecco Irene. Passa accanto alla finestra in fretta... troppo in fretta. Poi ripassa. Lui resta in attesa. Poco dopo la ragazza si affaccia e guarda fuori. Sembra che cerchi qualcosa in strada. Ha il braccio sinistro appeso al collo. Sherlock non riesce a smettere di fissarla. Lei rappresenta ciò che c'è di buono e giusto in un mondo tutto sbagliato.

Rimane lì fino a quando si spengono le luci e poi si lascia cadere a terra con la schiena contro il muro, senza riuscire ad andarsene. Alla fine gli si chiudono gli occhi, ma proprio un attimo prima che si addormenti, nota un movimento davanti alla casa.

La porta principale si apre ed esce qualcuno. Chiunque sia, sta camminando lentamente, con grande cautela, come se sentisse dolore a ogni passo.

Irene. Indossa degli abiti scuri.

Sherlock si appiattisce contro il muro.

La ragazza esce dal cancello, chiudendoselo alle spalle, e si avvia verso est, in direzione della City. Sherlock non crede ai propri occhi. Le ferite provocate dall'incidente sono concentrate nella parte superiore del corpo, però camminare deve procurarle un dolore straziante.

La segue. Se qualcuno osa sfiorarla, lui la difenderà anche a costo della vita.

Sta calando la nebbia.

Sembra che lei stia cercando qualcuno. *Cerca me?* pensa Sherlock.

Forse. La segue per le vie in cui ha gironzolato negli ultimi giorni. È sempre più in ansia per lei, e quindi le si avvicina, nascondendosi nella nebbia.

Stanno percorrendo una stradina molto stretta quando all'improvviso lei affretta il passo e di lì a poco si mette quasi a correre, seppur con passo malfermo. Ha paura: Sherlock lo capisce da come stringe la mano a pugno. Davanti a lei gli sembra di vedere agitarsi un'ombra. Poi Irene si ferma, con il fiatone, e grida: "Malefactor!".

Silenzio. La sua voce riecheggia nei vicoli, come se tutta

Londra si fosse fermata ad ascoltare. Poi, proprio nel punto in cui quell'ombra è svanita, ne compare una più grande.

"Signorina Doyle, è un piacere vedervi. Vi prego di scusare il comportamento dei miei giovani compagni: fuggire è parte della loro natura."

Tiene il cappello in mano. Si è lisciato i capelli unti e le sorride con sincerità, mettendo in mostra i denti gialli. Sherlock non riesce a credere che il giovane maestro del crimine non l'abbia scoperto; d'altra parte Malefactor ha gli occhi puntati sulla ragazza e la nebbia è davvero fitta. Holmes si guarda intorno: si trova a pochi passi da un portone con una profonda rientranza. Si nasconde là dentro, così vicino ai due ragazzi da poter sentire ogni parola che dicono. Irene non è abituata a sussurrare, come fa chi vive per strada, e parla con lo stesso tono che userebbe se si trovasse nel proprio salotto con un amico di suo padre. E Malefactor, per una questione di rispetto, le risponde con il medesimo tono di voce.

"Io... io..." comincia lei.

"Come vanno le ferite, mia cara?" Sembra veramente preoccupato per lei. Il solo vederla in quelle condizioni pare provocargli un dolore fisico. Tende le mani come per toccarla, ma poi se le stringe contro il petto.

"Mi sto rimettendo," risponde Irene, e poi aggiunge subito: "Sto cercando Sherlock". Parla in fretta, come se le fosse difficile, ma allo stesso tempo volesse rendere ben chiara anche a lui una cosa di cui è profondamente convinta.

Segue un lungo silenzio.

"Holmes?" chiede il criminale cercando di mantenere il sorriso.

"Sì, signore."

"Preferirei che mi chiamaste Malefactor, come fanno tutti i miei amici."

Irene non dice niente. Sherlock sbircia fuori dal suo nascondiglio. Ha l'impressione che lei respiri con fatica, come se fosse ancora molto spaventata.

"State tremando, Irene. Posso chiamarvi così? Non avete niente da temere. Non vi farò del male. A dire la verità siete più al sicuro ora che nelle settimane passate. Vi condurrò a casa assicurandomi personalmente che non vi accada nulla di male. Quell'idiota di ebreo, che voi affermate di voler trovare, vi ha quasi ucciso."

"Non è stata colpa sua," insiste lei abbassando lo sguardo.

"Ah, no?"

"Sta solo dandosi da fare perché sia fatta giustizia. Che è esattamente quello che voglio anch'io."

"Giustizia? Oh no, un'altra volta la giustizia!"

"Sì, invece," afferma lei con decisione, senza battere ciglio.

"Suvvia... non è mai esistito, non esiste adesso e non esisterà mai nulla che somigli alla giustizia." Pronuncia le ultime parole sputandole dalla bocca come fossero qualcosa di ripugnante.

"Non sono affatto d'accordo."

"Se nella vita esistesse la giustizia, allora la mia esistenza sarebbe profondamente diversa da com'è ora." Allunga le mani con il palmo rivolto verso l'alto e indica tutt'intorno a sé, come un sovrano che mostra il suo reame. Poi le abbassa. "A Londra non ci sarebbero bambini che muoiono in luride topaie." La guarda negli occhi e la sua voce si fa più morbida. "Voi e io non ce ne staremmo qui in questo modo, saremmo uguali... scusate, mi sbaglio. Nessuno può essere al vostro pari, mia cara. E non voglio adularvi." Irene arrossisce e abbassa la testa.

"Ma se esistesse la giustizia, almeno ci guarderemmo negli occhi... Potrei portarvi a fare un giro in carrozza per Londra e poi potremmo fare una passeggiata ad Hyde Park."

"Non so cosa vi sia capitato nella vita, signore, ma sono

sicura che qualsiasi cosa sia successa, non avrebbe dovuto indurvi a rinunciare a fare sempre e solo ciò che è giusto."

"Faccio quotidianamente quello che è giusto, Irene. È così che sopravvivo."

"E allora aiutatemi a trovare Sherlock... Aiutatemi a liberare lui e il signor Adalji... e a proteggere tutti noi da altre possibili minacce."

"Io..." Malefactor perde colpi.

"Aiutateci a scovare l'assassino di quella donna."

"Avevo una sorella..." dice lui con uno strano tono di voce, poi si interrompe e scuote la testa, come se volesse scrollarsi qualcosa di dosso. Si aggiusta la marsina nera e non dice niente per un po'. Poi torna a parlarle con sincerità. "Se mi date la mano e mi chiedete aiuto, vi prometto che vi accontenterò. Non posso condurre altre indagini. Non è prudente. Ma posso comunque fare qualcosa. Se la vostra richiesta sarà ragionevole, non resterà inascoltata. Ditemi."

Irene resta un attimo a pensare.

"Non vi chiederò di rintracciare Sherlock," comincia. "O di abbracciare la nostra causa. Ma vi chiederò questo... Se lui si rivolgesse a voi in cerca di aiuto... e volesse qualcosa che voi siete in grado di procurargli... in primo luogo, non gli farete del male e, secondariamente, gli darete quello che chiede?"

Malefactor non risponde. Sherlock allunga lo sguardo oltre la cornice del portone in cui si è nascosto, cercando di vedere cosa succede. In certi momenti prova un sentimento simile alla compassione per quel giovane capobanda. Non c'è dubbio che abbia vissuto una terribile tragedia: non ha più i genitori, una sorella a cui teneva molto è morta e la vita è stata tremendamente ingiusta con lui.

Irene allunga una mano afferrando quella di Malefactor, la ruvida mano sinistra che teneva abbandonata lungo un fianco. Gliel'avvolge tra le sue dita morbide e bianche.

"Sì," risponde lui docile, e a Sherlock sembra quasi di sentirlo deglutire.

"Ha bisogno di voi," aggiunge Irene sorridendo, "specialmente adesso." Poi si irrigidisce e tira un lungo respiro. È ciò che voleva dire a Malefactor dal primo istante in cui si sono incontrati questa notte. "Io... mi sono fatta portare a casa di Sherlock ieri, sperando che fosse da quelle parti. Ho avuto la sensazione che qualcuno mi stesse seguendo. E proprio quando stavo per andarmene, ho visto arrivare una carrozza, che si è fermata là a lungo."

"Non era un investigatore?" chiede Malefactor, come se non gliene importasse molto.

"Era..." Irene è scossa da un brivido e si tocca le ferite sul volto, "*una carrozza nera con i finimenti rossi.*"

Sherlock ritira la testa di scatto e sbatte la spalla contro la porta di legno. Malefactor, come un rettile che abbia intercettato la preda, si gira immediatamente nella sua direzione. Il criminale scioglie la mano dalla stretta di Irene e punta lo sguardo su quell'ingresso, distante meno di venti metri.

Sherlock non ha scelta. Si lancia in mezzo alla strada.

"Holmes!" grida Malefactor.

Sherlock sparisce nella nebbia. I tacchi dei suoi vecchi stivali echeggiano sul selciato. Si aspetta di sentire i passi di una dozzina di ragazzi impegnati in una caccia spietata. Ma non sente proprio niente. Tutto ciò che avverte è la mano di Irene che si allunga e afferra di nuovo quella di Malefactor ricordandogli la promessa fatta, mentre lui, alzando l'altra, blocca le sue truppe, pur se controvoglia.

Intanto che Sherlock corre via, anche la sua mente galoppa a gran velocità: deve assolutamente fare qualcosa... subito! Domani stesso andrà a incontrare sua madre.

In questo gioco mortale chi si ferma è perduto!

GLI OCCHI DI MAYFAIR

Siccome è sicuro che nessuno l'abbia seguito o notato la volta scorsa, quando ha intercettato sua madre che tornava a casa da Mayfair, Sherlock decide di andarle incontro nello stesso posto. Si infila in Carnaby Street e, superato il negozio di Lear, svolta in Beak Street, poi prosegue verso ovest, tenendosi sempre a ridosso degli edifici. Fa lo stesso percorso per ben due volte prima di vederla. Anche se sembra invecchiata negli ultimi giorni, sul suo viso c'è un accenno di entusiasmo, misto a preoccupazione e tristezza. Sposta lo sguardo a destra e a sinistra come se sapesse che Sherlock è lì da qualche parte. Lui le si avvicina furtivo da dietro e in pochi minuti si ritrovano di nuovo sul retro dell'Haymarket Theatre.

Nel corso della giornata il ragazzo ha avuto un ripensamento: forse, se abbandonasse la città e cercasse di rifarsi una vita altrove, l'assassino lascerebbe in pace i suoi genitori. Non ha fatto che rimuginare sulla carrozza nera ferma di fronte a casa sua, e a quando ha travolto Irene. Questa storia sta diventando troppo pericolosa.

Ma poi sua madre si volta verso di lui con gli occhi che le brillano.

"Ce l'ho fatta!" dice d'un fiato.

"Madre, io..."

"Ho delle notizie, notizie che stenterai a credere."

Lui è titubante. "Hai trovato un uomo con un occhio solo?"

"Ne ho trovati quattro."

Sherlock resta senza parole.

"E si conoscono pure. Mi ha confessato tutto una ragazza che lavora da tempo presso una delle famiglie." Rose riprende fiato. "Ti ricordi quando ti ho raccontato di quel gentiluomo di Mayfair che trattava malissimo la moglie e che aveva uno sguardo particolare per via di un occhio strano? E ti ho detto che uno dei due occhi sembrava morto?"

Sherlock annuisce.

"Allora, la ragazza a cui ho fatto delle domande lavora da lui. Quell'uomo, quel bruto di Mayfair... ha un occhio finto."

Sherlock non sa cosa dire. E se fossero davvero sul punto di risolvere tutto? Quante possibilità ci sono che, nel ricco ma piccolo quartiere di Mayfair, ci siano più di quattro uomini con un occhio di vetro? È praticamente certo che uno di loro sia l'assassino, no? Deglutisce forte. Magari è proprio quel tizio scortese! Deve restare calmo. Sta correndo troppo con l'immaginazione. Il fatto che quell'uomo sia sgradevole non vuol necessariamente dire che sia un criminale. Bisogna prendere in considerazione anche gli altri tre.

"Che cosa vuol dire che si conoscono?" chiede.

"A quanto ho saputo, hanno molto in comune: sono entrati a far parte dell'alta società grazie a un matrimonio vantaggioso, devono la loro ricchezza alle mogli e si sono distinti in battaglia. Tutti e quattro hanno combattuto col grado di ufficiali nella guerra di Crimea e hanno avuto la sfortuna di essere feriti a un occhio. Il primo giorno feriale di ogni mese si riuniscono per parlare dei vecchi tempi e brindare con un bicchiere di porto."

Una congrega di uomini con un occhio solo.

"Qui trovi i loro nomi."

Con la mano avvizzita e un po' tremolante, Rose estrae dalla tasca del vestito un pezzetto di carta tutto accartocciato. Scarabocchiati sopra ci sono quattro nomi e accanto quattro indirizzi.

"Madre, non avresti dovuto..."

Lei lo interrompe appoggiandogli un dito sulle labbra.

"Non dire altro. Sì, ho fatto qualche domanda in più e alla fine ho trovato i loro indirizzi. È quello che ti serve. Risolvi questa faccenda, figliolo. Scagiona te stesso e quel povero ragazzo e torna a casa da me. E fa' in modo che quella donna possa finalmente riposare in pace."

Ecco, così è stata lei a dirgli cosa deve fare.

Mentre attraversa Trafalgar Square con passo barcollante, ancora frastornato dalle parole della madre e senza fare attenzione ai suoi nemici, cerca di valutare le proprie opzioni. Fuggire non è tra queste. Potrebbe passare del tempo prima che l'assassino scopra che lui se n'è andato, oppure potrebbe fare in modo che se ne stia lontano. Deve risolvere questo caso, e in fretta. È l'unico modo perché tutti siano al sicuro e per sempre.

"Holmes!" sente chiamare.

L'hanno scoperto. Senza pensare, alza la testa.

È vicino al chiosco di Dupin. Lo storpio gli fa segno di avvicinarsi.

"Giù la testa!" gli suggerisce. "Che ti succede, amico? Te ne vai in giro così, alla luce del sole?"

Sherlock si riprende dallo stato di torpore in cui era caduto e abbassa il capo.

“Prendi questo,” mormora Dupin e gli infila qualcosa nel cappotto sudicio.

È il “News of the World”.

Lo sfoglia, ma ha la mente concentrata su un altro pensiero: sa che deve agire subito, ma non gli è chiaro come. E, comunque, il giornale ha ben poco da dire sull’omicidio di Whitechapel. Il destino di Mohammad è segnato. Tra cinque giorni c’è il processo. E di lì a poco sarà tutto finito. Sherlock non vuole neanche pensarci. Cosa farà adesso? Un’enorme pubblicità degli eventi che si tengono quotidianamente al Crystal Palace sembra fissarlo dalla pagina del giornale; subito accanto c’è un annuncio molto più piccolo di una ditta di spazzacamini.

Spazzacamini! Si guarda dall’alto in basso... magro come un chiodo.

Deve trovare il modo di avvicinare i sospetti, esaminarli da *molto vicino*, e raccogliere prove inconfutabili per dimostrare che uno di quegli uomini è il colpevole. Improvvisamente... sa come fare.

Attraversa il fiume e cammina per diversi chilometri in direzione sud, uscendo dalla città, verso i nuovi sobborghi, fino ai pascoli verdi e ondulati di Sydenham. Sembra che nessuno l’abbia seguito. Supera un altro campo, con la recinzione di pietra, e si lascia cadere a terra. È una bellissima serata d’inizio maggio e sente gli uccellini cantare sullo sfondo del sole al tramonto. Da qualche parte, non troppo lontano da lì, si ode il richiamo dei corvi. Sherlock scivola in un sonno profondo, come non gli capitava da diverse settimane. È spaventato, ma ormai ha le idee ben chiare sul da farsi.

Si è spinto fin lì in campagna per cercare gli strumenti che gli servono per la mossa finale, quella più pericolosa. Il Crystal Palace è a due, massimo tre chilometri da qui; l'ha visto brillare all'orizzonte al calar del sole. Wilber Holmes lavora là, e anche se forse non lo verrà mai a sapere, sta per diventare complice nel piano folle di suo figlio.

Quando Sherlock si sveglia, il sole è già alto nel cielo. Trova un ruscello e cerca di rendersi presentabile, poi si incammina nei campi, attraversa il paese di Forest Hill e prosegue lungo la strada fino a Sydenham. Laggiù, in cima a una collinetta, c'è il grandioso Crystal Palace.

È stato costruito nel 1851 in occasione della Grande Esposizione Universale dell'Impero britannico, proprio a un passo dal cuore di Londra, nel bellissimo Hyde Park. Quell'anno, è arrivata in città gente da tutto il mondo per ammirare la grandezza della regina Vittoria e del suo popolo. Un numero incredibile di persone, circa un milione al mese, provenienti dall'Europa, dall'Asia, dall'Africa, dall'Estremo Oriente e dall'America, ha varcato le porte del palazzo. All'interno, diverse nazioni (ovviamente sotto la guida dell'Impero britannico) hanno esibito testimonianze del progresso della civiltà: nuovi e spettacolari macchinari, armi mai viste, sete esotiche, porcellane preziose e gioielli famosi. È un edificio magico, costituito da quasi centomila metri quadrati di vetro, una sorta di castello trasparente proveniente dal futuro.

Quando la Grande Esibizione ha chiuso, i suoi ideatori hanno fatto un'altra cosa incredibile. L'hanno impacchettato e spostato, con le sue migliaia di tonnellate di ferro e vetro, sulla collinetta di Sydenham. Qui il Palazzo dei Desideri è cresciuto e si è arricchito di eventi spettacolari: vi si possono ammirare il funambolo Blondin sulla fune, gli acrobati Farini che volteggiano nell'aria, spettacoli teatrali talmente grandiosi che sembrano creati per Dio in persona, diversi circhi con relative gabbie dei leoni, e ancora Ethardo che si arrampica sul suo sinuoso scivolo tenendosi in equilibrio su una palla.

Eccolo di fronte a lui, in tutta la sua imponenza.

Sherlock non ha ancora deciso a cosa somigli: se alla più grande cattedrale di vetro che il mondo abbia mai conosciuto, oppure a una serra per giganti. Si estende per una lunghezza incredibile, la serie infinita di vetri ricurvi delle pareti e del soffitto brilla sotto il sole.

Frotte di gente convergono lì dalle stazioni ferroviarie, mentre lui risale l'immensa proprietà che circonda l'edificio, passando accanto a dinosauri finti realizzati a grandezza naturale, incredibili varietà di fiori colorati, diversi stagni, laghi artificiali e fontane maestose.

Il ragazzo c'è già stato con i suoi genitori in occasione di una delle loro rare giornate di vacanza. Sa perfettamente dove deve andare per trovare quello che cerca. Imbocca una delle enormi scale di pietra che conducono all'ampio cancello di ferro battuto dell'ingresso.

Per riuscire a entrare ha intenzione di tentare il trucco che gli Irregolari chiamano "la ressa", un modo semplice per imbucarsi a un evento affollato senza pagare l'entrata. Ha sentito Malefactor spiegarlo ai suoi una volta. In pratica consiste nell'infilarsi nel flusso di gente e muoversi velocemente, tenendo gli occhi fissi avanti, dando l'impressione che si è esattamente dove si dovrebbe essere e procedendo sempre dritti. Se applicato correttamente, con questo metodo si riesce a superare chi controlla i biglietti e ci si ritrova all'interno dell'edificio. Nel caso poi quello chiami proprio te, non devi mai voltarti a guardare nella sua direzione, ma continuare a camminare e sparire nella ressa. Funziona meglio quando l'entrata è molto grande e c'è davvero tanta gente, esattamente come oggi. Ecco allora Sherlock che procede con gli occhi incollati sul Crystal Palace, muovendosi rapido insieme alla folla che lo trascina fino a destinazione.

Il ragazzo non fa neanche lo sforzo di ammirare il magnifico soffitto di vetro sopra di lui, deve trovare suo padre. Ogni giorno, a mezzogiorno in punto, Wilber libera gli uccelli.

Il piano di Sherlock per avvicinare il sospetto di Mayfair, tanto da poterne provare la colpevolezza, è estremamente audace, se non addirittura sconsiderato. E sta per metterlo in atto.

È sempre molto spettacolare il momento in cui suo padre libera le Colombe della Pace. Migliaia di uccelli vengono fatti uscire dalle gabbie sotto gli occhi del pubblico, che certi giorni supera le ventimila persone. Sherlock ha già assistito all'evento e gli piace tantissimo. In quell'attimo ogni cosa sembra fermarsi. Tutti gli occhi sono puntati sul soffitto mentre gli uccelli si alzano in volo. Il ragazzo, essendo ugualmente interessato sia alla reazione della folla che alla manifestazione in sé, ricorda di aver guardato prima in alto e poi giù, per cogliere l'espressione di ammirazione di tutta quella gente. È così che una volta ha scoperto che persino i dipendenti che avevano visto mille volte le colombe prendere il volo ne erano talmente affascinati da rimanere inchiodati sul posto. Tra loro c'erano anche dei ballerini, che subito dopo si sono esibiti nella nota "danza degli spazzacamini". La fila di ballerini era seduta su alcune panchine lì accanto e si sono alzati tutti in piedi non appena le migliaia di ali bianche hanno preso il volo. Ognuno di loro aveva con sé una borsa, che è rimasta abbandonata a terra mentre assistevano allo spettacolo con lo sguardo rivolto al soffitto.

Sherlock è convinto che quelle borse contenessero i costumi di scena.

Da lontano scorge suo padre. Wilber è molto concentrato sul suo lavoro. È una delle sue abilità: mette da parte tutte le tribolazioni della sua vita e si concentra. Sherlock riesce a vedere le rughe sul suo viso, che sembrano ogni anno più profonde. Gli piacerebbe potergli parlare.

Non oggi, però.

Tiene gli occhi fissi sui movimenti del padre e intanto si avvicina al punto in cui si stanno radunando i ballerini-spazzacamino. Eccoli là, con le borse in mano, seduti. Sgattaiola furtivo fino a loro, facendo finta di essere assorto nei preparativi per liberare le colombe.

Aspetta.

Mezzogiorno. Suo padre è sempre puntuale. Cominciano a suonare le trombe. La folla si zittisce. Guardano le gabbie. I ballerini si alzano in piedi, lasciando a terra le borse. Un frullio d'ali.

Le colombe si sollevano in volo, e con loro si sollevano anche gli occhi di quasi ventimila persone. Sherlock balza su.

Pochi secondi dopo sta attraversando di corsa il terreno intorno al Crystal Palace diretto a nord, verso la City, con in mano una borsa con il costume da spazzacamino. Il suo biglietto d'ingresso alle dimore di Mayfair.

Ma prima dovrà assicurarsi che Malefactor rispetti la promessa che ha fatto a Irene.

Non gli ci vuole molto a rintracciare gli Irregolari. Dopotutto anche loro lo stanno tenendo d'occhio. Scorge una piccola testa sporca che guarda dalla sua parte da una stradina vicino a Seven Dials. La testolina si ritira subito e scompare. Sherlock svolta nella stradina. Malefactor è lì, appoggiato a un edificio sporco, e guarda il suo rivale avvicinarsi, con le labbra serrate. Il misto di odio e rispetto che traspare dal suo viso tutte le volte che si incontrano è più evidente del solito. È arrabbiato per diversi motivi: perché sa di essere costretto ad aiutare Sherlock Holmes, perché non si è accorto che qualcuno stava ascoltando quello che lui e Irene si dicevano, perché questo ragazzo venuto dal nulla se la sta cavando fin troppo bene. Se potesse, lo prenderebbe a male parole, o lo picchierebbe, ma non può: le richieste della signorina Doyle gli hanno legato le mani, e anche la lingua.

"Ho bisogno di un consiglio," dice Sherlock, fermandosi appena fuori dalla sua portata.

Malefactor fa uno scatto in avanti e lo afferra per le spalle. Lo trascina fino a una piccola corte e poi lo butta a terra. Poco distante c'è un cesto rovesciato, abbandonato lì da un venditore ambulante. Il capobanda lo raccoglie, lo sistema un po' e ci si siede sopra, gli occhi e la bocca serrati. Diversi Irregolari si fanno avanti per ascoltare, Grimsby e Crew in testa.

"Io lo sapevo fin dall'inizio che non era stato l'arabo," esordisce il capo. "Ma *tu*... come facevi a saperlo?"

Non può sopportare l'idea che Sherlock Holmes ne sappia più di lui su un delitto di strada. Come minimo, il delinquentello pretenderà maggiori informazioni in cambio del suo consiglio.

Sherlock, però, non intende fare rivelazioni al suo avversario. Ha sempre pensato che non fosse giusto raccontargli tutto quello che sa.

"Come facevi a essere così sicuro che l'arabo era innocente?" ripete Malefactor impaziente.

"Basta guardarlo negli occhi," afferma Sherlock, mettendosi seduto e strofinandosi un gomito.

"Non mi basta, idiota!" grida Malefactor alzandosi in piedi e incombendo minaccioso su di lui.

Sherlock ha ancora bisogno del capobanda, e quindi dovrà giocarsi questa partita con lui.

"Per via di quello che mi ha detto sui corvi," aggiunge allora.

"Ah, sì?" Significa che Holmes deve andare avanti.

"La prima volta che gli ho parlato," continua Sherlock, "ha fatto un'osservazione assolutamente innocente sui corvi che aveva visto in cielo davanti all'Old Bailey. Era *tutto* quello che sapeva di loro."

Malefactor ha capito al volo.

"Elementare, Holmes." Annuisce. "L'arabo non aveva mai visto né sentito i corvi prima di allora, l'assassino invece sì. La persona che ha ucciso la donna quella notte ha sentito strillare i corvi e li ha visti nel vicolo… e non se li sarebbe *mai* dimenticati."

"Avevo appena detto a Mohammad che i corvi mi avevano condotto fino al luogo del delitto."

"E lui non ha fatto alcun collegamento."

"Esatto."

"Di una semplicità disarmante," mormora Malefactor.

"Ogni tanto tu e io la pensiamo allo stesso modo," osserva Sherlock.

"Non direi," ribatte il ragazzo più grande. "Volevi un consiglio? Parla."

Holmes si fa coraggio. "Devo introdurmi in una casa di Mayfair."

In che guaio si sta andando a cacciare? si domanda Malefactor. "Primo," comincia, "hai bisogno di un motivo preciso per trovarti là, così nel caso qualcuno ti scoprisse da quelle parti, non si insospettirà."

"Il motivo ce l'ho. Sono uno spazzacamino."

E apre di scatto la borsa tirando fuori il costume e il necessario per truccarsi il viso.

Malefactor inarca le sopracciglia. È sbalordito. Holmes ha scelto il travestimento perfetto per introdursi in una casa: è nero, così potrà mimetizzarsi di notte, gli permetterà di entrare dal camino, invece che dalla porta principale, e lo renderà irriconoscibile se qualcuno lo scoprisse.

"Devi trattenerti in casa solo il minimo indispensabile. Prima di entrare, dovrai avere un'idea precisa di cosa cerchi e di dove potrebbe trovarsi. Perciò fai un sopralluogo per individuare il punto d'accesso all'abitazione e studia come arrivarci. Inoltre devi prendere nota degli occupanti e delle loro abitudini."

Sherlock annuisce.

"Quando entri, dovranno essere tutti fuori, oppure addormentati. Se dovessi accorgerti che non è così, rinuncia immediatamente. In ogni momento dovrai sempre aver presente da dove uscire, e come."

Malefactor si interrompe. Fa segno agli Irregolari di andarsene, poi si avvicina al ragazzo alto e magro.

"Posso chiederti che cosa stai cercando di preciso?" Sa perfettamente che il ragazzo gli nasconde qualcosa.

"Un uomo con un occhio solo."

"E una borsetta da signora?"

"Esatto."

Dall'elenco che gli ha dato Rose, Sherlock sceglie il primo indirizzo, quello dove vive l'incivile. Con indosso il costume da spazzacamino fa il suo ingresso nel quartiere di Mayfair. Non ha mai visto niente di simile. È una sorta di spettacolo teatrale riservato ai ricchi. Grandi case bianche e gialle, che ricordano le dimore degli dei, si ergono su entrambi i lati di ogni strada: molte sono alte cinque piani, protette da lucidi cancelli di ferro neri, con scalinate che conducono a ingressi ad arco fiancheggiati da colonne, balconi fioriti al primo piano e alloggi per la servitù nell'ammezzato. Diverse signore con parasoli viola e abiti di seta in tinta passeggiano a piedi o sulle loro belle carrozze, aperte oppure chiuse, guidate da cocchieri in livrea. Maggiordomi e valletti attendono all'ingresso. Cuoche in uniforme e donne di servizio si affannano intorno alle case entrando e uscendo dalle porte sul retro.

Per giungere a destinazione, Sherlock si addentra nel cuore di Mayfair, oltrepassa gli eccentrici negozi di New Bond Street, imbocca una strada più piccola che conduce alla ricchissima Berkeley Square e si ferma poco più in là. Comincia a esaminare la casa, osservando con cura tutto ciò che vi succede. Prende nota mentalmente della servitù, della padrona e dei suoi bambini vestiti di tutto punto... e poi, proprio al calar del sole, vede il padrone che sta rientrando. È un uomo grande e grosso, con le spalle larghe e piuttosto grasso, le guance e il mento abbondanti ricoperti da due baffoni rossi e un lungo pizzetto: è proprio il cafone che fa inorridire sua madre e magari, ma solo magari... l'assassino. Uno degli occhi è fisso.

Dopo che l'uomo è entrato in casa, Sherlock sbircia dentro da una delle grandi finestre della facciata. Da lì riesce a vedere gran parte del pianoterra: un'imponente sala da pranzo stipata di mobili lustri. Cammina con aria indifferente fino in fondo alla strada poi torna indietro e dà un'occhiata dall'altra finestra, scorgendo una scala di legno che porta di sopra.

Ha sentito dire che nelle case dei ricchi le stanze da letto non si trovano mai al pianterreno. Per quanto pericoloso, è là che dovrà andare. Perché è là che troverà l'uomo che cerca. Inoltre, se esiste qualche prova della sua colpevolezza, non sarà certo nella zona della casa frequentata da tutta la famiglia. Sherlock non sa granché di come vivono i ricchi, ma ha la sensazione che, a differenza di suo padre e sua madre, spesso marito e moglie dormano in camere separate, ognuno nel proprio mondo privato.

Dovrà andare di sopra, trovare la stanza da letto dell'uomo, oppure il suo studio o la sua scrivania, dove forse nasconde ciò che non vuole mostrare agli altri. Sherlock è pronto a scommettere che se l'assassino aveva con sé una prova incriminante, quando ha abbandonato la scena del delitto, ha senz'altro deciso di tenersela: inizialmente ha pensato che nessuno si sarebbe mai sognato di perquisire una casa di Mayfair, e quando, il giorno dopo, ha saputo che un arabo sarebbe stato impiccato per il delitto, ha concluso che lui non sarebbe mai stato sospettato. Prima o poi arriverà l'occasione opportuna per disfarsene, una volta che il garzone della macelleria sarà morto e il caso chiuso.

Sherlock alza lo sguardo verso il tetto della casa. Ci sono cinque camini. Entrerà da uno di quelli. Fa un sospiro. Sono le sei in punto. Tutta la famiglia è in casa. È quasi giunto il momento.

Stasera!

AZIONI CRIMINOSE

Quella notte, come un'ombra, Sherlock compare nella bella strada elegante. È senza scarpe e si è annerito le caviglie e i piedi. Si muove silenzioso ma determinato. Trova una casa su cui potrà arrampicarsi facilmente – fiancheggiata da una stradina dove gli operai che stanno riparando il tetto hanno abbandonato delle scale di ferro – e in pochi minuti è già in cima. Senza fare alcun rumore, supera tre case a schiera attraversando i tetti degli appartamenti all'ultimo piano, quelli riservati alla servitù. I suoi piedi si posano con delicatezza sulle tegole.

Poco dopo è sul tetto della casa dell'uomo con un occhio solo.

Ecco i camini. Sceglie il più largo, che lo condurrà dritto al pianoterra.

"Entrare e uscire rapidamente," ripete tra sé e sé.

Non è difficile arrampicarsi sulla colonna di mattoni del camino, ma scendere e risalire sarà un inferno. Solo una decina di anni fa la maggior parte degli spazzacamini erano bambini piccoli, ma erano sfruttati in modo talmente bieco e crudele che adesso la legge impone dei limiti d'età. Ora questo mestiere lo fanno i ragazzi più grandi e gli uomini scheletrici, ma comunque salire e scendere da camini larghi solo pochi centimetri, come quello in cui Sherlock sta guardando proprio in questo momento, è pur sempre un lavoro ingrato. Infila dentro una mano. Almeno non è caldo: oggi non hanno acceso il fuoco. La sua corporatura da morto di fame, per una volta, può essergli d'aiuto.

Prende fiato ed entra.

Il condotto è stretto e claustrofobico, al punto che Sherlock teme di essere stritolato a morte, oppure di restare incastrato, così domattina lo arrostiranno. In qualche modo deve riuscire a scendere. Con delle torsioni degne di un contorsionista, si spinge giù un centimetro dopo l'altro, scorticandosi le braccia, il petto e le gambe. Impiega un'eternità. Non può permettersi di fare alcun rumore: si trova nella parte più interna dell'edificio e deve attraversare tutti e cinque i piani, passando accanto alla servitù, ai padroni di casa e ai bambini addormentati. Cominciano a fargli male i muscoli. A un certo punto si ferma e guarda su verso l'apertura, chiedendosi come farà a risalire. Diverse volte rischia di mancare la presa e cadere, ma alla fine riesce ad atterrare senza problemi. Ecco, ora è proprio dentro la casa. Il cuore gli batte talmente forte che sembra scoppiargli nel petto.

Si trova al pianoterra, dentro il caminetto. Di fronte a lui c'è un maestoso tavolo da pranzo di mogano, su cui spicca una tovaglia bianca di pizzo, con intorno cinque sedie intagliate in stile francese. Facendo piano piano cerca di levarsi un po' di sporco di dosso e di pulirsi la pianta dei piedi, poi scavalca la griglia davanti al camino, preoccupandosi di non urtare il secchio per il carbone. L'unico rumore che si sente è il ticchettio di un grande orologio all'ingresso. Alle grandi finestre ci sono delle tende scure che arrivano fino al pavimento, le pareti sono tappezzate di quadri, i vasi traboccano di felci e sotto i piedi ha un soffice tappeto verde riccamente decorato. Girando intorno al tavolo con estrema cautela, riesce a individuare il corridoio. Dritto davanti a lui c'è un piccolo salottino, alla sua sinistra la grande scalinata, e alla sua destra... la porta d'ingresso. *Memorizzala*, dice a se stesso: in caso d'emergenza quella è la via più veloce per scappare.

Va verso la scala e appoggia i piedi sui grandi gradini di legno, stando molto attento a non farli scricchiolare. Gli tremano le gambe, ma in pochi secondi è già al primo piano. Osserva il corridoio. Alla sua destra c'è un salotto pieno zeppo di mobili. Ma dov'è la camera da letto del padrone?

E il suo studio?

Non riesce a trovarli.

Tenendosi sempre su un lato, percorre il corridoio. Respira a singulti, e a un certo punto con una manica urta un tavolino rotondo. Si sente un tintinnio e poi il rumore di qualcosa che cade. Terrorizzato, Sherlock allunga una mano e afferra l'oggetto.

Rimane completamente immobile per un lungo minuto, aspettandosi di sentire tutta la casa svegliarsi, e cercando di individuare la via di fuga giù per le scale e poi attraverso la porta principale.

Ma nessuno si alza.

Che cos'ha in mano? È una scatola di legno simile a una tabacchiera. La apre lentamente e ci infila una mano. C'è una piccola palla... fatta di vetro.

Quando Irene ha consultato il registro in biblioteca, ha anche cercato informazioni sugli occhi di vetro. Non ha trovato molto, ma almeno ha saputo che, visto che spesso si rompono o si scheggiano, quasi tutti ne tengono alcuni di scorta.

Sarà stato baciato dalla fortuna stanotte?

Si inginocchia a terra e dalla tasca tira fuori un fiammifero, strumento essenziale per un ladro. Malefactor gliene ha messo in mano qualcuno quando si sono lasciati quel pomeriggio.

Lo accende. Ha solo un secondo, poi dovrà spegnere la fiamma e disperdere in fretta il fumo.

Ecco lì l'occhio di vetro con la sua... iride azzurro chiaro.

Impiega una quantità incredibile di tempo ad arrampicarsi su per il camino e a uscire sul tetto. La risalita è molto più dura di quanto avesse immaginato; diverse volte pensa di non farcela. Ma deve farcela per forza, e infatti ci riesce. Quando arriva in cima, tutto ammaccato e graffiato, con gli abiti stracciati e sporchi di sangue, addirittura sorride: ora sa tutto quello che c'è da sapere su questa casa e il suo proprietario. Quest'uomo non è il suo assassino. Dev'essere uno degli altri tre.

Ha intenzione di andare avanti senza indugi. Forse è un po' avventato, ma teme che il criminale, o qualcuno mandato da lui, possa colpire da un momento all'altro. La mattina seguente, ogni volta che vede un cocchiere in livrea nera si mette a correre terrorizzato. La sensazione di essere seguito si fa sempre più pressante. Mancano solo tre giorni all'esecuzione di Mohammad. Nel pomeriggio comincia a studiare la seconda casa, progettando di entrarci quella notte stessa. Ma quando si trova sul tetto, davanti al camino, gli cedono i nervi. La paura ha il sopravvento sulla rabbia. L'ardente vigore di cui ha bisogno per portare a termine queste imprese pericolose sta cominciando a venir meno. La realtà si sta facendo strada dentro di lui.

Eppure si infila nel camino.

Non avrebbe dovuto preoccuparsi. Perquisire questa casa si rivela più facile del previsto. All'inizio l'interno è così buio che non riesce a individuare la via di fuga. Cercando di non farsi prendere dal panico, e sapendo che non riuscirà a recuperare le prove di cui ha bisogno, dal momento che è praticamente cieco, si mette carponi e si fa strada fino alla porta principale. Eccola: quella è l'uscita.

Da lì si vede un po' meglio: la luna risplende attraverso una finestra dell'ingresso, illuminando il pavimento di pietra. Appena si volta verso le scale, qualcosa cattura la sua attenzione. Appoggiate al muro, vicino al portaombrelli, ci sono due stampelle. Sono lunghe e robuste e ovviamente appartengono a un uomo: il padrone di casa.

Quella mattina Sherlock non l'ha visto. Nel breve arco di tempo in cui ha tenuto sotto controllo l'abitazione, l'uomo non è comparso nemmeno una volta.

Un paio di stampelle? Cosa potrebbero voler dire? Che di recente l'uomo ha subito un incidente oppure... Sherlock decide di dare un'occhiata in giro. All'inizio non trova nulla, ma appena torna in sala da pranzo, camminando nel massimo silenzio, la vede: una fotografia. È sulla mensola del caminetto. La porta fin nell'ingresso e la esamina alla luce della luna. Ci sono cinque persone nella foto: una donna, tre bambini e un signore... con le stampelle. Sherlock strizza gli occhi per vedere meglio i piedi dell'uomo. Ha le gambe di legno.

Neanche questo reduce di guerra è il suo assassino, è evidente.

Non può essere lui l'uomo che ha brutalmente ucciso una donna giovane e abbastanza forte da cavargli un occhio; e non può nemmeno essere l'uomo che è fuggito di corsa dal luogo del delitto balzando sulla carrozza nera con le finiture rosse.

Adesso Sherlock può anche andarsene. Ma non ha voglia di arrampicarsi su per il camino, non ne ha più la forza. È troppo agitato e teso, vuole solo uscire immediatamente di lì.

E così prende una decisione azzardata. Apre la porta principale e scende gli scalini di fronte alla casa, raggiungendo la strada.

Da fuori non può richiudere la porta a chiave e così se ne va lasciandola accostata.

Il giorno dopo, mentre scivola furtivo tra le strette vie di Soho, da Regent Street gli giunge un grido che quasi lo fa svenire. È quello di una bambina, una ragazzina. Al di sopra del fracasso, la sente urlare: "L'ARABO SARÀ IMPICCATO!".

Ripete la frase con tutta la forza che ha nei polmoni. Sherlock si avvicina e la vede lì in piedi, con il suo vestito sporco: ha all'incirca l'età di Irene, ma è molto più bassa, ha i capelli neri tutti arruffati e la carnagione scura, la corporatura un po' rachitica. Tiene in mano alcune copie del "Daily News".

Dalla parte opposta di Regent Street c'è un ragazzo magro che ce la sta mettendo tutta per batterla, gridando talmente forte che Sherlock riesce a sentire ogni parola. "PENNY EDIZIONE ILLUSTRATA!" urla, scrutando la folla alla ricerca di qualcuno interessato a comprare. "SOLO DUE GIORNI AL PROCESSO DI ADALJI!" Sventola in aria le copie del giornale. "SUBITO DOPO CI SARÀ L'ESECUZIONE!"

Sherlock sente il sangue defluirgli dal volto. Vedere la notizia nero su bianco rende l'intera faccenda tremendamente concreta. E il fatto che il quotidiano dia per certa l'esecuzione lo sconvolge ancora di più: se impiccano Mohammad... che cosa ne sarà di *lui*, il complice? Il cuore comincia a battergli forte. Resta pochissimo tempo per *tutti*.

Solo due giorni, solo due case. L'assassino deve per forza trovarsi in una delle due. Ma proprio ora che ha bisogno di agire, se possibile, ancora più in fretta, non è che si è cacciato in un mare di guai? Ripensa a quello che è successo la notte scorsa. Non avrà lasciato delle tracce... delle impronte? Avrà suscitato dei sospetti? La prossima volta che andrà a Mayfair troverà qualcuno ad aspettarlo? Magari una carrozza nera o un lungo coltello avvelenato? E quante possibilità ci sono che gli vada bene come nelle prime due case? Laggiù ha trovato proprio quello che cercava, come guidato da forze invisibili, senza correre pericoli. Sua madre crede nei fantasmi. Le piacciono le sedute in cui la gente si mette intorno a un tavolo ed evoca gli spiriti dei morti. Rose direbbe che è stato un fantasma a guidare i suoi passi. Ma questa volta ci sarà un altro spirito benevolo a indirizzarlo?

C'è un solo modo per scoprirlo.

Quella notte, mentre si prepara, è in preda a una paura divorante. Deve tornare di nuovo a Mayfair. Trema in tutto il corpo intanto che percorre la strada che conduce nel quartiere elegante nei pressi di Park Lane.

Le ultime due case del suo elenco si trovano sulla stessa via, però sui due lati opposti, e sono separate da una decina di edifici. Finora ha seguito l'ordine dell'elenco. Stasera ha deciso di tentare la sorte, in questo gioco d'azzardo mortale, scegliendo la quarta casa.

All'angolo della strada c'è un'abitazione signorile, con un pluviale di legno che corre lungo tutto un lato. Sherlock decide di arrampicarsi lì sopra, appoggiando i piedi sugli anelli di ferro con cui è agganciato al muro. Una volta sul tetto, sarà a sole cinque case di distanza dal suo obiettivo. Ma non appena allunga il braccio sul pluviale e posa il piede sinistro sul primo anello, vede qualcosa muoversi in strada. C'è qualcuno che sta arrivando a piedi. Donna o uomo che sia, ci sta mettendo una vita. Appiattito contro l'edificio, felice di essere vestito da spazzacamino e di avere la faccia annerita, il ragazzo sbircia fuori.

È sua madre!

Cammina come se avesse tutto il peso dell'abbazia di Westminster sulle spalle e stesse inerpicandosi per una strada più ripida della vecchia Ludgate Hill. Procede a testa bassa e ha un pezzo di carta in mano.

Sherlock si affretta a raggiungerla. Quando lo vede arrivare, lei sobbalza. Lo sguardo terrorizzato sul volto della madre lo fa stare male.

"Sono io, madre," dice sottovoce.

"Sherlock?"

La trascina nell'ombra, spingendola lontano dalla luce del lampione.

"Ma come ti sei vestito...?" gli chiede Rose, poi si interrompe. "Ma certo," annuisce, mettendo insieme le cose.

"Sono sempre più vicino," afferma Sherlock.

"Grazie a Dio." Si fa il segno della croce com'era uso tra i suoi antenati anglicani altolocati, un gesto che il figlio le ha visto fare raramente.

"Madre, è mezzanotte passata!"

"Sì." Rose ha l'aria rassegnata.

"Ma come mai sei ancora..."

"È stata una giornata lunga, figliolo. C'erano cinque sorelle nell'ultima casa dove sono stata a fare lezione. E la signora domani festeggerà il compleanno del figlio di due anni. Tutte le ragazzine hanno dovuto imparare le canzoni a memoria. Ho finito solo un paio d'ore fa, e poi mi sono seduta fuori a guardare il cielo."

Sherlock si augura che sia questa la ragione della sua aria svagata. Non ha l'alito che sa di birra, ma è come se fosse altrove con la testa. C'è qualcosa che la distrae.

"Che cos'hai lì?" le chiede indicando il pezzo di carta.

"Oh... niente, niente."

Se lo infila nella tasca nel vestito.

"Niente?"

Che cosa nasconde? Non è mai stata brava a tenergli un segreto.

"Devo lavorare domani. E ho qui l'indirizzo," confessa lei. "Un'offerta che mi è arrivata all'ultimo minuto: il messaggio mi è stato recapitato da un cocchiere. Da queste parti il passaparola corre veloce." Sorride debolmente. "C'è un signore che vuole che vada a fare lezione da lui domani." Deglutisce, come se avesse qualcosa in gola. Poi scuote la testa e aggiunge con voce più decisa: "Devo andare, adesso".

"Fai attenzione," le raccomanda il figlio, senza neanche più ascoltarla, ma pensando solo a quella sua tristezza.

"Sherlock, sono capace di cavarmela per strada, lo sai."

Allunga un braccio e con il dorso della mano gli fa una carezza sulla guancia, fino al mento, e gli sorride. Poi se ne va senza salutarlo. Non ce n'è bisogno: è con quella carezza che gli dà la buonanotte ogni sera, quando si siede sul suo letto, prima di andare a dormire.

Lui la guarda allontanarsi. Ha un brutto presentimento. Avrebbe dovuto insistere e dare un'occhiata a quel pezzo di carta.

Pochi minuti dopo è sul tetto della casa e avanza silenzioso sotto il cielo buio di Londra. Fa più freddo stanotte e ha l'aria di voler piovere di nuovo. Sa quante abitazioni deve superare perché le ha contate. Ma quando gliene mancano due, sente un rumore e immediatamente si sdraia sulle tegole.

È un cane che abbaia.

Sembra vicino e anche grosso: l'abbaiare profondo e malvagio prodotto dalla gola di un cane enorme, che intima minacce raccapriccianti a chiunque si avvicini. Risuona come un'eco nella notte poi svanisce.

Lentamente Sherlock si rialza in piedi e riparte silenzioso su e giù per le ripide superfici.

Dal tetto dell'ultima casa deve spiccare un salto per superare il vialetto che la separa dal suo obiettivo. Non è molto ampio, un metro e venti circa: dovrebbe farcela, ma dovrà stare attento e soprattutto atterrare senza fare rumore.

Si sdraia sulla pancia e sporge la testa fuori dal cornicione per guardare giù. L'altezza fa paura. Se cade, si sfracellerà al suolo.

Sherlock chiude gli occhi e recita una breve preghiera. Non sa bene a chi è rivolta di preciso: al Dio di sua madre, a quello di suo padre o di Mohammad? *A chiunque mi ascolterà*, pensa. *A chiunque se ne occuperà*. Quando riapre gli occhi, ancora puntati verso il basso, altri due lo stanno fissando.

Sono incorniciati da una massiccia testa nera e da denti affilati. Il ragazzo sente ringhiare.

Ritira in fretta il capo dal cornicione. La sua solita fortuna: il cane è proprio a guardia dell'abitazione in cui ha deciso di entrare!

Si gira sulla schiena e resta per un momento a guardare l'oscurità del cielo. E ora? Pensa a com'è fatta la casa: ha un piccolo giardino sul retro, circondato da un'alta recinzione di ferro nero con delle specie di lance in cima, che dall'inizio dello stretto vialetto tra le case prosegue tutt'intorno fino all'ingresso principale. La strada è costeggiata da grandi alberi di noci che sfiorano i tetti. Sherlock si guarda in giro. Noci: ne è rimasta qualcuna dallo scorso autunno. Si alza in piedi, ne raccoglie un po', allontanandosi dal cornicione per non farsi vedere, e le fa cadere con cautela nel giardinetto sul retro. Sente che il cane si allontana.

Qualche secondo e sta già saltando, atterrando più lievemente che può sul tetto della casa del sospettato.

Gli attimi che seguono sono i più lunghi della sua vita. Resta ad ascoltare il cane che corre in direzione delle noci, il suo respiro pesante, i suoi guaiti quando trova il bottino, e infine lo sente tornare nel punto in cui stava di guardia, sotto il tetto. Sbircia di nuovo. L'animale sta guardando su, ma non verso di lui. È convinto che sia ancora sull'altro tetto. Perfetto. Per ora non abbaia.

Il ragazzo aspetta più che può. Da dentro la casa non giunge alcun rumore, non hanno sentito niente. L'ansimare del cane comincia a diminuire, poi quello sbadiglia e si siede, sempre col muso rivolto verso l'altro tetto.

Sherlock si alza e raggiunge il camino, avanzando con cautela come se stesse camminando sulle uova. Sta migliorando. Si infila dentro e si cala giù, ritrovandosi in un'altra sala da pranzo buia, al pianoterra. La porta principale è esattamente dove se l'aspettava. È tutto al suo posto.

Ma questa volta non sarà così fortunato. Niente tavolini all'ingresso con sopra scatoline contenenti gli occhi di vetro; niente stampelle o fotografie; nessuna prova evidente dell'innocenza del padrone di casa è lì bell'e pronta ad aspettare lui.

Sherlock imbocca le scale di marmo e si ferma al primo piano. Percorre il corridoio fino in fondo… sulla destra il salotto; lo studio è a sinistra: è un ottimo posto dove cercare… anche se non il migliore. Non ha tempo da perdere. Deve trovare la stanza privata dell'uomo, dov'è più facile che nasconda le sue cose e dove dovrebbe trovarsi anche lui. Come un fantasma, Sherlock sale ancora un piano… e si introduce nella camera del padrone di casa.

La porta è socchiusa, così la spinge per aprirla un po' di più. Si muove sui cardini senza rumore. Il locale è pieno zeppo di mobili, appena visibili alla luce della luna che ha fatto capolino tra le nuvole e filtra dalle fessure tra le tende pesanti: una scrivania, un lavabo, un mobiletto, diverse sedie e oggetti che Sherlock non riesce a distinguere. Un'altra porta conduce nello spogliatoio. E dalla parte opposta della stanza, dove si intravede un letto enorme, con le colonnine intagliate... proviene il rumore di qualcuno che dorme.

Il ragazzo ha i piedi incollati a terra, i muscoli così tesi che sembrano paralizzati. Fa un respiro profondo e si costringe a muoversi, tutto rannicchiato. Dove sarà meglio cercare? E che cosa poi? Comincerà dalla scrivania. Forse lì c'è qualcosa, qualcosa che magari il criminale vuole nascondere alla moglie... una lettera?

Ma poi commette un errore. Per fare presto, si muove un po' troppo rapidamente verso la scrivania e inciampa in qualcosa: uno sgabello, che cade sul pavimento... e rotola sotto il lavabo.

"Cosa c'è?" farfuglia una voce.

Non riesce a crederci: è una donna. Si sentono dei movimenti nel letto. Un corpo che si sposta e poi... un altro!

Eppure lui è sicuro che questa sia proprio la camera del padrone di casa... però ci sono due persone nel letto.

Sherlock resta accovacciato sotto il lavabo finché non gli si addormentano le gambe. Non si sente più nulla. Decide di muoversi. La scrivania non gli interessa più. Avanzando carponi, raggiunge il letto e solleva la testa quel tanto che basta per sbirciare oltre la pediera.

Ci sono due persone che dormono. Ma non riesce a distinguere nient'altro.

Sherlock Holmes si alza in piedi, in tutta la sua altezza, eppure ancora non riesce a capire chi siano. Allora... si sposta furtivamente al lato del letto. Adesso torreggia sopra i due corpi addormentati. Il cuore gli batte forte.

Sono il padrone di casa e la moglie... abbracciati l'uno all'altra.

Tutto tremante e ansioso di andarsene, decide che questa è la prova dell'innocenza dell'uomo. È impossibile che un marito così amorevole possa essere l'assassino. Ora vuole solo andarsene. Uscire da questa stanza e da questa casa. Ma, voltandosi, si accorge *di essere osservato*! Un occhio umano, che galleggia in un bicchiere d'acqua, lo fissa alla luce debole della luna. Il ragazzo si spaventa e sussulta, urtando con le gambe il tavolino accanto al letto su cui è posato il bicchiere. Il mobile vibra e l'occhio finisce contro il vetro, producendo un lieve tintinnio. I due corpi si muovono nel letto.

Sherlock si volta e fugge dalla stanza, così in fretta che non riesce a non far rumore. Appena fuori dalla porta va a sinistra, si affretta per il corridoio e trova subito le scale.

Fa una curva più larga del necessario.

Con il piede urta qualcosa: la gamba di un mobile.

Inciampa e cade rovinosamente sul pavimento, rischiando di tirarsi addosso l'elegante mobiletto.

Salta subito in piedi e vola giù per le scale, veloce come una rondine. Nella sua testa suonano i violini.

Deve trovare l'uscita!

Sente un uomo gridare in camera da letto. Tutta la casa si sveglia, al secondo piano i domestici cominciano a correre di qua e di là. I passi del padrone di casa echeggiano nel corridoio e raggiungono in fretta le scale.

Alla porta d'ingresso!

Superando d'un balzo gli ultimi gradini, Sherlock si precipita verso la porta, afferra il pesante chiavistello e lo solleva. Non si apre.

Il padrone di casa sta scendendo rumorosamente le scale e si sentono le sue grida mescolate ad altre voci e al rumore prodotto da un oggetto di legno e acciaio che viene staccato dal muro.

Un fucile!

Sherlock armeggia sulla porta cercando un altro chiavistello, eccolo… e un altro ancora. Li spinge indietro entrambi e con uno strattone finalmente apre l'uscio, richiudendoselo rumorosamente alle spalle.

Poi un pensiero lo colpisce all'improvviso come un pugno in faccia.

Il cane! Se n'era completamente dimenticato.

Lo sente arrivare a grandi balzi dal vialetto e, visto da vicino, è così grosso che Sherlock ha l'impressione che l'enorme testa dell'animale gli arrivi alle spalle; una sorta di incrocio perverso, di una stazza molto superiore a quanto avrebbe mai immaginato, capace di afferrarlo alla gola e squarciargliela con un solo morso.

Sherlock guarda verso la recinzione di ferro battuto. È alta come lui e irta di lame appuntite come le lance che vengono dal Continente Nero.

Non ha scelta, è quella l'unica via d'uscita.

Avverte il fiato caldo del cane che lo insegue.

Raggiunge la recinzione e salta più in alto che può. Con una mano afferra la sbarra orizzontale, con l'altra la lama affilata di una punta. Sente che gli s'infila nella carne fino all'osso. Ricacciando in gola un urlo di dolore, con uno strattone sposta la mano ferita, facendo leva anche con quella sulla barra orizzontale, e si tira su.

Ma anche il cane spicca un balzo e vola in aria, proprio mentre lui, a forza di braccia, si sta issando al di sopra della recinzione. Una gamba oltrepassa la punta e scende verso la strada.

Il cane afferra l'altra gamba.

I denti gli penetrano nel polpaccio, strappandogli la

carne. Ma nel momento in cui quel gigante canino apre la bocca per stringere il morso e sgranocchiare l'osso… il ragazzo è sparito. Con uno strattone riesce a far passare la gamba sopra il cancello e atterra praticamente sulla faccia.

Sherlock corre, incurante del dolore alla gamba e alla mano. La testa indietro e il petto in fuori, le braccia che si muovono nell'aria come stantuffi, sfreccia lungo il viale maestoso e percorre a precipizio le strade di Londra. Continua a correre fino a quando non è sicuro che nessuno lo segua e non si ritrova nel cuore della City, a Seven Dials, in fondo a un vicolo scuro. Crolla a terra contro un muro come un mucchietto d'ossa e si infila in una montagnola di spazzatura puzzolente che lo spazzino ha accatastato. Sepolto lì sotto, con il petto che gli batte così forte che sembra che la spazzatura respiri, Sherlock non pensa affatto alle ferite. La sua mente torna a quella camera da letto.

Erano abbracciati l'uno all'altra.

E non è tutto.

Non è riuscito a capire di che colore fosse l'iride di quell'occhio finto, vedendolo immerso nell'acqua, ma quando ha cominciato a rotolare ha notato un particolare: non c'erano iniziali. Quelli del signor Lear invece le hanno. Pertanto l'occhio non dev'essere stato fabbricato dallo stesso artigiano da cui si serve l'assassino.

L'uomo della penultima casa non è l'omicida.

Sherlock non saprebbe dire se a quel punto si addormenta o sviene, ma in pochi minuti perde conoscenza.

"Ne resta una," mormora, prima di assopirsi.

MORTE

La mattina dopo si sveglia con un dolore lancinante alla gamba. La famiglia di sua madre un tempo veniva curata da dottori specialisti... adesso vorrebbe poter andare da uno di loro. Suo padre gli ha spiegato cosa sono le infezioni, e il solo pensiero lo atterrisce. Possono anche portare alla morte. Si tira su la gamba dei pantaloni e dà un'occhiata alla brutta ferita, tutta sporca di sangue raggrumato. Un messaggio gli balena nella testa. *Devi sopravvivere*. Di lì a poco gli viene in mente una cosa che potrebbe essergli d'aiuto.

Comincia a piovere. Si mette in marcia verso est, consapevole di avere un laccio al collo che si sta stringendo sempre di più: la ferita potrebbe peggiorare e il quartiere di Mayfair sarà sicuramente in allarme.

Ma deve tornarci stasera stessa. L'unica speranza è che il gentiluomo dell'ultima casa non l'abbia visto bene e quindi non sia in grado di descrivere alla polizia il ragazzo alto e magro, con i capelli neri, vestito come uno spazzacamino, che si trovava nella sua stanza.

In Fetter Lane si accorge che qualcuno ha abbandonato un quotidiano vicino a una cassetta per le lettere rossa, sul marciapiede lercio. Lo prende e si mette a leggerlo mentre cammina.

Le pagine di cronaca.
Eccolo qua...

> La scorsa notte nel quartiere di Mayfair... c'è stata un'effrazione... il padrone di casa non è riuscito a vedere l'intruso nell'oscurità.

Sherlock alza lo sguardo al cielo per un momento, in un muto ringraziamento. Va avanti a leggere.

> La polizia è preoccupata per i recenti avvenimenti di Mayfair... la notte scorsa era stato denunciato un altro episodio: una porta aperta dall'interno...

Ecco dunque cosa lo aspetta: gli toccherà introdursi nell'ultima casa con uno sbirro appostato a ogni angolo. La soluzione del crimine è a portata di mano, ma i suoi inseguitori gli permetteranno di risolverlo?

Sherlock è sicuro che tra le bottiglie e i flaconi che ha notato nei laboratori dell'ospedale di San Bartolomeo ce n'è qualcuno che contiene del disinfettante. Suo padre gli ha parlato spesso del nuovo metodo per bloccare le infezioni; Wilber ha letto dei microscopici batteri negli scritti del grande scienziato francese Louis Pasteur, e gli veniva da ridere all'idea che certi cattivi odori potessero infettare le persone e che venissero utilizzate le larve delle mosche per mangiare la carne putrefatta e salvare così solo la parte sana degli arti infetti. La scienza, e Wilber lo sapeva, poteva fare molto meglio.

Sherlock si introduce furtivo all'interno del San Bartolomeo, passando dal solito ingresso ad arco sul retro. Sa già dove si trova il laboratorio e che cosa deve cercare. Però quando arriva c'è qualcuno dentro, probabilmente uno studente di medicina. Aspetta finché non vede uscire un uomo giovane e piuttosto robusto, con il camice bianco, quindi sgattaiola all'interno. Gli ci vuole un sacco di tempo per trovare quello che gli serve, e la sua paura cresce man mano che le lancette avanzano ticchettando sull'orologio appeso alla parete. Studia un'etichetta dopo l'altra. Finalmente individua una bottiglietta che contiene un liquido chiaro con su scritto SOLUZIONE DI ACIDO CARBOLICO DI LISTER; se la mette in tasca e poi se la svigna attraverso i corridoi candidi, passando accanto all'uomo con il camice bianco. Zoppicando, corre via più veloce che può e non si ferma nemmeno quando si ritrova in strada. Raggiunge finalmente la sponda del Tamigi, si rifugia su una banchina e si tira su la gamba dei pantaloni tutta insanguinata. Versa sulla ferita il potente liquido.

Lancia un grido fortissimo. Non riesce a trattenersi. È un dolore che non ha mai provato prima d'ora, come se qualcuno gli bruciasse la carne con un tizzone. Il suo urlo giunge fino all'altra sponda del Tamigi e viene inghiottito dalle acque. La soluzione produce delle bollicine, cominciando ad attaccare l'infezione. Ne versa un po' anche sulla mano ferita.

L'altra sponda del Tamigi… ecco dove vorrebbe andare prima di tornare a Mayfair… perché sta cominciando a vacillare. Tentare di introdursi nell'ultima casa gli sembra un suicidio, le probabilità sono tutte contro di lui. E se andasse a casa? Anche solo per poco?

Ha bisogno di vedere Rose, anche se non sa quale vantaggio ne potrebbe trarre. Magari lei lo convincerà a non andare. Il che sarebbe già una benedizione. Oppure gli darà il coraggio per farlo? Si chiede se sia questo quello che vuole. O forse vuole semplicemente vederla per un'ultima volta.

Il cielo si fa più limpido man mano che procede verso sud.

È incredibile come adesso gli riesca facile introdursi di nascosto in una casa. Malefactor ne resterebbe colpito. Mentre se ne sta seduto da solo nel loro appartamento, che sembra ancora più piccolo e misero adesso che ha conosciuto la ricchezza delle residenze di Mayfair, Sherlock si rende conto che stasera non vedrà suo padre. È venerdì, il giorno in cui Wilber si ferma fino a tardi a pulire le gabbie delle colombe. Che razza di mestiere per un uomo che era destinato a diventare professore di filosofia naturale allo University College di Londra.

Quante ingiustizie ci sono a questo mondo, pensa tra sé e sé il ragazzo. Ma certe sono peggiori di altre. Si può odiare qualcuno perché è povero, per gli abiti che indossa, oppure per le sue opinioni politiche. Ma ciascuna di queste cose si può cambiare. Se invece si odia qualcuno perché è ebreo o arabo, quello non può mica spogliarsi della propria pelle. Un simile pregiudizio è l'ingiustizia peggiore... equivale a uccidere una persona.

Devono essere le sei, calcola Sherlock a occhio e croce. Ormai Rose dovrebbe arrivare.

Gli ultimi raggi di sole illuminano la casa, scaldandogli il viso e dipingendogli un lieve sorriso sulle labbra.

Non ha voglia di leggere un libro del padre, né di farsi un tè con una delle due tazze scheggiate che la madre tiene sulla mensola sopra il caminetto. Rimane lì ad aspettarla guardando fuori dalla piccola finestra sul retro da cui una volta ha visto radunarsi i corvi. Quando il sole comincia a tramontare, tutto si incupisce.

Anche il suo umore.

C'è qualcosa che non va. Il tempo passa. Perché Rose dovrebbe far tardi per due sere di seguito?

La stanza si fa sempre più buia. Accende una candela.

Ma dov'è finita sua madre? La paura comincia a crescergli dentro, divampandogli nello stomaco come fuoco.

Dov'è Rose?

Si alza in piedi e comincia a camminare su e giù per la casa muovendosi il più silenziosamente possibile, travestito da spazzacamino. Fuori è completamente buio.

Un rumore alla porta. Finalmente!

E se non fosse lei? Non gliene importa più niente, ormai. Corre all'uscio e lo spalanca.

Vede di nuovo il terrore dipingersi sul volto della madre. Allunga le braccia e la tira dentro, avvolgendola in un abbraccio. Ma c'è qualcosa che non va. Le batte forte il cuore, eppure sembra così debole.

"Madre, stai bene?"

"Sto bene, Sherlock. Mi hanno trattenuto fino a tardi. Ho bisogno di sedermi."

Attraversa la stanza vacillando e crolla sul divano. Il fuoco, che per un po' si era calmato, divampa di nuovo dentro di lui.

"È stato molto strano," borbotta lei.

Parla mangiandosi le parole, ma lui non sente odore di birra.

"Cosa è stato strano, madre?"

"Tè?... Hai un po' di tè da darmi, ragazzo?"

"Cosa è stato strano, madre?!" grida lui, prendendole il viso tra le mani. Vede qualcosa di insolito nelle pupille della donna. *Oh, mio Dio!*

"Quel gentiluomo... il gentiluomo di quella casa..."

"Sì?"

"Mi ha dato del tè... l'ha preparato proprio lui... e me l'ha servito... una strana miscela... mi ha fatto..."

La sua voce si spegne. Le cade qualcosa dalle dita: lo stesso pezzo di carta che Sherlock le aveva visto in mano la sera prima. Questa volta riesce a leggere l'indirizzo scritto sopra. È proprio quello della casa in cui ha intenzione di introdursi stanotte. La casa dove sicuramente vive l'assassino!

Rose cerca di raccogliere le forze. "Non volevo che sapessi che era una di quelle quattro case."

"Madre, gli uomini delle altre tre sono *innocenti*!"

"Pensavo di riuscire a scoprire qualcosa... Non volevo che te ne andassi via per sempre... Quell'uomo mi ha sorriso in modo orribile mentre mi accompagnava alla porta... ha detto che Mayfair si accorge sempre quando qualche estraneo si permette di fare domande indiscrete... che ha notato che le case in cui qualcuno si è introdotto per rubare appartengono tutte ai suoi amici con un occhio solo... che ha parlato con il personale di servizio..." Si accascia tra le sue braccia.

"MADRE!"

Sherlock la stringe forte, ma riesce a malapena a sentire il battito del cuore. La prende in braccio e si spaventa di quanto sia leggera... come un uccellino. Quando l'adagia sul letto, Rose è completamente inerte. Apre gli occhi per un attimo.

"Devi ancora fare tante cose nella vita," dice con determinazione.

Poi i suoi occhi si chiudono. In preda al panico, il ragazzo la copre con le coltri e le stringe la mano esangue tra le sue. È senza vita. Le tasta il polso per sentirle il battito.

Non lo trova.

Le belle palpebre segnate da rughe di apprensione sono immobili. La bocca è leggermente aperta. Ha le labbra secche e la faccia paonazza. Suo padre gli ha descritto le proprietà chimiche di quasi tutte le sostanze conosciute agli esseri umani e i sintomi che provocano se ingerite... specie quelle letali.

Veleno! La micidiale belladonna!

"MADRE!" grida di nuovo, premendo la fronte contro quella di lei. Il petto gli si solleva mentre i polmoni si riempiono d'aria e poi la buttano fuori. Resta così per molto tempo, tenendola stretta, aspettando che ricominci a respirare. Ma non succederà.

Quando alla fine si alza in piedi, il suo volto sembra la maschera del diavolo: l'odio ne scolpisce i lineamenti. Afferra il tavolo e, con la forza di un demone, lo scaglia dall'altra parte della stanza. Il mobile si fracassa contro il muro, con un frastuono che risuona nel piccolo appartamento e fuori sulla strada.

Sherlock corre alla finestra, la rompe con un pugno e sporge fuori la testa.

"GIUSTIZIA!"

Il suo grido rabbioso echeggia nella notte. Ha la testa reclinata all'indietro, i denti digrignati come fossero zanne e gli occhi scuri che brillano come carboni ardenti. Quando apre la porta, quasi la strappa dai cardini. Si precipita giù per le scale.

Qualcuno sta salendo.

Se non è suo padre, è pronto a uccidere a mani nude.

Ma non lo fa. E non è Wilber.

Irene sta arrancando su per i gradini.

"Sherlock!"

Non ha mai visto un essere umano in simili condizioni prima d'ora. È come se il suo viso, il suo bel viso giovane, fosse illuminato dall'interno. Gli occhi sono tutti neri, le iridi grigie sono sparite.

Sherlock si ferma solo per un secondo. "Stammi lontana!" la avverte.

La spinge via e, debole com'è, quasi la fa cadere giù dalle scale. Ma non la degna neanche di uno sguardo. Di lì a pochi minuti sta di nuovo attraversando il Tamigi... in direzione di Mayfair.

Dovrà fare una sosta lungo la strada. Appena sotto il London Bridge, sul lato nord, c'è la macelleria di Mohammad Adalji. Il vecchio macellaio probabilmente non ha ancora assunto un nuovo garzone. Sarà lì a pulirsi da solo i suoi coltelli, e avrà quasi finito.

Sulla destra incombe la Torre di Londra, ma stasera Sherlock non la vede neppure. Ha le mani strette a pugno, le nocche bianche e, mentre corre, le lacrime gli solcano le guance. Mohammad gli ha spiegato con precisione dove si trova il negozio.

Quando arriva, vede una luce fioca all'interno.

Sherlock prova ad aprire la porta: non è chiusa a chiave. Con destrezza si infila dentro. Il macellaio è voltato di spalle, intento a pulire e affilare i coltelli. Sono disposti in fila su un tavolaccio di legno, tutti sporchi di sangue. Il ragazzo si strofina il viso per asciugarselo.

Non si preoccupa di nascondersi. Sa cosa vuole – deve procurarselo a ogni costo – ed è sicuro di riuscire a battere in velocità il vecchio macellaio.

Ci sono almeno una dozzina di lame tra cui scegliere. Per quello che deve fare vanno tutte bene. I coltelli già molati si trovano alla destra del vecchio, quelli sporchi alla sinistra. Sarà difficile prendere una di quelle armi affilate, ma Sherlock non se ne dà pensiero: è proprio quello di cui ha bisogno.

Adocchia un coltellaccio lungo e dentellato, tagliente come la lama di un rasoio e non tanto grosso da non poterlo nascondere sotto gli abiti.

Il macellaio prende in mano un altro coltello. Mentre lo alza per esaminarlo, vede un ragazzo alle sue spalle, riflesso nella lama luccicante. Trasalisce. Quel ragazzo sembra appena uscito dall'inferno.

Sherlock fa un balzo in avanti e afferra il coltello. L'uomo sussulta, senza fiato, e fa un passo indietro, brandendo la grande lama. Si aspetta il peggio: di essere squartato con uno dei suoi strumenti da questo ragazzo alto, spuntato dagli inferi.

Ma il giovane si volta e scappa via.

Quando il macellaio si riprende, esce in strada e si mette a gridare "Al ladro!" nel cuore della notte… però di Sherlock Holmes non c'è più traccia.

Corre verso Mayfair con un unico pensiero in testa: deve tenere sotto controllo la rabbia e il dolore. È la cosa più difficile che abbia mai fatto, ma deve assolutamente riuscirci, se vuole avere la sua vendetta. Dev'essere freddo come il ghiaccio, malvagio e furbo come una volpe. Ricorda quello che gli diceva sua madre sull'arte di recitare.

"Quando una cantante d'opera crea un personaggio, pensa a tutte le emozioni che quel personaggio potrebbe provare… le seppellisce nel profondo di sé e poi se ne serve."

Allora lui seppellisce la rabbia che gli ribolle dentro, la sua furia incandescente. Vuole che gli dia forza, non che lo annienti. Vuole servirsene! Non può permettersi di fare errori, se vuole vendicare sua madre. Gli salgono di nuovo le lacrime agli occhi. Le trattiene, abbassa il mento sul petto, serra la mascella e guarda fisso nell'oscurità.

Attraversa a volo d'uccello la Londra notturna e tocca terra a quell'indirizzo di Mayfair.

La casa è dall'altra parte della strada rispetto a quella dov'è stato la sera prima. Gli sbirri sono ovunque. Ancora prima di arrivare ne ha già visti una mezza dozzina. Nella strada dove intende agire ce ne sono due: uno all'inizio e uno in fondo al viale. La sua casa si trova in mezzo.

Supera d'un balzo una recinzione di ferro, finendo in

un giardinetto sul retro di un edificio, e comincia ad avanzare scavalcando i muri di recinzione che separano le abitazioni, su e giù come un serpente.

Poi arriva alla casa che sta cercando.

Un lungo vialetto attraversa la proprietà, e sul retro si trovano una piccola scuderia e una stalla. È strano. Le stalle di solito sono collocate in stradine secondarie della zona, perché il loro puzzo non arrivi alle lussuose residenze. Ma siccome questa casa ha un vialetto di proprietà, è stata aggiunta una piccola stalla sul retro, che probabilmente serve solo come ricovero per le carrozze. C'è un muro alto che dalla stalla attraversa tutto il giardino sul retro e arriva fino alla casa. Salirà sul tetto da lì. Passare dal camino è ancora l'idea migliore: finora nessuno ha scoperto come si sia introdotto nelle altre case e lui non è stato identificato. La canna fumaria è ancora la via più agevole.

Ma proprio quando si appresta a salire sul muro, sente un rumore alle sue spalle. Mette mano al coltello e si butta a terra. C'è qualcuno nella stalla!

Pochi secondi dopo il portone di casa si apre e ne esce un uomo con una lanterna. Ha la corporatura massiccia di un giocatore di rugby e la testa enorme, incassata nelle spalle, è completamente rasata. C'è qualcosa di familiare in lui, ma da dietro il muro Sherlock non riesce a distinguerlo chiaramente. L'uomo chiude la porta e si avvia lungo il vialetto, diretto alla strada, guardandosi intorno; mentre passa accanto al ragazzo, si aggiusta il cappello nero sulla testa e si avvolge una sciarpa scura intorno al collo.

Sherlock aspetta finché i passi non si sentono più.

Adesso può arrampicarsi sul tetto. Ma qualcosa lo induce a sbirciare dentro la stalla. Quelle spalle larghe da giocatore di rugby, quel cappello nero e la sciarpa... li ha già visti.

Percorre il vialetto fino in fondo e apre la porta della stalla. C'è una carrozza scura... ma è marrone. Richiude la porta.

Poi sente uno strano odore. *Pittura*. Qualcuno ha appena dipinto la carrozza. Sherlock guarda nella direzione presa dall'uomo con le spalle larghe. Correndo verso la strada, lo vede passare sotto un lampione, che gli permette di osservarlo bene, dalla testa ai piedi... ha indosso *una livrea nera da cocchiere con delle strisce rosse*.

Cerca il coltello. Poi però si blocca. Anche se riuscisse a uccidere questo bruto, non avrebbe comunque eliminato il vero criminale. Al cocchiere è toccato il lavoro sporco... inseguire due ragazzini impiccioni, spaventarli... però l'ha fatto per portare a casa la pagnotta. Sherlock torna a guardare la casa, tutta buia. Non è il cocchiere l'origine del male. La sua vera preda è là dentro.

Salendo in cima al muro, sarà a metà strada, tuttavia qui non ci sono anelli di ferro o pluviali. Dovrà scalare la parete esterna dell'edificio. È una casa finemente decorata, con grandi finestre dalle cornici profonde, ed è ricoperta d'edera. Sherlock si arrampica come un ragno, passando da una finestra all'altra, e aggrappandosi al sempreverde quando non può sostenersi alle cornici, silenzioso e determinato, fino al tetto. Niente potrà più fermarlo ora.

Nel giro di pochi minuti è già in fondo alla canna fumaria. Non cerca neanche un'uscita d'emergenza. Non ce n'è più bisogno, ormai. Due sole cose gli interessano: prove concrete della colpevolezza del criminale... e il criminale stesso.

Si muove rapido attraverso la sala da pranzo e sale le scale fino al primo piano e poi al secondo. Una volta lì è subito evidente dove dorme il padrone di casa. E che dorme solo.

Il ragazzo si porta davanti alla porta a doppio battente in fondo al corridoio.

La sua mente corre da un pensiero all'altro: il cocchiere, la carrozza appena dipinta… il veleno sulle labbra di sua madre. Non c'è dubbio ormai che *questo* sia il posto giusto.

La prova… poi il criminale. Cerca il coltello.

La stanza puzza di tabacco: è la tana di un uomo.

Sherlock si richiude delicatamente la porta alle spalle. Non sente più quella tensione nervosa che lo paralizzava quando si introduceva nelle altre case. Al suo posto c'è la vendetta. La rabbia lo rende forte e determinato.

Si accovaccia e scruta la stanza.

L'uomo sta russando nel suo letto, a pancia in su, il profilo del ventre tondo sale e scende. Sherlock si guarda intorno. Vede un mobiletto, un lavabo, un armadio… e una piccola scrivania.

Questa è *la* scrivania. Dev'esserlo per forza. Quella che sta cercando da quando ha cominciato a intrufolarsi nelle case. Deve scoprirlo subito. Malefactor gli ha detto che se avesse trovato quell'unica prova, quella prova vitale… tutto si sarebbe risolto.

Sherlock procede carponi sul tappeto verso la scrivania. È liscia al tatto, come se fosse coperta da uno spesso strato di mordente. Ci sono delle iniziali intagliate sul cassetto di mezzo. Fa scorrere le dita sulle lettere: J… T… R.

È quello il nome, l'ultimo dell'elenco di sua madre. La scrivania appartiene al proprietario di questa casa e a nessun altro… è il suo nascondiglio privato.

Sherlock comincia a rovistare nei cassetti: trova delle banconote, che lascia al loro posto, dei fogli di carta senza importanza e delle fotografie, che fa cadere sul pavimento.

Nel letto, l'uomo si muove.

Dev'esserci per forza qualcosa in questa scrivania.

Nell'ultimo cassetto, quello a sinistra, Sherlock trova una piccola scatola. È pesante, di ferro. Cerca di aprirla, ma non riesce a smuoverla di un millimetro. La solleva verso la luce della luna e scopre un robusto lucchetto.

Gli viene in mente la lezione di Malefactor su come si forzano le serrature.

C'è bisogno di due utensili appuntiti. Uno ce l'ha: uno spillone per cappelli trovato per strada giorni fa; è già piegato in alto, pronto per l'uso.

Sfila il coltello da sotto i vestiti. La punta è aguzza come una spilla: una lama affilata da macellaio, concepita per affettare la carne come fosse burro.

Sherlock ha sentito più di una volta la lezione di Malefactor sulle serrature. Affascinato dalla matematica in ogni sua forma, il giovane signore del crimine parlava della geometria delle serrature, dei tamburi interni, e di come questi debbano posizionarsi nelle rispettive sedi perché la serratura si apra. Si deve sentire il *clic* che producono: prima uno, poi il secondo e infine l'ultimo.

Sherlock infila nel lucchetto la punta del coltello, poi introduce anche lo spillone. Comincia a spostarli, ascoltando i movimenti all'interno. Pian piano spinge indietro i tamburi. *Clic.* Gli sembra quasi di sentirli. *Clic.* Ecco il secondo. *Clic*… L'ultimo.

Presto! Gira la lama. Il lucchetto si apre.

Infila il coltello e lo spillone nel cappotto, appoggia a terra la scatola e solleva il coperchio.

C'è una cosa sola dentro.

Una borsetta.

È ricamata con delle perline che formano un disegno di uccelli esotici e tutta coperta di schizzi rossi: all'inizio Sherlock pensa che facciano parte della decorazione. Ma sono in rilievo, incrostati sulla superficie.

Sangue!

Alcune perline sono state strappate.

Con le dita che gli tremano, apre la borsetta.

Ci sarà qualcosa dentro?

Ci sono pochi spiccioli, una scatolina di rossetto e un fazzoletto.

Sta quasi per rimetterla giù, quando sente che c'è qualcos'altro: un piccolo astuccio, una specie di tasca segreta. Fa fatica ad aprirla. Alla fine riesce a infilarci una mano e trova una lettera.

L'assassino ha preso la borsetta per simulare una rapina e poi l'ha conservata perché, avendo arrestato l'arabo, la polizia non si sarebbe mai sognata di perquisire una residenza di Mayfair. Una volta che l'omicidio fosse stato dimenticato, per prudenza se ne sarebbe sbarazzato. Ma Sherlock è quasi sicuro che l'assassino non abbia frugato bene all'interno della borsetta: non ne aveva motivo, e non sapeva che c'era nascosta questa lettera. Se contiene qualcosa che possa incriminarlo, sarà la vendetta di Lillie dalla tomba.

Sherlock apre il foglio, ma non riesce a leggere. C'è troppo buio. Si avvicina alla finestra, a mezzo metro di distanza dalla testata del letto. L'uomo sta ancora russando, muove rapidamente gli occhi sotto le palpebre.

Sherlock legge al chiarore della luna piena.

Lillie,
ti prego di leggere questa lettera con attenzione. Se non rinuncerai al tuo crudele progetto, non risponderò delle mie azioni. Ho una posizione da proteggere e lo farò, credimi. Un ricatto è sempre un ricatto, che venga perpetrato da un criminale o dalla reginetta del ballo. Non puoi svelare la nostra relazione a mia moglie, e io non intendo pagare per il tuo silenzio. La nostra storia non può più continuare. Così stanno le cose. Dobbiamo andare ognuno per la propria strada. Ci siamo divertiti insieme, ma niente più di questo. Il mio mondo non è il tuo, e non lo sarà mai.

D'accordo, ci incontreremo ancora una volta. Domani. C'è un

piccolo vicolo appena dopo Old Yard Street, sul lato ovest di Whitechapel, molto appartato. Trovati là alle due di mattina. È l'unico posto dove accetterò di incontrarti. So che ci sarai, e so che conosci quelle strade.
Non parlare a nessuno di questo. Se qualcuno interferisce nei miei affari, lo fa a suo rischio e pericolo.

J.T.R.

Sherlock accartoccia la lettera e la infila di nuovo nella borsetta. Poi si mette tutto in tasca.

Guarda l'uomo nel letto. *Lo odia*, di un odio puro e assoluto.

Ed è ora che una bestia simile muoia.

Rose Holmes forse non era nessuno, al pari di Sherlock e Mohammad, ma questo essere malvagio la pagherà come se tutti loro valessero quanto lui. Stanotte sarà fatta giustizia. Un colpo violento del suo coltellaccio da macellaio rimetterà le cose in ordine. Sgozzerà quest'uomo come il maiale che ha dimostrato di essere.

Il ragazzo infila la mano nel cappotto e tira fuori il coltello, che scintilla alla luce della luna piena. Si avvicina al bordo del letto e lo solleva sopra la sua vittima. L'uomo è disteso sulla schiena. La lama arriverà dritta al cuore. Sherlock immagina l'uomo esalare l'ultimo respiro.

Lo fa per tutte le ingiustizie che ha dovuto subire; per tutto l'odio del mondo… e per Rose Sherrinford Holmes. *Giustizia!*

I suoi occhi sono stelle nere. Ma qualcosa lo trattiene.

Nel suo intimo, una voce gli sussurra che questa *non* sarà giustizia: è una voce che nasce dalla saggezza di un padre onesto e dall'amore della sua bellissima madre. Si tratterà semplicemente di omicidio. E lui, Sherlock Holmes, sarà malvagio quanto l'uomo che ha ucciso. Sua madre sarà morta invano. Irene sarà stata ferita per niente.

Deve fare quello che è giusto? Osserva l'uomo. O quello che è sbagliato? Lentamente abbassa la lama e la nasconde tra i vestiti.

Ha l'occhio di vetro, il braccialetto, il cocchiere, la carrozza appena ridipinta, la borsetta sporca di sangue e anche la lettera. Quest'uomo sarà impiccato. Pagherà per ciò che ha commesso. Sherlock lo tiene in pugno.

Ma non è soddisfatto. Gli serve ancora una cosa. Una cosa che confermerà a tutti, al di là di ogni ragionevole dubbio, che è lui il colpevole.

Pensa all'occhio di vetro rimasto sepolto in mezzo alla sporcizia nella cuccia del cane in Montague Street. Pensa al giorno, non tanto tempo prima, in cui Irene ha osservato il colore di quell'iride marrone, resa unica dalle screziature viola. Solo un uomo può avere degli occhi simili.

Si gira verso il corpo addormentato. Riflette ancora un momento, poi sorride. Alza la mano sinistra ben sopra la testa e con tutte le sue forze assesta uno schiaffo sonoro in faccia all'uomo che dorme.

La testa ha una contrazione all'indietro, le palpebre si aprono di scatto per il terrore. Una delle orbite è vuota. Un occhio solo gli restituisce lo sguardo.

Marrone… con screziature viola.

Sherlock esce dalla casa passando dal portoncino sulla strada. Scende dagli scalini dell'ingresso principale. Nessuno lo segue. Una volta in strada, vola via. Quando l'uomo nel letto finalmente capisce cos'è successo, e i servitori accorrono nella sua stanza, il ragazzo è ormai svanito nella notte.

SHERLOCK HOLMES

La mattina seguente, il giorno del processo a Mohammad, l'ispettore Lestrade di Scotland Yard si ritrova sulla scrivania una collezione di oggetti piuttosto curiosa. Ci sono un braccialetto luccicante, un occhio di vetro macchiato di sangue e una borsetta, anch'essa imbrattata di sangue, con dentro una lettera. Il tutto è rozzamente avvolto in una pagina di giornale ed è stato consegnato al sergente del turno di notte da un ragazzo, un vagabondo con il cappello calcato sugli occhi. Sulla pagina di giornale, strappata dall'"Illustrated Police News", c'è un messaggio scritto con una punta affilata intinta in acqua sporca di fuliggine: si tratta di una spiegazione dettagliata di quanto è accaduto la notte dell'omicidio di Whitechapel. Dà risposta a ogni possibile domanda in merito al delitto, racconta il sacrificio della coraggiosa Rose Sherrinford Holmes e fornisce l'identità dell'assassino e l'indirizzo al quale trovarlo.

Appoggiato al cordolo di pietra di Trafalgar Square, completamente deserta nell'alba pallida e nebbiosa, Sherlock ora riesce a vederlo: vede tutto l'omicidio. Calando in picchiata dal cielo scuro, atterra sul cornicione del palazzo di Old Yard Street, appena fuori da Whitechapel. Si rassetta le penne oleose, voltandosi a guardare quando sente arrivare la donna: i suoi passi affrettati rimbombano nella strada. Sposta la testa e punta lo sguardo acuto sulla scena. Quella donna bellissima, Lillie Irving, sta correndo: è tutta ingioiellata, vuole far colpo su qualcuno. Lo scintillio dei gioielli gli suscita un borbottio, mentre tiene la lingua scura immobile nel becco. La donna si addentra in un vicolo e resta lì in attesa: le batte forte il petto, le sue belle mani stringono nervosamente una borsetta. Lui si alza in volo e si posa proprio sopra di lei, muovendo di nuovo la testa per vedere bene. Tra il sudiciume a terra, non distante dalla giovane, c'è qualcos'altro che brilla sotto la luna piena... un coltello.

Nella strada accanto si ferma una carrozza nera. Un uomo grande e grosso, di mezza età, scende sul marciapiede, facendo dondolare la carrozza sotto il suo peso. Anche lui è di fretta, e imbocca subito il vicolo. A Sherlock comincia a battere più forte il cuore, nel petto nero.

Vedendo l'uomo avvicinarsi, Lillie gli va incontro con trasporto. Lui l'afferra per un polso, e qualcosa di luccicante vola via. Lei gli tende l'altro braccio, ma lui la respinge. La donna si mette a piangere, poi si arrabbia e comincia a minacciarlo. Lui le dà un avvertimento. Lei tira indietro la testa e lo schiaffeggia, quindi gli dà una spinta. L'uomo vacilla e incespica sopra qualcosa, che si china a raccogliere.

Vedendo cos'è, Sherlock gracchia forte... è *il coltello di Mohammad*.

Il coltello cala una prima volta. Lei grida. Una mano delicata e bianca si solleva come la zampa di un gatto con le unghie sfoderate e artiglia il volto dell'uomo, infilandogli un dito nell'occhio e cavandoglielo. Lui grida. Il coltello si solleva di nuovo al chiarore della luna.

Cala una seconda volta.

Una terza.

Una quarta.

Una quinta.

La donna cade, emettendo un rantolo, e resta a terra immobile.

Per un attimo l'uomo volge gli occhi verso il cielo. Un corvo ricambia il suo sguardo. È *lui*, l'uomo in quel letto di Mayfair.

L'assassino adesso fissa il coltello. Lo lascia cadere. Ha un attimo di esitazione. Strappa la borsetta dalle mani della donna e poi corre via. Girato l'angolo, va verso la carrozza, tenendosi le mani sul volto. Sale a bordo d'un balzo, grida qualcosa al suo cocchiere in livrea nera e fuggono a tutta velocità.

Una volta che l'omicidio si è consumato, il corvo si posa a terra. È il momento giusto per cercare quelle cose luccicanti.

Sherlock li scorge alla luce dell'alba. Come sempre, sono appollaiati in cima al Morley Hotel e alla maestosa Northumberland House, dall'altra parte della piazza, e sui suoi leoni d'oro. Se ne stanno là a osservare, tutti vicini, mentre si lisciano le penne nere, lo sguardo attento. Il ragazzo accenna un sorriso.

Resta in quella piazza per tutto il giorno. Non riesce a muoversi. Iniziano ad arrivare le prime persone, poi altre ancora. Comincia a esserci confusione. Di lì a breve arriva anche Malefactor, che lo nota da lontano in mezzo alla folla. È perplesso nel vederlo così allo scoperto sotto il naso dei poliziotti.

Ma gli sbirri hanno già il loro uomo: un'ora fa un'intera squadra di poliziotti, capitanata da un Lestrade tutto tronfio, ha arrestato l'assassino nella sua residenza di Mayfair.

Sherlock ricambia lo sguardo di Malefactor. Il ladruncolo si accorge che non c'è più alcun timore nei cupi occhi grigi del giovane mezzosangue. Qualcosa in lui è cambiato. Per sempre.

Malefactor fa un cenno con la testa a Holmes, poi lancia un segnale alla sua banda e si mescola alla folla.

Non molto lontano da lì, in Bow Street, Mohammad Adalji sta uscendo alla luce del sole. La nebbia si è alzata, finalmente è arrivata la primavera. Sul suo volto si dipinge un sorriso, anche se gli occhi restano guardinghi. Non ha ricevuto spiegazioni né scuse. È stato semplicemente rilasciato, senza alcun commento. Se fosse un giocatore, scommetterebbe che c'è di mezzo quel ragazzo alto e magro, dagli occhi tanto intensi e vivaci. *Libertà*. Mohammad percorre lentamente Bow Street, ma quando svolta sullo Strand comincia a correre e si chiede se non gli convenga continuare a farlo, ma andando a est. Est. Sempre est. Finché non sarà a casa.

Sherlock ha tanti pensieri per la testa: pensa a suo padre e a cosa lo aspetta; a Irene... quanto vorrebbe poter stare con lei; e a sua madre. Ma ogni volta che comincia a pensare a lei, si mette a piangere. Non può continuare così.

A Southwark, nel loro appartamento, Wilber Holmes è ancora seduto sul letto e tiene stretta la moglie tra le braccia, cullandola. È tornato a casa nel cuore della notte e l'ha trovata lì. L'odio gli ha rovinato la vita, ma non avrebbe potuto distruggergliela fintanto che avesse avuto Rose, la sua bella Rose, che ha sacrificato per lui tutti i suoi sogni. Ma ora lei non c'è più.

Sherlock si asciuga gli occhi e si prepara a leggere l'edizione della sera.

Il suo amico Dupin, lo storpio, gli procurerà un giornale. Non dovrà aspettare.

Quando il Big Ben batte le cinque, il ragazzo si avvia verso il centro della piazza. Vedendolo arrivare, Dupin si volta a guardare dall'altra parte, così Sherlock può prendersi una copia fresca di stampa, la più nuova che abbia mai tenuto tra le mani. L'ombra lo avvolge mentre si rintana nell'androne di un palazzo. La pietra è fredda e umida.

È ora di uscire alla luce del sole, dopo tutta l'oscurità e l'orrore di cui è stato testimone. Ha fornito a Lestrade ogni dettaglio, e questi li avrà senz'altro riferiti alla stampa: per lo meno Londra saprà che Rose Sherrinford è stata la donna migliore della Terra e la più coraggiosa, tanto da spingersi fin dentro la tana dell'assassino, che ha amato il figlio con tutta se stessa, e che lui, Sherlock Holmes, ha risolto l'intricato caso dell'omicidio di Whitechapel. Ha restituito la libertà, un bene così prezioso, a un uomo accusato ingiustamente e ha fatto sì che Lillie Irving possa riposare in pace. Sua madre non sarà morta per niente. Almeno lui e la madre alla fine saranno... qualcuno. Un titolone occupa tutta la prima pagina.

"BRILLANTE SOLUZIONE DEL CASO DI OMICIDIO!"

Sherlock legge tutto parola per parola. Ma neppure una di queste è "Holmes".

Nelle varie pagine dedicate al crimine campeggiano diverse immagini del trionfante ispettore Lestrade, corredate dalle sue riflessioni sulla propria brillante soluzione del caso. È ritratto con in mano il braccialetto, la borsetta, l'occhio di vetro e la lettera. Le forze di polizia, riferisce ai giornalisti, dubitavano fin dall'inizio che Adalji fosse il vero colpevole e hanno tenuto d'occhio Mayfair per settimane.

La prima reazione del ragazzo alto e magro è di disperazione. Finora ha cercato in tutti i modi di controllarsi, ma adesso le forze gli vengono meno e crolla a terra, con le ginocchia premute contro il petto. Non basta che il suo coinvolgimento in questo terribile delitto abbia provocato la morte della madre: l'ha anche sprofondata nel più oscuro anonimato.

Ma poi gli viene in mente l'immagine di Rose mentre gli parlava, l'ultima volta che l'ha vista. Non può crollare. Si tira su a sedere con le gambe incrociate e la testa appoggiata al muro. La rabbia pian piano lo pervade. Lui e sua madre saranno ripagati per ciò che hanno sofferto. Ci penserà lui a vendicare *tutti* coloro che sono stati beffati.

I corvi si alzano in volo nel cielo buio, emettendo quel loro orribile richiamo. Li guarda volare via. Cosa gli ha detto lei prima di morire?

"Devi ancora fare tante cose nella vita."

Rose aveva ragione. Ora lui sa di cos'è capace il suo cervello. Ha trovato la chiave di un delitto che Scotland Yard non era in grado di risolvere. Diverse volte, in cima a quei tetti, è stato sul punto di cedere alla paura e le emozioni in qualche occasione l'hanno reso meno guardingo e più facilmente rintracciabile dalla polizia, ma è sempre rimasto freddo come il ghiaccio e ha tenuto fede al suo compito, mettendo da parte le passioni e trasformandosi in un ingranaggio perfetto. E questo si è dimostrato l'atteggiamento giusto. Adesso deve spingersi ancora più in là.

Non permetterà mai più a se stesso di legarsi a qualcuno. Qualsiasi vincolo emotivo gli costerebbe troppo. Invece, dedicherà ogni ora del giorno a perseguire la giustizia, e nella sua ricerca sarà astuto e malvagio quanto un qualsiasi criminale. Sarà una forza del pensiero, terribile e spietata.

Pagheranno tutti. Se ne occuperà personalmente.

Nessuno conoscerà mai la profondità del suo dolore, ma coloro che ostacoleranno il suo cammino verso il trionfo della giustizia ne sperimenteranno la feroce intensità. Nasconderà il proprio passato e si creerà un nuovo futuro.

Un giorno tutti conosceranno il nome di Sherlock Holmes.

Il Maestro contempla Londra. La nebbia sta cominciando a infittirsi. Sta calando l'oscurità. Sherlock si alza in piedi, raddrizza le spalle e si avvia per le strade. I suoi occhi grigi controllano ogni cosa, il naso coglie ogni aroma. Non sa dove andrà né dove alloggerà, ma sa perfettamente che cosa farà.

Ringraziamenti

Durante la stesura di questo libro ho conosciuto tanti momenti di difficoltà, ma alcune persone straordinarie che ci hanno creduto, e hanno creduto in me, ne hanno reso possibile la pubblicazione. Primo fra tutti l'editore di Tundra Books, Kathy Lowinger: la sua onestà e forza d'animo erano esattamente ciò di cui questo progetto aveva (e ha) bisogno; e poi la mia intrepida agente e amica Pamela Paul, che mi ha sostenuto anche nei momenti bui. Grazie a entrambe per avermi concesso l'opportunità di dire qualcosa di importante con il mio lavoro.

Devo ringraziare molte altre persone che fanno parte della mia nuova famiglia alla Tundra. La straordinaria caporedattrice Kathryn Cole, una compagna ideale con cui investigare i misteri di questa storia (e della mia scrittura), sempre pronta a proporre una buona soluzione. Anche Catherine Mitchell, Alison Morgan e Pamela Osti hanno contribuito all'ideazione con proposte brillanti.

Un enorme grazie, ovviamente, all'unico e inimitabile sir Arthur Conan Doyle, cavaliere morale del XIX secolo, che ha amato e odiato il suo fantastico personaggio votato alla ricerca della giustizia, ma l'ha comunque regalato al mondo e, per mia fortuna, l'ha reso così insolito e attento ai particolari e... incredibilmente riservato sul proprio passato. Spero di aver reso un buon servizio a lui e al Maestro.

Infine, ringrazio mia moglie Sophie, i nostri tre piccoli investigatori "irregolari" e il mitico cane Watson: grazie per essermi stati accanto nei misteriosi alti e bassi della vita.

Indice